古體小說叢刊

博物志校證

〔晉〕張華　撰
范寧　校證

中華書局

圖書在版編目(CIP)數據

博物志校證/(晉)張華撰;范寧校證. —2版. —北京:中華書局,2014.8(2024.5 重印)
(古體小說叢刊)
ISBN 978-7-101-10308-3

Ⅰ.博… Ⅱ.①張…②范… Ⅲ.筆記小説-小説集-中國-晉代 Ⅳ.I242.1

中國版本圖書館 CIP 數據核字(2014)第 154752 號

責任印製:管　斌

古體小説叢刊
博物志校證
〔晉〕張　華　撰
范　寧　校證
*
中 華 書 局 出 版 發 行
(北京市豐臺區太平橋西里 38 號　100073)
http://www.zhbc.com.cn
E-mail:zhbc@zhbc.com.cn
三河市宏盛印務有限公司印刷
*
850×1168 毫米 1/32・7½印張・2 插頁・160 千字
1980 年 1 月第 1 版　2014 年 8 月第 2 版
2024 年 5 月第 8 次印刷
印數:29601-30800 册　定價:39.00 元

ISBN 978-7-101-10308-3

《古體小説叢刊》出版説明

中國古代小説的概念非常寬泛，内涵很廣，類别很多，又是隨着歷史的發展而不斷演化的。古代小説的界限和分類，在目録學上是一個有待研究討論的問題。古人所謂的小説家言，如《四庫全書》所列小説家雜事之屬的作品，今人多視爲偏重史料性的筆記，我局已擇要編入「歷代史料筆記叢刊」，陸續出版。現將偏重文學性的作品，另編爲《古體小説叢刊》，分批付印，以供文史研究者參考。所謂古體小説，相當於古代的文言小説。爲了便於對舉，參照古代詩體的發展，把文言小説稱爲古體，把「五四」之前的白話小説稱爲近體，這是一種粗略概括的分法。本叢刊選收歷代比較重要或比較罕見的作品，採用所能得到的善本，加以標點校勘，如有新校新注的版本則優先録用。個别已經散佚的書，也擇要作新的輯本。古體小説的情況各不相同，整理的方法也因書而異，不求一律，詳見各書的前言。編輯出版工作中不够完善之處，誠希讀者批評指正。

中華書局編輯部

二〇〇五年四月

前　言

張華（公元二三二——三〇〇）字茂先，范陽方城（今河北涿州）人。根據史書記載，他小時候生活十分貧困，曾經親自牧羊，但爲人好學不倦。他寫過一首《勵志詩》，用以策勉自己。他看書很駁雜，「圖緯方技之書，莫不詳覽」。這跟後來他編寫《博物志》，大有關係。他年輕時，寫過一篇《鷦鷯賦》，得到阮籍的稱賞，因而成名。後來他做了官，對待一些有才能的和家境貧寒的知識分子，總是「咨嗟稱詠，爲之延譽」。這樣，就有一批知識分子集結在他的周圍。

在魏晉之際的政治和文學的活動中，張華是一位重要的人物。他和當時許多名士有聯係。《世説新語·言語篇》説：「諸名士共至洛水戲，還。樂令問王夷甫曰：『今日戲樂乎』？王曰：『裴僕射善談名理，混混有雅致；張茂先論《史》《漢》，靡靡可聽；我與王安豐説延陵、子房，亦超超玄著。』」《晉書·王戎傳》記載這個故事稍有出入，但基本上是一致的。我們從這裏可以看到他的日常生活的一點片斷。但是從許多關於他的遺聞佚事看來，他的生活中更多的是充滿了方術的氣味。他死後，還有人替他立廟。

《博物志》一書作於何時，没有明文記載。惟王子年《拾遺記》説張華寫好這本書，原來是四百卷，因爲曾經送給晉武帝司馬炎看過，司馬炎認爲書中「記事采言，亦多浮妄」，叫他删改一下，就成爲行世的十卷本了。但是這個記載恐怕是靠不住的，因爲武帝司馬炎曾經在泰始三年下過命令，「禁星氣讖緯之學」，張華這本書就有許多讖緯之談，它不僅只是言多「浮妄」，而且直接違忤了這個禁令。同時還加上書中有「泰始中武庫火」的記載，它的編寫年代可能要遲晚一些。

《博物志》這本書的内容包羅很雜，有山川地理的知識，有歷史人物的傳説，有奇異的草木蟲魚以及飛禽走獸的描述，也有怪誕不經的神仙方技故事的記録，其中還保存了不少古代神話的材料，對於研究中國古代文學和歷史的人是有參考價值的。這裏面如同關於八月有人浮槎至天河見織女和蜀南高山上獮猴盗婦女等事，是别的書在此以前不曾記載過的材料，可以幫助我們理解和探索七夕牛女神話與《西遊》故事傳説的演化及其源流。但是這本書的本身因爲流傳年代久遠和不被人們重視，到今天字句脱誤很多，有的地方簡直不堪卒讀。如同卷四有一條説：「地黄，藍首斷心分根菜種皆生。」若不是依據《本草綱目》改作「地黄根節多者寸斷之，蒔種皆生」，就完全無法了解它的意義。又如卷二説奇肱國人「善爲拭扛」，也不知所云。但是根據《山海經》、《述異記》、《太平廣記》等書，我們知道「拭扛」乃「機巧」之誤，立即恍然大悟了。又如卷二説：「日南有野女，羣行見丈夫。狀晶目，裸袒無衣褘。」這裏脱誤得令人不懂。要不是從《後漢書·郡國志》和《太平御覽》卷七百九十引文中知道「見」字是「覓」字的誤文，「狀晶目」應作「體晶且白」，「褘」乃「襦」的錯寫，就不能很清楚地了解這一句話了。類似這種錯誤，在這本書裏還不少。但除此之外，尚有一些表面看來不誤，其實是錯了的。如同卷二説：「厭光國民，光出口中。形盡似猿猴，黑色。」根據《山海經·海外南經》郭璞注稱厭火國人「畫似獮猴而黑色也」，知道「盡」字乃「畫」字之誤，「形」是衍文。陶淵明《讀山海經》詩有「流觀《山海圖》」之句，可見這種圖畫，魏晉時代頗爲流行。張華也看到過。又如卷四説：「飲真茶，令人少眠。」「真」字當是「羹」字之誤。宋張淏《雲谷雜記》説：「飲茶不知起於何時，自魏晉以來有之。但當時雖知飲茶，未若後世之盛也。郭璞注《爾雅》云:『樹似梔子,冬生葉,可煮作羹飲。』然茶至冬味苦,豈復可作羹飲耶?飲之令人少睡。張華得之,以爲異聞,遂載之《博物志》。」可見「真茶」作「羹茶」,宋時尚不誤。

如前所云,《博物志》這本書字句脱誤得十分厲害,需要做一番整理才好閲讀。二十多年前,我因搜集古代神話資料,曾就此書進行了一番校訂工作。後因種種關係,此稿久置篋中。六三年曾經重新寫定,但校語未能改寫,保留了原來形式。此次改訂,只將校語附于各卷之後,略加鱗次,其餘一仍舊貫。至于這書的板本,就我所見到的有下面這些:

秘書二十一種本康熙戊申汪士漢校刻,係用《古今逸史》的板片,略有修補。本書採作底本。

賀志同刻本明弘治乙丑春二月都穆序刻,有馮己蒼跋,原藏鐵琴銅劍樓,今歸北京圖書館。

又一部舊題宋槧,顧澗蘋校本,原劉氏嘉業堂藏,今歸北京圖書館。

明翻賀志同刻本原天禄琳琅藏,今歸北京圖書館。

古今逸史本明吴琯校刻。

日本刻本延寶五年(一六七七)刊,係翻明嘉靖辛卯刊本,疑乃《古今書刻》所稱湖廣楚府本。

格致叢書本明萬曆虎林胡氏原刻。

稗海本明商濬半埜堂原刻,清康熙丙子蔣國祚重刊。

説郛本(非足本)明鈔本。康熙刊本。另有曾慥《類説》和《無是齋叢鈔》,亦均分别摘鈔十數條,非足本。

快閣藏書二十種本明天啓唐琳刊,北京大學藏。

二志合編本居仁堂梓。

漢魏叢書本坊刻王謨本（湖北崇文書局《子書百家》乃翻刻此本）。又蘇州刻何鏜本（張皋文朱筆批校），北京大學藏。

士禮居刊本嘉慶九年黃丕烈翻宋刻本。王濬校刻龍溪精舍本從此本。

紛欣閣本道光七年周心如刊。

指海本道光二十年錢熙祚刻守山閣本。

這裏衹有《稗海》原先沒有覓獲商氏原刊本，用了康熙翻印本。後用商氏半埜堂本校訂了一次，發現這個翻印本十分忠實，沒有多大改動。整理古籍，翻檢羣書，難免有所遺漏，而校訂古籍的經驗，更是缺乏，不管是定字，或者是校語，不妥當甚至錯誤的地方，一定很多的。希望專家和愛好這本書的讀者指正。中華書局編輯部同志細心審閱過這份稿子，提出許多寶貴意見，謹此致謝。

范　寧一九七八年十月。

目録

博物志校證

博物志卷之一

晉 張華 撰
宋 周日用等 注

余視《山海經》及《禹貢》、《爾雅》、《説文》、地志，雖曰悉備，各有所不載者，作略説。出所不見，粗言遠方，陳山川位象，吉凶有徵。諸國境界，犬牙相入。春秋之後，並相侵伐。其土地不可具詳，其山川地澤，略而言之，正國十二。博物之士，覽而鑒焉。

地理略，自魏氏日已前〔一〕，夏禹治四方而制之。

1 《河圖括地象》曰：地南北三億三萬五千五百里〔二〕。地部之位起形高大者有崑崙山〔三〕，廣萬里，高萬一千里，神物之所生，聖人仙人之所集也。出五色雲氣，五色流水，其泉南流入中國〔四〕，名曰河也。其山中應於天，最居中，八十城布繞之，中國東南隅，居其一分，是奸城也〔五〕。

2 中國之城〔六〕，左濱海，右通流沙，方而言之，萬五千里〔七〕。東至蓬萊，西至隴右，右跨京北〔八〕，前及衡岳，堯舜土萬里，時七千里〔九〕，亦無常，隨德劣優也。

3 堯別九州，舜爲十二。

4 秦，前有藍田之鎮，後有胡苑之塞〔一〇〕，左崤函，右隴蜀，西通流沙，險阻之國也。

5 蜀漢之土與秦同域，南跨邛筰，北阻褒斜，西卽隈礙，隔以劍閣，窮險極峻，獨守之國也。

6 周在中樞，西阻崤谷，東望荆山，南面少室，北有太嶽，三河之分，雷風所起，四險之國也〔一一〕。

7 魏，前枕黄河，背漳水，瞻王屋，望梁山，有藍田之寶，浮池之淵。

8 趙，東臨九州，西瞻恒嶽〔一二〕，有沃瀑之流，飛壺、井陘之險〔一三〕，至於穎陽、涿鹿之野。

9 燕，却背沙漠，進臨易水，西至君都〔一四〕，東至於遼，長蛇帶塞，險陸相乘也。

10 齊，南有長城、巨防、陽關之險。北有河、濟，足以爲固。越海而東，通於九夷。西界岱嶽、配林之險，坂固之國也〔一五〕。

11 魯，前有淮水，後有岱嶽、蒙、羽之向，洙、泗之流。大野廣土，曲阜尼丘。

12 宋，北有泗水，南迄睢濄，有孟諸之澤，碭山之塞也。

13 楚，後背方城，前及衡嶽，左則彭蠡，右則九疑，有江漢之流，實險阻之國也。

14 南越之國，與楚爲鄰。五嶺已前至於南海，負海之邦，交趾之土，謂之南裔。

15 吳，左洞庭，右彭蠡，後濱長江，南至豫章，水戒險阻之國也〔一六〕。

16 東越通海，處南北尾閭之間。三江流入南海，通東治，嵩海深〔一七〕，險絶之國也。

17 衞，南跨於河，北得洪水，南過漢上〔一八〕，左通魯澤〔一九〕，右指黎山。

讚曰

地理廣大　四海八方　遐遠別域　略以難詳
侯王設險　守固保疆〔二〇〕　遠遮川塞　近備城堭
司察奸非　禁禦不良　勿恃危阨　恣其淫荒
無德則敗　有德則昌　安屋猶懼〔二一〕　乃可不亡
進用忠直〔二二〕　社稷永康　教民以孝　舜化以彰

地

18 天地初不足，故女媧氏練五色石以補其闕，斷鼇足以立四極。其後共工氏與顓頊爭帝，而怒觸不周之山，折天柱，絶地維。故天後傾西北，日月星辰就焉；地不滿東南，故百川水注焉。

19 崑崙山北〔二三〕，地轉下三千六百里，有八玄幽都方二十萬里。地下有四柱，四柱廣十萬里。地有三千六百軸，犬牙相舉〔二四〕。

20 泰山一曰天孫，言爲天帝孫也。主召人魂魄。東方萬物始成，知人生命之長短〔二五〕。

21 《考靈耀》曰：地有四遊，冬至地上北而西三萬里，夏至地下南而東三萬里〔二六〕，春秋二分其中矣。地常動不止〔二七〕，譬如人在舟而坐〔二八〕，舟行而人不覺。七戎六蠻〔二九〕，九夷八狄，形總而言之〔三〇〕，謂之四海。言皆近海，海之言晦昏無所覩也〔三一〕。

22 地以名山爲之輔佐，石爲之骨，川爲之脉，草木爲之毛，土爲之肉。三尺以上爲糞，三尺以下爲地〔三二〕。

山

23 五嶽：華、岱、恒、衡、嵩〔三三〕。

24 按北太行山而北去〔三四〕，不知山所限極處。亦如東海不知所窮盡也。

25 石者，金之根甲。石流精以生水，水生木，木含火。

水

26 漢北廣遠，中國人尠有至北海者。漢使驃騎將軍霍去病北伐單于，至瀚海而還〔三五〕，有北海明矣。周日用曰：余聞北海，言蘇武牧羊之所去，年德甚邇，柢一池，號北海。蘇武牧羊，常在於是耳。此地見有蘇武湖，非北溟之海。

27 漢使張騫渡西海，至大秦〔三六〕。西海之濱，有小崑崙，高萬仞，方八百里。東海廣漫，未聞有渡者。

28 南海短狄，未及西南夷以窮斷。今渡南海至交趾者，不絶也。

29《史記·封禪書》云：威宣、燕昭遣人乘舟入海〔三七〕，有蓬萊、方丈、瀛州三神山，神人所集。欲採仙藥，蓋言先有至之者。其鳥獸皆白，金銀爲宫闕，悉在渤海中，去人不遠。

30 四瀆河出崑崙墟，江出岷山，濟出王屋，淮出桐柏。八流亦出名山：渭出鳥鼠，漢出嶓冢，洛出熊耳，涇出少室〔三八〕，汝出燕泉，泗出涪尾〔三九〕，沔出月台〔四〇〕，沃出太山〔四一〕。水有五色，有濁有清〔四二〕。汝南有黄冰〔四三〕，華山有黑水、澇水。淵或生明珠而岸不枯，山澤通氣，以興雷雲，氣觸石，膚寸而合，不崇朝以雨。

31 江河水赤，名曰泣血〔四四〕。道路涉骸，於河以處也〔四五〕。

山水總論

32 五嶽視三公，四瀆視諸侯，諸侯賞封内名山者〔四六〕，通靈助化，位相亞也。故地動臣叛，名山崩，王道訖，川竭神去，國隨已亡。海投九仞之魚，流水涸，國之大誡也。澤浮舟，川水溢，臣盛君衰，百川沸騰，山冢卒崩，高岸爲谷，深谷爲陵，小人握命，君子陵遲，白黑不別，大亂之徵也。

33 《援神契》曰：五嶽之神聖，四瀆之精仁〔四七〕，河者水之伯，上應天漢。太山，天帝孫也，主召人魂。東方萬物始成，故知人生命之長短。

五方人民

34 東方少陽，日月所出，山谷清，其人佼好〔四八〕。

35 西方少陰，日月所入，其土窈冥，其人高鼻、深目、多毛〔四九〕。

36 南方太陽，土下水淺，其人大口多傲〔五〇〕。

37 北方太陰，土平廣深，其人廣面縮頸。

38 中央四析〔五一〕，風雨交，山谷峻，其人端正。

39 南越巢居，北朔穴居，避寒暑也。

40 東南之人食水産，西北之人食陸畜。食水産者，龜蛤螺蚌以爲珍味，不覺其腥臊也。食陸畜者，狸兔鼠雀以爲珍味，不覺其膻也。

41 有山者採，有水者漁。山氣多男，澤氣多女。平衍氣仁，高淩氣犯〔五二〕，叢林氣躄，故擇其所居。居在高中之平，下中之高，則産好人。

42 居無近絶溪，羣冢狐蟲之所近，此則死氣陰匿之處也。

43 山居之民多癭腫疾，由於飲泉之不流者。今荆南諸山郡東多此疾瘇。由踐土之無鹵者，今江外諸山縣偏多此病也。盧氏曰：不然也。在山南人有之，北人及吴楚無此病，蓋南出黑水，水土然也。如是不流泉井界，尤無此病也〔五三〕。

物産

44 地性含水土山泉者，引地氣也。山有沙者生金，有穀者生玉。名山生神芝，不死之草。上芝爲車馬，中芝爲人形，下芝爲六畜。土山多雲，鐵山多石。五土所宜，黄白宜種禾，黑墳宜麥黍，蒼赤宜菽芋，下泉宜稻，得其宜，則利百倍。

45 和氣相感則生朱草，山出象車，澤出神馬，陵出黑丹，阜出土怪。江南大貝〔五四〕，海出明珠，仁主壽昌，民延壽命，天下太平。

46 名山大川，孔穴相内〔五五〕，和氣所出，則生石脂、玉膏，食之不死，神龍靈龜行於穴中矣。

47 神宫在高石沼中，有神人，多麒麟，其芝神草有英泉，飲之，服三百歲乃覺，不死。去瑯琊四萬五千里。三珠樹生赤水之上〔五六〕。

48 員丘山上有不死樹，食之乃壽。有赤泉，飲之不老。多大蛇，爲人害，不得居也。

校勘記

〔一〕魏氏曰　案魏氏日當作魏氏目。此指魏秘書郎鄭默所制《中經》。下云夏禹，卽指《禹貢》。地理略乃《中經》內目録分類之一。

〔二〕地南北三億三萬五千五百里　案洪興祖《楚辭(天問)補注》引張衡《靈憲》曰：「八極之維，徑二億三萬二千五百里，南北短減千里。」《海外東經》郭璞注引《含神霧》及《開元占經》卷四引《河圖括地象》並作二億三萬一千五百里，宜據正。

〔三〕地部之位起形高大者　士禮居刊本「部」作「祁」。《開元占經》卷四、《太平御覽》卷三十七引《河圖括地象》及《事類賦》卷六引並作「祇」。案「部」、「祁」、「祇」均誤，當作「坻」。《詩・甫田》：「如坻如京。」注云：「坻，大坂也。」《御覽》三百六十引作「地氏之位」。《說文》：「氏，巴蜀名山岸脅之旁箸欲落㙖者曰氏。」段玉裁曰：「其字作坻。」

〔四〕其泉南流入中國　錢熙祚云：「泉當作『白水』二字。」是也。案《太平御覽》卷三十八引作「其白水東南流入中國」。《離騷》云：「朝吾將濟於白水兮。」洪興祖《補注》引《河圖》云：「其白水入中國，名爲河也。」據此，則本文當依《御覽》所引改正。

〔五〕是奸城也　「奸」，《稗海》本作「姦」，誤。《格致》本、士禮居刊本、浦江周氏紛欣閣本並作「好」，是也。明孫瑴輯《古微書・古河圖》亦作「好」，是其證。

〔六〕中國之城　案《太平御覽》卷二十七及三十六並引「城」作「域」，「城」、「域」古通用。曹植《贈白馬王彪》詩：「孤魂翔故域。」域一作城。城卽州縣也。《周禮・職方氏》疏引《括地象》云：「地中央曰昆侖，昆侖東南五千里名曰神州。」神州卽中國也。《史記・孟子荀卿列傳》云：「以爲儒者所謂中國者，於天下乃八十一分居其一分耳。中國名曰赤縣神州。」

〔七〕萬五千里　案《太平御覽》卷二十七引「里」下有「面二千五百里」六字，當據補。

〔八〕右跨京北　案「右跨京北」，《太平御覽》卷二十七引作「後跨荆北」，是也。「右」，士禮居刊本作「后」，「后」、「後」通用，知今本因「右」、「后」形近致譌。又「岳」下《太平御覽》引有「若計共四隅有三億之餘，降朝鮮、岷山、東治，可(河)西也。隴川以南及北海之國，此是」三十一字，宜據補。

〔九〕堯舜土萬里時七千里　「萬里」下，《稗海》本、《子書百家》本並有「三代」二字，《太平御覽》卷二十七引無「三代」二字，但另有「及湯」二字，未知孰是。惟「千里」下《太平御覽》引有「此後」二字，當據補。

〔一〇〕胡苑之塞　王謨《增訂漢魏叢書》本、《子書百家》本「苑」並作「宛」，誤也。《史記・留侯世家正義》引作「苑」是也。楊慎《丹鉛總録》卷二曰：「張良對高祖言長安形勝曰：『南有巴蜀之饒，北有胡苑之利。』後人或改作戎，非也。案《漢官儀》引郎中侯應之言曰：『陰山東西千餘里，單于之苑囿也。』又胡人歌曰：『失我燕支山，令我婦女無顔色；失我祁連山，令我六畜不蕃息。』所謂胡苑之利，當是此義。」據此，則作「苑」是也。「苑」、「宛」形音並近，古書每互譌。《世説・方正篇》蘇峻時條注引《晉陽秋》曰：「以宛城降。」《晉書・成帝紀》及《蘇峻傳》並作「苑城」，是其比。又案「苑」古寫作「菀」，見《漢書・谷永傳》注。疑「胡苑」正寫本作「胡菀」。因而宛、苑互用。

〔一一〕雷風所起四險之國也　《太平御覽》卷百五十八引「雷風」作「風雨」，《格致》本作「風雷」。又「國」字下《御覽》引有「武王克殷，定鼎郟鄏以爲東都」十二字，當據補。案《左宣三年傳》云：「成王定鼎於郟鄏。」杜注云：「郟鄏，今河南也。武王遷之，成王定之。」則茂先所記或小有誤也。

〔一二〕東臨九州西瞻恒嶽　《趙策》二：「蘇秦從燕之趙，始合縱，説趙王曰：『趙地……西有常山，南有河漳，東有清河，北有燕國。』」據此，趙東無「九州」。案《史記・趙世家》云：「武靈王出九門，爲野臺以望齊中山之境。」「九州」或爲「九門」之誤。

〔一三〕飛壺　案飛壺《漢書・酈食其傳》作飛狐，狐與壺通，字當作瓠。《詩・豳風・七月》傳云：「壺，瓠也。」是其證。

〔一四〕西至君都　《燕策》一：「蘇秦將爲從，北説燕文侯曰：『燕東有朝鮮遼東，北有林胡、樓煩，西有雲中、九原，南有呼沱、易水，地方二千餘里。』」據此，燕西無「君都」。《漢書・地理志》云燕地西有上谷郡，上谷郡所屬有「軍都」。「君」、「軍」同部同音，二字古通用，此「君都」當即「軍都」。

〔一五〕配林之險坂固之國也　士禮居刊本作「配林之峻，坂險之國也」。疑應作「配林之峻，險固之國也」。

〔一六〕水戒險阻之國也　「水戒」，《子書百家》本作「水戎」。案「戒」當作「界」，「戎」乃「戒」之形訛。應璩《與許子俊書》云：「孫權不出水。」即此意也。「戒」、「界」聲近而誤。魏泰《東軒筆録》卷十三云：「戒身即寺之戒壇也。」《東京夢華録》卷二作「界身」，是其比。

〔一七〕嵩海深　疑「嵩」乃「山高」二字的合文，《子書百家》本作「山高」是也。

〔一八〕北得洪水南過漢上　《格致》本、浦江周氏紛欣閣刊本「洪」均作「淇」。案《詩・衛風・竹竿》云：「泉源在左，淇水在右。」《水經・淇水注》云：「武王以殷之遺民封紂子武庚於兹邑，分其地爲三，曰邶、鄘、衛，使管叔、蔡叔、霍叔輔之，爲三監。叛，周討平以封康叔爲衛。……地居河、淇之間。」此云「衛南跨於河，北得洪水」，正與《竹竿》及《淇水注》暗合，故「洪」乃「淇」之形訛。又衛有濮上，無漢上，疑「漢」亦「濮」字之誤。

〔一九〕左通魯澤　士禮居刊本「魯」作「黎」。案衛地無「魯澤」，亦無「黎澤」，只有「阿澤」。《左襄十四年傳》曰「孫氏追之，敗公徒於阿澤」是也。

〔二〇〕守固保疆　士禮居刊本作「守固保强」，《百三名家集》作「守國保疆」。

〔二一〕安屋猶懼　「屋」疑爲「居」之訛。但《上林賦》曰：「張樂乎膠葛之寓。」李注云：「寓，屋也。」則作「屋」亦通。

〔二二〕進用忠直　弘治賀刻本、《稗海》本「直」並作「良」。士禮居刊本作「險」，非是。

〔二三〕崑崙山北　案《開元占經》卷四及《太平御覽》卷三十六並引作「崑崙山之東北」。《初學記》卷五、《分門集註杜工部詩》卷四《南池》詩注及《事類賦》卷六並引作「崑崙山東北」，無「之」字。據此，「北」字上宜補一「東」字。

〔二四〕犬牙相舉　《開元占經》卷四引作「互牽制也」，《北堂書鈔》卷五、《太平御覽》卷三十六、洪興祖《天問補注》、《事類賦》卷六並引作「互相牽制也」。據此，則「相舉」應作「相制(掣)」。案《史記·孝文紀》云：「高祖封王子弟地，犬牙相制。」《索隱》云：「言封子弟境土交接若犬之牙，不正相當，而相銜入也。」卽《文選·木玄虚海賦》所謂「似地軸挺拔而争迴」是也。惟士禮居刊本「舉」作「牽」，亦可。

〔二五〕知人生命之長短　士禮居刊本此條包括在卷一《援神契》內，又在卷六複出。本書後面亦重見。案《北堂書鈔》卷百六十、《太平御覽》卷三十九及卷八百八十六引《援神契》，「知」字上並有「故」字，與士禮居刊本合，宜據補。又《御覽》八百八十六引「知」作「主」，於義爲長。

〔二六〕冬至地上北而西三萬里夏至地下南而東三萬里　案《文選·張茂先勵志詩》注引《尚書考靈曜》，兩「地」字下均有「行」字，當據補。

〔二七〕地常動不止　案《文選·張茂先勵志詩》注、《御覽》卷三十六並引作「地恒動而人不知」。

〔二八〕譬如人在舟而坐　案《文選·張茂先勵志詩》注、《太平御覽》卷三十六並引《考靈曜》，《錦綉萬花谷》卷五、《白孔六帖》卷一並引《河圖括地象》云「譬如人在大舟中閉牖而坐」，意較明晰，當據補。

〔二九〕七戎六蠻　「七戎」上《初學記》卷六引有「天地四方皆海水相通，地在其中蓋無幾也」十七字，宜據補。

〔三〇〕形總而言之　《説郛》本、《廣漢魏叢書》本、《子書百家》本，「形」字下均有「類不同」三字，與《北堂書鈔》卷一百五十八及《初學記》卷六引合，宜據補。

〔三一〕海之言晦昏無所覩也　案《説郛》本「昏」作「冥」。《曲禮正義》引李巡曰：「晦冥無形，不可教誨，謂之四海。」《太平御覽》卷三十六引犍爲舍人注曰：「晦冥無識，不可教誨，故謂四海。」據此，則作「晦冥」，於義似勝。《莊子·逍遥遊》云：「北冥有魚。」北冥卽北海，是其佐證。

〔三二〕三尺以上爲糞三尺以下爲地　案《太平御覽》卷三十六引「地」字下有「重陰之性也」五字，宜據補。又《太平經》卷四十五第八曰：「今天不惡人有室廬也，乃其（《三洞珠囊》卷一引「其」作「惡人」二字）穿鑿地太深，皆爲創傷，或得地骨，或得地血。何謂也？泉者地之血，石者地之骨也，良土地之肉也。……凡鑿地動土，入地不過三尺爲法。一尺者陽所照，氣屬天也；二尺者物所生，氣屬中和也；三尺者及地身，氣屬陰，過此而下，傷地形，皆爲凶也。」據此，疑「糞」字是「氣」字之誤，「氣」初以音近誤作「冀」，後又因形近訛作「糞」。

〔三三〕五嶽華岱恒衡嵩　《古今逸史》本、《廣漢魏叢書》本「衡」均作「霍」。案《爾雅·釋山》云：「泰山爲東嶽，華山爲西嶽，霍山爲南嶽，恒山爲北嶽，嵩高爲中岳。」《白虎通》引《尚書大傳》云：「五嶽謂岱、霍、華、恒、嵩也。」亦均作「霍」，不作「衡」。惟《詩·大雅·崧高篇》毛傳稱「衡」爲南嶽。應劭《風俗通》卷十五嶽條下云：「泰、岱」、「衡、霍」，皆一山而二名，仲遠博學，當有所據。又釋湛然《輔行記》卷一之一引作「嵩山爲中岳，屬豫州；華山爲南岳，屬同州；泰山爲東嶽，屬兗州；恒山爲北嶽，屬冀州；衡山爲南嶽，屬荆州」。同州乃西魏所置，此當是注文。至明鄧士龍《事類捷録》卷一地輿部引作「東嶽泰山，南嶽衡山，西嶽華山，北嶽恒山，中嶽嵩山」。疑亦是注文。

〔三四〕按北太行山　《太平御覽》卷四十引無「北」字，當據删。

〔三五〕「漢北廣遠」至「瀚海而還」　周心如校云：「『漢』字應作『漠』。」案快閣本、《子書百家》本正作「漠」。《漢書·霍去病傳》云：「約輕齎，絶大幕，涉獲單于。……登臨翰海。」幕即漠。又瀚當作翰。《史記·霍去病傳索隱》引崔浩云：「翰，北海名，羣鳥之所解羽，故云翰海。」是其證。

〔三六〕漢使張騫渡西海至大秦　洪興祖《離騷補注》引「大秦」下有「大秦之西鳥遲國，鳥遲國之西，復言有海」十七字，當據補。

〔三七〕威宣燕昭　「威」似應作「齊」。士禮居刊本「威宣」誤作「齋冥」，「齋冥」當是「齊宣」之訛。惟《史記·封禪書》、《漢書·郊祀志》並作「威宣」，則作「威宣」亦不誤。

〔三八〕涇出少室　《水經·潁水注》、《藝文類聚》卷八均作「潁出少室」，《海内東經》及《淮南·説山訓》並同，當據正。案涇水所出，《淮南·墬形訓》高注及《海内東經》郭注並稱出鷄頭山，非少室也。

〔三九〕泗出涪尾　「涪」，士禮居刊本作「陪」，《水經·泗水注》及《藝文類聚》卷八引亦同作「陪」，與《書·禹貢》、《史記·夏本紀》引《括地志》、《漢書·地理志》江夏郡安陵縣下注文相合，當據正。清李道平《獲齋文集》卷一有陪尾解，可參考。

〔四〇〕沔出月台　案《漢書·地理志》及《水經·沔水注》均云「沔出武都」，不言月台。《藝文類聚》卷八引「沔」作「溜」，陳穆堂謂是「淄」之字誤是也。《淮南·地形訓》云：「淄出目飴。」「目飴」一作「月台」。《左襄四年傳》云：「邾人莒人伐鄫，臧紇救鄫侵邾，敗於狐駘（《郡國志》駘作台）。」「狐駘」，《檀弓》作「壺駘」，洪亮吉謂即「目飴」，故疑「月台」當作「胡台」，月是胡之缺體。

〔四一〕沃出太山　《藝文類聚》卷八引「沃」作「沂」，《國語·吴語》「北屬之沂」，韋昭注云：「沂，水名，出泰山。」故疑「沃」是「沂」之誤字。

〔四二〕有濁有清　《太平御覽》卷五十九引「濁」下有「河淮濁，江濟清。南陽有清冷之水、丹水、泉水」十七字，宜據補。

〔四三〕汝南有黄冰　「冰」弘治賀刻本、《格致》本並作「水」。《太平御覽》卷五十九引作「汝南有黄水，華山南有黑水，天下之水皆類五色，今載其名也。渟水不流」，文與此略異。當據補正。

〔四四〕江河水赤名曰泣血　百衲本《後漢書·五行志》引「名」作「占」。《水經·河水注》引京房《易妖》曰：「河水赤，下民恨。」

〔四五〕道路涉骸於河以處也　「骸」，《稗海》本作「駭」，於義不可解，當是誤改。《後漢書·五行志》云：「安帝永初六年，河東池水變色，皆赤如血。」注引《博物記》曰：「江河水赤，占曰泣血，道路涉蘇，於何以處。」案此可釋爲「草莽塞路，於何以居」。則「骸」乃「蘇」誤，「河」是「何」誤。「蘇」與「處」，古音同在魚部。蘇，草也。

〔四六〕諸侯賞封内名山者　《禮·王制》、《史記·封禪書》並云：「天子祭天下名山大川。五岳視三公，四瀆視諸侯。諸侯祭其疆内名山大川。」案「賞」訓「祭」，於古無徵，疑是「饗」字之訛。又「名山」下當有「大川」二字，宜補。

〔四七〕五嶽之神聖四瀆之精仁　案《文選·蔡伯喈陳太邱碑文》注引《援神契》作「五岳之精雄聖，四瀆之精仁明」，當據補正。

〔四八〕山谷清其人佼好　《太平御覽》卷三百六十三引「清」字下有「朗」字，宜據補。

〔四九〕深目多毛　案隋蕭吉《五行大義》卷五論人配五行引《春秋文耀鉤》作「面多毛」，疑「深目」下脱一「面」字。

〔五〇〕土下水淺其人大口多傲　「淺」，《太平御覽》卷三百六十三引作「沃」。又「大口多傲」，《淮南·墬形訓》作「大口決眦」。

〔五一〕中央四析　案《太平御覽》卷三百六十三引「析」作「抄」，士禮居刊本作「折」。《淮南·墬形訓》作「達」，《五行大義》卷五引《文耀鉤》作「通」，俱非。當作「戰」。《韓非子·初見秦篇》：「趙氏中央之國也。」《史記·樂毅傳》云：「趙四戰之國也。」是「中央」有「四戰」之義。《後漢書·荀彧傳》云：「或謂父老曰：『潁川四戰之地也。』」章懷太子李賢注云：「四面通也。」是其比。

〔五二〕高凌氣犯　「凌」，快閣本、《廣漢魏叢書》本並作「陵」。「高陵」與「平衍」相對。

〔五三〕如是不流泉井界尤無此病也　士禮居刊本無「界」字，「界」字疑是衍文。

〔五四〕江南大貝　「南」字依上下文意，應是「出」字之訛誤。

〔五五〕孔穴相内　《北堂書鈔》卷五、洪興祖《天問補注》引「相内」並作「相通」。

〔五六〕三珠樹生赤水之上　《稗海》本、《説郛》本「珠」並作「株」。案《海外南經》云：「三株樹在厭火北，生赤水上，其爲樹如柏，葉皆爲珠。」據此，則「珠」當作「株」矣。

博物志卷之二

晉　張華　撰
宋　周日用等注

外國

49 夷海内西北有軒轅國，在窮山之際，其不壽者八百歲。渚沃之野，鸞自舞〔一〕，民食鳳卵，飲甘露。

50 白民國，有乘黄，狀如狐，背上有角，乘之壽三千歲。

51 君子國，人衣冠帶劍，使兩虎〔二〕，民衣野絲，好禮讓，不争。土千里〔三〕，多薰華之草〔四〕，民多疾風氣，故人不番息〔五〕，好讓，故爲君子國。

52 三苗國，昔唐堯以天下讓於虞〔六〕，三苗之民非之〔七〕。帝殺，有苗之民叛〔八〕，浮入南海爲三苗國。

53 驩兜國，其民盡似仙人。帝堯司徒。驩兜民。常捕海島中〔九〕，人面鳥口〔一〇〕，去南國萬六千里，盡似仙人也〔一一〕。

54 大人國，其人孕三十六年，生白頭〔一二〕，其兒則長大能乘雲而不能走，蓋龍類，去會稽四萬六千里。

55 厭光國民，光出口中，形盡似猨猴，黑色〔一三〕。

56 結胸國，有滅蒙鳥。奇肱民善爲拭扛〔一四〕，以殺百禽，能爲飛車，從風遠行。湯時西風至，吹其車至豫州。湯破其車，不以視民〔一五〕，十年東風至，乃復作車遣返，而其國去玉門關四萬里。

57 羽民國，民有翼，飛不遠，多鸞鳥，民食其卵。去九疑四萬三千里。

58 穿胸國，昔禹平天下，會諸侯會稽之野，防風氏後到，殺之。夏德之盛，二龍降之〔一六〕，禹使范成光御之，行域外。既周而還至南海，經房風，房風之神二臣以塗山之戮，見禹使，怒而射之〔一七〕，迅風雷雨，二龍升去。二臣恐，以刃自貫其心而死。禹哀之，乃拔其刃療以不死之草，是爲穿胸民。

59 交趾民在穿胸東〔一八〕。

60 孟舒國民，人首鳥身。其先主爲霤氏，訓百禽〔一九〕，夏后之世，始食卵。孟舒去之，鳳皇隨焉。

異人

61 《河圖玉板》云：龍伯國人長三十丈，生萬八千歲而死〔二〇〕。大秦國人長十丈，中秦國人長一丈，臨洮人長三丈五尺。

62 禹致宰臣於會稽〔二一〕，防風氏後至，戮而殺之，其骨專車〔二二〕。長狄喬如，身横九畝，長五丈四尺，或長十丈。

63 秦始皇二十六年，有大人十二見于臨洮，長五丈，足迹六尺。東海之外，大荒之中，有大人國僬僥氏，長三丈〔二三〕。《時含神霧》曰：東北極人長九丈〔二四〕。

64 東方有螗螂，沃焦。防風氏長三丈。短人處九寸。遠夷之名雕題、黑齒、穿胸、檐耳、大竺〔二五〕、岐首。

65 子利國，人一手二足，拳反曲〔二六〕。

66 無啓民〔二七〕，居穴食土，無男女。死埋之，其心不朽，百年還化爲人。細民，其肝不朽，百年而化爲人。皆穴居處〔二八〕，二國同類也〔二九〕。

67 蒙雙民，昔高陽氏有同産而爲夫婦，帝放之此野，相抱而死，神鳥以不死草覆之，七年男女皆活，同頸二頭、四手，是蒙雙民。

68 有一國亦在海中，純女無男。又説得一布衣，從海浮出〔三〇〕，其身如中國人衣，兩袖長二丈〔三一〕。又得一破船，隨波出在海岸邊〔三二〕，有一人項中復有面，生得〔三三〕，與語不相通，不食而死。其地皆在沃沮東大海中。

69 南海外有鮫人，水居如魚，不廢織績，其眼能泣珠〔三四〕。

70 嘔絲之野〔三五〕，有女子方跪，據樹而嘔絲，北海外也。

71 江陵有猛人〔三六〕，能化爲虎，俗又曰虎化爲人，好著紫葛人，足無踵〔三七〕。

72 日南有野女，羣行見丈夫〔三八〕，狀皛目，裸袒無衣襌〔三九〕。

異俗

73 越之東有駭沐之國〔四〇〕，其長子生則解而食之，謂之宜弟。父死則負其母而棄之，言鬼妻不可與同居。周日用曰：既其母爲鬼妻，則其爲鬼子，亦合棄之矣。是以而蠻夷於禽獸犬豕一等矣〔四一〕，禽獸犬豕之徒猶應不然也。

74 楚之南有炎人之國，其親戚死，朽之肉而棄之〔四二〕，然後埋其骨，乃爲孝也。

75 秦之西有義渠國，其親戚死，聚柴積而焚之勳之，卽烟上謂之登遐〔四三〕，然後爲孝。此上以爲政，下以爲俗，中國未足爲非也。此事見《墨子》。周日用曰：此事庶幾佛國之法且如是乎？中國之徒，亦如此也。

76 荆州極西南界至蜀，諸民曰獠子，婦人姙娠七月而產。臨水生兒，便置水中。浮則取養之，沈便棄之，然千百多浮。既長，皆拔去上齒牙各一，以爲身飾。

77 毌丘儉遣王頎追高句麗王宮〔四四〕，盡沃沮東界，問其耆老〔四五〕，言國人常乘船捕魚，遭風吹〔四六〕，數十日，東得一島，上有人，言語不相曉。其俗常以七夕取童女沈海〔四七〕。

78 交州夷名曰俚子，俚子弓長數尺，箭長尺餘，以燋銅爲鏑，塗毒藥於鏑鋒，中人卽死，不時歛藏，卽膨脹沸爛，須臾燋煎都盡，唯骨耳。其俗誓不以此藥治語人〔四八〕。治之，飲婦人月水及糞汁，時有差者。唯射猪犬者，無他，以其食糞故也。燋銅者，故燒器。其長老唯别燋銅聲，以物杵之，徐聽其聲，得燋毒者，偏鑿取以爲箭鏑〔四九〕。

79 景初中，蒼梧吏到京，云：「廣州西南接交州數郡，桂林、晉興、寧浦間人有病將死，便有飛蟲大如小麥，或云有甲，在舍上。人氣絶〔五〇〕，來食亡者。雖復撲殺有斗斛，而來者如風雨，前後相尋續，不可斷截，肌肉都盡，唯餘骨在，更去盡〔五一〕。貧家無相纏者，或殯殮不時，皆受此弊。有物力者，則以衣服布帛五六重裹亡者。此蟲惡梓木氣，卽以板鄣防左右，并以作器，此蟲便不敢近也。入交界更無，轉近郡亦有，但微少耳。」

異産

80 漢武帝時，弱水西國有人乘毛車以渡弱水來獻香者，帝謂是常香，非中國之所乏，不禮其使。留久之，帝幸上林苑，西使千乘輿聞，并奏其香。帝取之，看大如燕卵〔五二〕，三枚，與棗相似。帝不悦，以付外庫。後長安中大疫，宮中皆疫病。帝不舉樂，西使乞見，請燒所貢香一枚，以辟疫氣。帝不得已聽之，宮中病者登日並差。長安中百里咸聞香氣，芳積九月餘日〔五三〕，香由不歇〔五四〕。帝乃厚禮發遣餞送。

81 一說漢制獻香不滿斤〔五五〕，西使臨去，乃發香氣如大豆者，拭著宮門，香氣聞長安數十里，經數日乃歇〔五六〕。

82 漢武帝時，西海國有獻膠五兩者〔五七〕，帝以付外庫。餘膠半兩，西使佩以自隨。後從武帝射於甘泉宮〔五八〕，帝弓弦斷，從者欲更張弦，西使乃進，乞以所送餘香膠續之，座上左右莫不怪。西使乃以口濡膠爲以住斷弦兩頭〔五九〕，相連注弦，遂相著。帝乃使力士各引其一頭，終不相離。西使曰：「可以射。」終日不斷，帝大怪，左右稱奇，因名曰續弦膠。

83 《周書》曰：西域獻火浣布，昆吾氏獻切玉刀〔六〇〕。火浣布汙則燒之則潔，刀切玉如臈。布，漢世有獻者，刀則未聞。

84 魏文帝黄初三年，武都西都尉王襃獻石膽二十斤，四年，獻三斤。

85 臨邛火井一所，從廣五尺，深二三丈。井在縣南百里。昔時人以竹木投以取火，諸葛丞相往視之，後火轉盛熱，盆蓋井上，煮鹽得鹽〔六一〕。入以家火卽滅，訖今不復燃也。酒泉延壽縣南山名火泉，火出如炬。

86 徐公曰：西域使王暢説石流黄出足彌山〔六二〕，去高昌八百里，有石流黄數十丈〔六三〕，從廣五六十畝。有取流黄晝視孔中，上狀如烟而高數尺〔六四〕。夜視皆如燈光明，高尺餘，暢所親見之也。言時氣不和，皆往保此山〔六五〕。

校勘記

〔一〕渚沃之野鸞自舞　《太平廣記》卷四百八十引作「諸夭之野，和鸞鳥舞」。案「諸夭」與《海外西經》合。「夭」，道藏本《山海經》音沃，他本作「妖」，非。諸夭者，即《吕氏春秋·本味篇》「流沙之西，丹山之南，有鳳之丸，沃民所食」之「沃民」是也。據此，知「渚」當作「諸」。「鸞自舞」，《海外西經》作「鸞鳥自歌，鳳鳥自舞」。亦當據以增補。

〔二〕使兩虎　《海外東經》及《事類賦》卷二十四引《括地圖》「虎」上並有「文」字。

〔三〕土千里　案《藝文類聚》卷二十一引《山海經》、卷八十九引《玄中記》、《事類賦》卷二十四引《括地圖》「土」下並有「方」字，宜據補。

〔四〕多薰華之草　案徐鍇《説文繫傳》第二、羅願《爾雅翼》卷二《釋草》二並引作「薰華」，與《海外東經》合。惟《齊民要術》卷十、《藝文類聚》卷八十九引《外國圖》並作「木堇之華」，《吕氏春秋·仲夏紀》「木堇榮」高誘注云：「木堇，朝榮暮落，……一名蕣。《詩》云『顔如蕣華』是也。」《北户録》卷三引張華曰：「君子國多蕣華之草，朝生夕死。」則「薰華」本字當作「蕣華」矣。「薰」、「蕣」音近通假。

〔五〕故人不番息　張皋文校云：「番當作蕃」。案蕃、番古通用，漢《無極山碑》、《白石神君碑》並假「番」作「蕃」。張説是也。《稗海》本、士禮居刊本、浦江周氏紛欣閣本並作「蕃」，是其證。

〔六〕讓於虞　案「虞」下應有「舜」字，《海外南經》三苗國條下郭注作「舜」，是其比。舜伐有苗事，見於《魏策》一、《韓詩外傳》卷三、《説苑·君道篇》等，可參看。

〔七〕三苗之民　案《海外南經》郭注作「三苗之君」是也，宜據正。

〔八〕帝殺有苗之民　案《海外南經》郭注「殺」下有「之」字，「之」指有苗之君而言。蓋舜所殺者有苗之君，非有苗之民也，故當據以增補。

〔九〕常捕海島中　《海外南經》「捕」下有「魚」字，宜據補。案讙兜投南海死，帝堯憐之，使其子居南海。此處與上文不連貫，疑有脱誤。

〔一〇〕人面鳥口　案《海外南經》「口」作「喙」，「口」當是「喙」字剥蝕所致。

〔一一〕盡似仙人　案《海外南經》郭注云：「畫似仙人也。」是「盡」乃「畫」之誤。此句與上文重複。陶淵明詩：「流觀《山海圖》。」此種流行於魏晉時代之圖像，茂先當亦見及，故作是語也。

〔一二〕生白頭其兒則長大　《太平御覽》卷三百六十、三百七十七引《括地圖》作「而生兒，生兒白首長丈」，據此，則「生」上有「而」字，「生」下有「兒生兒」三字，「則」字是衍文，「大」乃「丈」之訛，宜據補正。

〔一三〕厭光國民光出口中形盡似猨猴黑色　案《海外南經》云：「厭火國，……獸身黑色，生火出其口中。」郭注云：「言能吐火，畫似獼猴而黑色也。」據此，知「光」乃「火」字之訛；「盡」是「畫」文之誤；「形」爲衍字，宜删。

〔一四〕善爲拭扛　《太平廣記》卷四百八十二引作「善爲機巧」。案「拭扛」不辭，作機巧是也。《海外西經》奇肱之國條下郭注云：「其人善爲機巧，以取百禽。」任昉《述異記》卷下云：「奇肱國，其民善爲機巧。」是其證。所謂機巧者，即《淮南·本經訓》「設詐諝，懷機械巧故之心」之「機械巧故」也。《抱朴子·外篇·行品》第二十二云：「創機巧以濟用，總音數而并精，藝人也。」據此，知《太平御覽》卷七百五十二引《玄中記》謂奇肱氏善「奇巧」誤矣。

〔一五〕不以視民　案《海外西經》郭注、《藝文類聚》卷一、《太平廣記》卷四百八十二、《海録碎事》卷五並引「視」作「示」。　視卽古示，字當作「眎」。《詩·小雅·鹿鳴》「視民不恌」，箋云：「視，古示字。」是其證。又《廣記》引「民」下有「後」字，宜據補。

〔一六〕夏德之盛二龍降之　《文選·陸佐公石闕銘》李注引作「夏德盛」，無「之」字。案《藝文類聚》卷九十六引《括地圖》作「夏后德盛」，亦無「之」字，故疑此「之」字是衍文。又「降之」，《稗海》本作「降庭」。

〔一七〕房風之神二臣以塗山之戮見禹使怒而射之　「房」，《稗海》本作「防」，與《太平御覽》卷九百三十引合。「房」

與「防」古字通。《文選・月賦》「徘徊房露」，李注：「房、防古通。」是其證。又「之神」，《廣漢魏叢書》本作「氏之」；「使」，士禮居刊本作「便」，於義均較當。

〔一八〕交趾民在穿胸東　案士禮居刊本「民」作「足交」二字，疑此處有脱誤。《海外南經》云：「交脛國，……其爲人交脛，一曰在穿胸東。」據此，則「趾」當作「脛」，但作「趾」亦通。「民」下疑有「其爲人交足」五字。

〔一九〕「孟舒國民」至「雲氏訓百禽」　案《增訂漢魏叢書》本、快閣本「禽」作「官」，非是。《事類賦》卷十八引《括地圖》曰：「孟虧人首鳥身，其先爲虞氏，馴百禽。」《路史・後紀》卷七云：「伯翳大費能馴鳥獸，知其話言。……夏后氏衰，孟虧去之，而鳳凰隨焉。」注曰：「見《括地圖》。史作孟戲，張華作孟舒。」據此，「雲」爲「虞」之訛。「訓」與「馴」古字通用。《周禮・地官》「士訓」，鄭司農云：「訓讀爲馴。」虘、盧、予，同在古音魚部，故虧、戲、舒三字古通用。

〔二〇〕長三十丈生萬八千歲而死　《法苑珠林》卷八引《河圖玉板》同此。《列子・湯問篇》張湛注引《河圖玉板》「三十」作「四十」，「而死」作「始死」，與此小異。

〔二一〕禹致宰臣　《稗海》本「宰」作「羣」，是也。案《國語・周語》云：「禹致羣神。」張衡《思玄賦》云：「集羣神之執玉兮，疾防風之食言。」是「宰」應作「羣」之證。

〔二二〕其骨專車　案《周語》下「骨」上有「節」字。

〔二三〕長三丈　案《國語》《魯語》下、《晉語》四韋昭注、《荀子・富國篇》楊倞注並云：「僬僥氏長三尺，短之至也。」既云短，則「三丈」應作「三尺」明甚。

〔二四〕時含神霧曰東北極人長九丈　案諸本割裂成爲兩條，殊誤。「時」，黄丕烈校作「詩」，是也。《法苑珠林》卷八引《河圖玉板》，「時」正作「詩」。《含神霧》乃詩緯之名。又「九丈」，士禮居刊本作「九寸」，與《山海經・大荒東經》郭注、《法苑珠林》卷八、《太平御覽》卷三百七十八引《詩含神霧》合，當據正。

〔二五〕「短人處九寸」至「穿胸檐耳大竺」　《山海經・大荒東經》云：「有小人國，名靖人。」《列子・湯問篇》云：「東北極有人，名曰静人，長九寸。」據此，疑「短人處」當作「靖人長」。又士禮居刊本「檜」作「擔」，《增訂漢魏叢書》本「檜」作「儋」。《稗海》本「竺」作「足」。案《文選》卷四十四司馬長卿《喻巴蜀檄》李注引《論語比考讖》云：「穿胸儋耳，莫不貢職。」《吕氏春秋·任數篇》云：「北懷儋耳。」《山海經·大荒北經》云：「有儋耳之國。」注云：「其人耳大下儋，垂在肩上。」據此，是「檜」當作「儋」。「擔」乃「儋」之俗體，其本字應作「聸」。《説文》云：「聸，垂耳也。」又「竺」爲「足」之音訛。疑「大足」是「交跂」之脱誤。

〔二六〕子利國人一手二足拳反曲　士禮居刊本作「一手一足」，是也。案《海外北經》云：「柔利國在一目東，爲人一手一足，反膝曲足居上。一云留利之國，人足反折。」郭璞注云：「一脚一手，反卷曲也。」據此，則「拳反曲」應作「反卷曲」，拳、卷古通用。《莊子·人間世》：「其細枝則拳曲。」釋文云：「拳本亦作卷。」「子利」應作「柔利」，《淮南·墬形訓》有「柔利民」，是其比。

〔二七〕無啓民　《太平御覽》卷八百八十八引「啟」作「脩」，與《海外北經》合。《淮南·墬形訓》作「無繼」，高誘注云：「其人蓋無嗣也。」

〔二八〕皆穴居處　《太平御覽》卷三百七十六引「處」上無「居」字，下有「衣皮」二字。

〔二九〕二國同類也　士禮居刊本「二」作「三」，是也。《酉陽雜俎》卷四《異境篇》云：「無啓民居穴食土，其人死，其心不朽，埋之百年，化爲人；録民膝不朽，埋之百二十年，化爲人；細民肝不朽，埋之八年，化爲人。」本爲三國，因今本脱「録民國」，俗本遂改此句三字爲二字。錢熙祚云：「《御覽》三百七十六引《博物志》云：『繆民，其肺不朽，百年復生。』當是此條逸文。」案錢説是也。

〔三〇〕從海浮出　《魏志·東夷傳》、《異苑》卷一「海」下並有「中」字，宜據補。案此條與後「毌丘儉遣王頎」應是一條。

〔三一〕其身如中國人衣兩袖長二丈　《後漢書·東夷傳》作「其形如中人衣」，與此及《魏志》並異。又《異苑》卷一作

「長三丈」，與《魏志》及《後漢書》《東夷傳》合，當據改。

〔三二〕隨波出　《異苑》卷二「波」下有「流」字。

〔三三〕生得　《魏志·東夷傳》、《異苑》卷二「得」下有「之」字，當據補。

〔三四〕南海外有鮫人水居如魚不廢織績其眠能泣珠　周心如云：「『眠』字誤。《御覽》作『眼』。」案日本翻嘉靖刻本、士禮居刊本「眠」正作「眼」。此條亦見今本《搜神記》。《太平御覽》卷八百三、黄山谷詩《内集》卷三《次韻曾子開舍人游籍田載荷花歸》任淵注、《事文類聚·續集》卷二十五並引《博物志》文，與此異。云：「鮫人水底居也，俗傳從水中出，曾寄寓人家，積日賣綃，綃者竹孚俞也。鮫人臨去，從主人索器，泣而出珠滿盤，以與主人。」竊疑《事文類聚》等所引係周、盧二家注之佚文。

〔三五〕嘔絲之野　《太平廣記》卷四百八十引「嘔」作「歐」，與《海外北經》同。案歐、嘔古通，嘔有「化育」之義。《淮南·本經訓》云：「以相嘔咐醞釀而成育羣生。」是其證。故嘔絲即産絲也。又嘔，吐也，嘔絲或即吐絲。

〔三六〕江陵有猛人　《一切經音義》卷三十四《超日明三昧經》下卷、《文選·左思蜀都賦》李善注、《太平御覽》卷八百八十八、《爾雅翼》卷十九《釋獸》二引並作「江漢有貙人」。案猛人無義，當作「貙」。《文選·左思吴都賦》「貗貐貙象」，注曰：「貙，虎屬也，或曰能化爲人。」是其證。

〔三七〕好著紫葛人足無踵　案「人」字，士禮居刊本作「衣」，《太平御覽》卷八百八十八、八百九十二引並作「衣」，宜據正。又「無踵」下，《御覽》引有「有五指者人化爲虎」八字。

〔三八〕羣行見丈夫　案《後漢書·郡國志》日南郡比景縣下劉昭《補注》引《博物記》、《太平御覽》卷七百九十引並作「羣行不見夫」，與此異。但兩者均誤。當作「羣行覓夫」。「覓」字俗書作「覔」，見《干禄字書》。蘇軾《雷州八首》之一云：「舊時日南郡，野女出成羣。此去尚應遠，東風已如雲。蚩氓託絲布，相就通殷勤。可憐秋胡子，不遇卓文君。」蓋詠野女覓夫事。《齊東野語》卷七亦曰：「邕宜以西南丹諸蠻皆居窮崖絶谷間，有獸名曰埜婆，黄髮椎髻，跣足裸形，儼然一媪也。……其羣皆雌，無匹偶，每遇男子，必負去求合。」此亦野女覓夫之證。

〔三九〕狀皛目裸袒無衣褌　「狀」，《御覽》卷七百九十引作「體」。「皛目」，士禮居刻本作「皛自」，《後漢書・郡國志》日南郡劉昭注及《太平御覽》卷七百九十並引作「皛且白」。案當從《後漢志》及《御覽》作「皛且白」。又「褌」，《後漢志》及《御覽》均作「襦」，亦宜據正。又「狀」字上《後漢志》及《御覽》均有「其」字，當據補。

〔四〇〕駭沐之國　《墨子・節葬》下篇、《集韻》十九代並作「輆沐」。「輆」本作「⿰𠦝必」，又作「⿰車必」，故劉晝《新論・風俗篇》改作「軫」，並誤。《列子・湯問篇》云：「越之東有輒休之國。」殷敬順釋文云：「輒，《説文》作耴，猪涉切，耳垂也。休，美也。蓋儋耳之類是也。諸家本作『輆沐』者，誤耳。」據此，則「駭沐」當作「輒休」。

〔四一〕是以而蠻夷於禽獸犬豕一等矣　「而」，士禮居刻本作「如」，弘治刻本空格，《格致》本無「而」字。案「而」字疑是衍文。又「於」字亦疑是「如」字之誤。

〔四二〕「炎人之國」至「朽之肉而棄之」　「炎」，《墨子・魯問篇》作「啖」。「朽」，《列子・湯問篇》作「㱙」，是也。殷敬順釋文云：「㱙本作冎，音寡，剔肉也。又音朽。」《説文》：「㱙，腐也，㱙或從木。」是㱙、朽同字。劉晝《新論・風俗篇》作「拆」，《太平御覽》卷七百九十、《太平廣記》卷四百八十並引作「刳」，均臆改之也，非其朔矣。又「之」字《稗海》本作「其」。

〔四三〕聚柴積而焚之勳之卽烟上謂之登遐　「積」下《墨子・節葬篇》有「薪」字，當據補。「勳」當從何刻《漢魏》本作「熏」，熏乃燻之古体。「勳之卽烟上」，《列子・湯問篇》作「燻則烟上」，意頗費解。劉晝《新論》卷九《風俗篇》作「烟上燻天」，義較明晰，或爲臆改。案「熏」，《説文》云：「火烟上出也。」「熏之」斷句，「卽」當作「其」。

〔四四〕遣王領　《漢魏》本「領」作「頎」。黄丕烈、周心如並校作「頎」是也。案《魏志》卷二十八《毌丘儉傳》，又《高句麗傳》並作「頎」，當據正。

〔四五〕問其耆老　案「耆老」下《太平廣記》卷四百八十引及《魏志》卷三十《東沃沮傳》並有「海東復有人不耆老」八

字，宜據補。

〔四六〕遭風吹　案「風」下《太平廣記》卷四百八十及《魏志·東沃沮傳》並有「見」字。

〔四七〕常以七夕取童女　案《太平廣記》卷四百八十及《魏志·東沃沮傳》，「常」作「嘗」，「七夕」並作「七月」。

〔四八〕須臾燋煎都盡唯骨耳其俗誓不以此藥治語人　「燋煎」，《稗海》本作「肌肉」二字是也，「骨」下《太平御覽》卷三百五十引有「在」字。「治」字《稗海》本、士禮居本及《御覽》引並作「法」，宜據正。

〔四九〕偏鑿取　案《稗海》本「偏」作「便」是也。

〔五〇〕或云有甲在舍上人氣絶　案《太平寰宇記》卷百六十六引作「或云有甲，嘗伺病者居舍上，候人氣絶」，宜據補。

〔五一〕更去盡　「更」當依士禮居刊本作「便」。

〔五二〕大如燕卵　案「燕」，弘治本、《格致》本、《稗海》本並作「鸞」，士禮居刊本作「鷰」，舊題東方朔《十洲記》作「雀」。其作「鸞」恐是「鷰」形之訛。

〔五三〕九月餘日　案「九月」，《稗海》本作「九十」，《十洲記》作「經三月不歇」，故「月」宜作「十」。

〔五四〕香由不歇　案《漢魏》本、士禮居本、《稗海》本並作「香猶不歇」。由、猶古通用。《孟子·離婁篇》：「我由未免爲鄉人也。」《音義》云：「由與猶義通。」

〔五五〕不滿斤　案《法苑珠林》卷四十九、《太平御覽》卷九百八十一、法雲《翻譯名義集》卷三《衆香篇》並引「斤」下有「不得受」三字，宜補。

〔五六〕香氣聞長安數十里經數日乃歇　《太平御覽》卷九百八十一、法雲《翻譯名義集》卷三《衆香篇》並引作「經月乃歇」。《稗海》本「日」亦作「月」，證以上條「九月(十)餘日」及《十洲記》作「芳氣經三月不歇」，則作「月」是也。又《御覽》引「長安」下有「四面」二字，當據補。

〔五七〕獻膠五兩　案「五兩」，今本《十洲記》及《北堂書鈔》(孔本)卷三十一引《十洲記》並作「四兩」。《文選·陸佐公新漏刻銘》李注引亦作「四兩」。

〔五八〕甘泉宮　案諸本並作「甘泉宮」，惟《十洲記》作「華林園」，《四庫提要》據此以疑《十洲記》非東方朔所作。

〔五九〕濡膠爲以住斷弦　「以」，《稗海》本作「水」。「住」，《稗海》本、《格致》本並作「注」，當據正。

〔六〇〕西域獻火浣布昆吾氏獻切玉刀　案《列子・湯問篇》曰：「西戎獻錕鋙之劍、火浣之布。其劍長尺有咫，練鋼赤刃，用之切玉如切泥焉。」張湛注引《河圖》曰：「瀛洲多積石，名昆吾，可爲劍。」東方朔《十洲記》曰：「流洲多山川，積石名爲昆吾，冶其石成鐵作劍。」梁吴均《詠寶劍》詩云：「我有一寶劍，出自昆吾溪。照人如照水，切玉如切泥。」《初學記》卷二十二引《十洲記》云：「西戎所獻昆吾刀，切玉如切泥。」據此，知「域」乃「戎」之誤。

〔六一〕煮鹽得鹽　「煮鹽」，疑當作「煮水」。《後漢書・郡國志》蜀郡下引《蜀都賦》注曰：「取井火還，煮井水，一斛水得四五斗鹽，家火煮之，不過二三斗鹽耳。」據此，則「煮鹽」應作「煮水」，「煮鹽」下應有「多」字也。

〔六二〕足彌山　士禮居刊本「足」作「疋」，《太平御覽》卷九百八十七引作「直」，未知孰是。

〔六三〕有石流黄數十丈　「數」上《太平御覽》卷九百八十七引有「高」字。

〔六四〕有取流黄晝視孔中上狀如烟而高數尺　《太平御覽》卷九百八十七引「取」下有「石」字，「黄」下有「孔穴」二字，「孔」下無「中」字，「如」下有「青」字，「而」作「常」，當依補正。

〔六五〕言時氣不和皆往保此山　「言」上《太平御覽》卷九百八十七引有「直彌人」三字，「山」下有「毒氣自滅」四字，當據補。

博物志卷之三

晋　張華　撰
宋　周日用等注

異獸

87 漢武帝時，大苑之北胡人有獻一物，大如狗〔一〕，然聲能驚人，雞犬聞之皆走，名曰猛獸。帝見之，怪其細小。及出苑中，欲使虎狼食之。虎見此獸卽低頭著地，帝爲反觀，見虎如此，欲謂下頭作勢，起搏殺之。而此獸見虎甚喜，舐脣摇尾，徑往虎頭上立，因搦虎面，虎乃閉目低頭，匍匐不敢動，搦鼻下去，下去之後，虎尾下頭去〔二〕，此獸顧之，虎輒閉目。

88 後魏武帝伐冒頓，經白狼山，逢師子，使人格之，殺傷甚衆，王乃自率常從軍數百擊之，師子哮吼奮起〔三〕，左右咸驚，王忽見一物從林中出，如狸，起上王車軛，師子將至，此獸便跳起在師子頭上，師子卽伏不敢起。於是遂殺之，得師子一。還，來至洛陽，三千里鷄犬皆伏〔四〕，無鳴吠。

89 九真有神牛〔五〕，乃生谿上，黑出時共鬬，卽海沸，黄或出鬬，岸上家牛皆怖，人或遮則霹靂，號曰神牛〔六〕。

90 昔日南貢四象，各有雌雄。其一雄死於九真〔七〕，乃至南海百有餘日，其雌塗土著身，不飲食，空草，長史問其所以〔八〕，聞之輒流涕〔九〕。

91 越雋國有牛〔一〇〕，稍割取肉，牛不死，經日肉生如故〔一一〕。

92 大宛國有汗血馬，天馬種，漢、魏西域時有獻者。

93 文馬，赤鬣身白，似若黄金，名吉黄之乘，復薊之露犬也。能飛食虎豹〔一二〕。

94 蜀山南高山上，有物如獼猴，長七尺，能人行，健走，名曰猴玃，一名化〔一三〕，或曰猳玃。同行道婦女有好者〔一四〕，輒盜之以去，人不得知。行者或每遇其旁，皆以長繩相引，然故不免。此得男女氣，自死，故取男也〔一五〕。取去爲室家，其年少者終身不得還。十年之後，形皆類之，意亦迷惑，不復思歸。有子者輒俱送還其家，産子皆如人，有不食養者，其母輒死，故無不敢養也。乃長與人無異〔一六〕，皆以楊爲姓，故今蜀中西界多謂楊率皆猳玃、〔馬〕化之子孫，時時相有玃爪也。

95 小山有獸，其形如鼓，一足如蠡〔一七〕。澤有委蛇，狀如轂，長如轅，見之者霸〔一八〕。

96 猩猩若黄狗，人面能言。

異鳥

97 崇丘山有鳥〔一九〕，一足，一翼，一目，相得而飛〔二〇〕，名曰䖶〔二一〕，見則吉良，乘之壽千歲。

98 比翼鳥，一青一赤，在參嵎山。

99 有鳥如烏，文首，白喙，赤足，曰精衛〔二二〕。故精衛常取西山之木石，以填東海。

100 越地深山有鳥如鳩，青色，名曰治鳥〔二三〕。穿大樹作巢如升器〔二四〕，其戶口徑數寸，周飾以土堊，赤白相次，狀如射侯。伐木見此樹，卽避之去。或夜冥，人不見鳥，鳥亦知人不見己也，鳴曰咄咄去〔二五〕，明日便宜急上樹去；咄咄下去，明日便宜急下。若使去但言笑而不已者，可止伐也。若有穢惡及犯其止者，則虎通夕來守，人不知者卽害人。此鳥白日見其形，鳥也；夜聽其鳴，人也。時觀樂便作人悲喜〔二六〕，形長三尺，澗中取石蟹就人火間炙之，不可犯也。越人謂此鳥爲越祝之祖。

異蟲

101 南方有落頭蟲，其頭能飛。其種人常有所祭祀號曰蟲落，故因取之焉〔二七〕。以其飛因服便去〔二八〕，以耳爲翼，將曉還，復著體，吳時往往得此人也。

102 江南山谿中水射上蟲，甲類也，長一二寸，口中有弩形，氣射人影〔二九〕，隨所著处發瘡，不治則殺人。今鸜螋蟲溺人影〔三〇〕。亦隨所著處生瘡。盧氏曰：以雞腸草搗塗，經日卽愈。周日用曰：萬物皆有所相感，愚聞以霹靂木擊鳥影，其鳥應時落地，雖未嘗試，以是類知必有之。

103 蝮蛇秋月毒盛，無所蜇螫，嚙草木以泄其氣，草木卽死。人樵採，設爲草木所傷刺者亦殺人，毒治於蝮蠚〔三一〕，謂之蛇迹也。

104 華山有蛇名肥遺，六足四翼，見則天下大旱。

105 常山之蛇名率然，有兩頭，觸其一頭，頭至；觸其中，則兩頭俱至，孫武以喩善用兵者。

異魚

106 南海有鱷魚，狀似鼉，斬其頭而乾之，去齒而更生，如此者三乃止。

107 東海有半體魚〔三二〕，其形狀如牛，剝其皮懸之，潮水至則毛起，潮去則毛伏。

108 東海蛟錯魚〔三三〕，生子，子驚還入母腸〔三四〕，尋復出。

109 吳王江行食鱠有餘，棄於中流，化爲魚〔三五〕。今魚中有名吳王鱠餘者，長數寸，大者如箸，猶有鱠形。

110 廣陵陳登食膾作病，華佗下之，膾頭皆成蟲，尾猶是膾。

111 東海有物，狀如凝血，從廣數尺，方員，名曰鮓魚，無頭目處所，內無藏〔三六〕，衆蝦附之，隨其東西。人煮食之〔三七〕。

異草木

112 太原晉陽以化生屏風草〔三八〕。

113 海上有草焉〔三九〕，名篩。其實食之如大麥，七月稔熟〔四〇〕，名曰自然谷，或曰禹餘糧。篩音師。

114 堯時有屈佚草〔四一〕，生於庭，佞人入朝，則屈而指之，一名指佞草。

115 右詹山，帝女化爲詹草〔四二〕，其葉鬱茂，其萼黄，實如豆，服者媚於人。

116 止些山，多竹，長千仞，鳳食其實。去九疑萬八千里。

117 江南諸山郡中，大樹斷倒者，經春夏生菌，謂之椹。食之有味，而忽毒殺，人云此物往往自有毒者，或云蛇所著之。楓樹生者啖之，令人笑不得止，治之，飲土漿卽愈〔四三〕。

校勘記

〔一〕大如狗　案「大」字疑是衍文，東方朔《十洲記》云：「形如五六十日犬子，大似貍。」又云：「使者抱之，似犬，羸細。」固不作「大如狗」也。「大」宜作「狀」。

〔二〕因搦虎面虎乃閉目低頭匍匐不敢動搦鼻下去下去之後虎尾下頭去　舊題東方朔撰《十洲記》「搦」作「溺」，「面」作「口」，是也。下文「搦鼻」，字亦當作「溺畢」。又「下去之後虎尾下頭去」，不可解。他本「頭去」作「頭起」，當從之，文意方明晰而曉暢。

〔三〕「後魏武帝伐冒頓」至「哮吼奮起」　周心如云：「此條疑同上係一則，故起句有『後』字。」案周説是也。又「哮吼奮起」，《水經·遼水注》引作「吼呼奮越」，《太平廣記》卷四百四十一引「奮起」作「奮迅」。

〔四〕三千里　《水經·遼水注》、《初學記》卷二十九、《太平御覽》卷八百八十九並引「三千」作「四十」，惟《太平廣記》卷四百四十一引「三千」作「三十」，疑「千」是「十」之形訛。

〔五〕九真有神牛　弘治本、士禮居刊本、《稗海》本「真」並作「守」，非是。《太平廣記》卷四百三十四引《異物志》作「九真」，《後漢書·郡國志》九真郡注引《交州記》曰：「有山出金牛，往往夜見，光曜十里。」是九真有神牛傳説。而《太平御覽》卷十三、卷八百九十九引並作「九真」，爲其鐵證。又神牛，《御覽》、《廣記》並作「狸牛」。

〔六〕號日神牛　弘治本「日」作「曰」，是也。

〔七〕其一雄死於九真　案《北户録》卷二引作「雄」，同此。《藝文類聚》卷八十五、《太平御覽》卷八百九十並引作「雌」，與此異。

〔八〕不飲食空草長史問　「空」，《稗海》本作「䇦」，「史問」，弘治本、《格致》本並作「中問」。「草長史」，日本刻本作「卧草人」。《藝文類聚》卷八十五、《北户録》卷二、《太平御覽》卷八百九十引並作「不飲酒食肉」。案空、䇦當是「坐」誤，此句疑當作「坐卧草中，問」，於義較當。

〔九〕輒流涕　案《北户録》卷二、《太平御覽》卷八百九十引「涕」下並有「有哀狀」三字。士禮居本「涕」下有「矣」字，當據增。

〔一〇〕越儁國　弘治本、士禮居本「儁」並作「嶲」。案字當作「巂」。《漢書·地理志》有越巂郡。《後漢書·南蠻西南夷列傳》云：「邛都夷者，武帝所開，以爲邛都縣。……後復反叛。元鼎六年，漢兵自越巂水伐之，以爲越巂郡。」注云：「言越巂水以置郡，故名焉。」

〔一一〕經日肉生如故　《太平御覽》卷一百六十六引作「經月必復生如故」。

〔一二〕文馬赤鬣身白似若黄金名吉黄之乘復蓟之露犬也能飛食虎豹　士禮居刊本「文馬」上有「犬戎」二字，「似」作「目」。《海内北經》犬封國條下郭璞注引《周書·王會解篇》云：「犬戎文馬，赤鬣白身，目若黄金，名曰吉黄之乘。」與士禮居本合。故「犬戎」二字宜據增補。「似」亦應作「目」。《六韜》云：「文身朱鬣，眼若黄金。」是其證。又《逸周書·王會解篇》曰：「渠叟以(有)鼩犬。鼩犬者，露犬也，能飛食虎豹。」「復蓟」之義難解，疑是「渠叟」之誤。「渠叟」，《禹貢》作「渠搜」，《穆天子傳》作「巨蒐」，《山海經》作「獿獀」，或因形近致訛。

〔一三〕一名化　案《太平御覽》卷九百十、《太平寰宇記》卷七十五、羅願《爾雅翼》卷二十《釋獸》三引「化」上有「馬」字。干寶《搜神記》卷十二、《酉陽雜俎·廣動植篇》亦作「馬化」，宜據補。

〔一四〕同行道婦女有好者　周心如云：「同宜從《法苑》作伺。」案《爾雅翼·釋獸》引「同」正作「伺」，是其證。

〔一五〕然故不免此得男女氣自死故取男也　「男女」，《稗海》本作「男子」，是也。張皋文校云：「『故取男』當作『故不取男』。」案《太平寰宇記》卷七十七引作「故取女不取男」，於義爲勝，當據正。

〔一六〕故無不敢養也乃長與人無異　弘治本、《格致》本「不敢」作「敢不」，「乃」作「及」，是也。案《新定元豐九域志》第七上黎州漢源縣古跡條下引《博物志》云：「蜀南沉黎郡高山有物似猴名玃，路過婦人，輒盜入穴，俗呼夜義穴。」此非原文。

〔一七〕小山有獸其形如鼓一足如蠡　《太平御覽》卷八百八十六引「小山有獸」作「山有夔」，當據正。周心如云：「《山海經廣注》云：『夔形如鼓而知禮』，『如蠡』疑即『知禮』二字傳寫之誤。」案周説非是。《説文》云：「夔，如龍，一足。」故「蠡」當是「龍」之誤。

〔一八〕見之者霸　案《山海經·海内經》云：「有神焉，人首蛇身，左右有首，……名曰延維。人主得而饗食之，伯天下。」《莊子·達生篇》：「委蛇，其大如轂，其長如轅，紫衣而朱冠。其爲物也惡，聞雷車之聲則捧其首而立。見之者殆乎霸。」較此爲詳。

〔一九〕崇丘山　案《太平御覽》卷九百二十七引「丘」作「吾」，《西山經》亦作「吾」。惟《史記·封禪書索隱》引《山海經》又作「丘」，疑「丘」誤。

〔二〇〕相得而飛　案《西山經》及《太平御覽》卷九百二十七引「而」作「乃」。

〔二一〕名曰䖝　案《太平御覽》卷九百二十七引「䖝」作「鵜鶘」，《西山經》作「蠻蠻」。其作「䖝」當是「蠻」之訛。

〔二二〕曰精衛　案《太平御覽》卷九百二十五、《太平廣記》卷四百六十三引「曰」上有「名」字，「精衛」下有「昔赤帝之女名媱《北山經》作娃，往遊于東海，溺死而不返，其神化爲精衛」二十三字，當據補。

〔二三〕名曰治鳥　姚旅《露書》卷二云：「治鳥者，木客之類……今《博物志》、《搜神記》並作冶鳥。」據此，是「治」一作「冶」。

〔二四〕如升器　案干寶《搜神記》卷十二「升」上有「五六」二字。

〔二五〕咄咄去　《稗海》本「咄咄」下有「上」字。案《搜神記》卷十二亦有「上」字，宜據補。

〔二六〕時觀樂　案「觀」疑是「歡」字。

〔二七〕故因取之焉　案《太平御覽》卷七百九十引「之」作「名」，當據正。

〔二八〕因服便去　「服」，《稗海》本作「晚」，是也。

〔二九〕「江南山谿中水射上蟲甲類也」至「氣射人影」　《法苑珠林》卷二十二、《太平御覽》卷九百五十並引「中水」作「水中」，「射」上有「有」字，「甲」下有「蟲之」二字。又「氣」上有「以」字，當據補。又「上」字士禮居刊本作「工」是也。

〔三〇〕鷃螋蟲　案《重修政和證類本草》卷二十九「蘩蔞」下、《太平御覽》卷九百四十九並引「鷃」作「蠼」。

〔三一〕毒治於蝮蟨　案「治」，《稗海》本作「甚」。《爾雅翼》卷三十二引云：「又吐口中涎沫於草木上，著人身瘇成瘡，卒難主療，名曰蛇漠瘡。」今本脱，宜據補。

〔三二〕東海有半體魚　案《藝文類聚》卷九、《北堂書鈔》卷百五十九、《初學記》卷三十、《白孔六帖》卷七、《太平御覽》卷六十八及任昉《述異記》卷下、周必大《二老堂雜志》卷四並引「半」作「牛」。其作「牛」是也。士禮居刊本、《稗海》本並作「牛」，是其證。屈大均《廣東新語》卷二十一云：「西江有潛牛，牛身魚尾，能上岸與牛相鬥，角軟入水，既堅復出。牧者歌云：『毋飲江流，恐遇潛牛。』」亦見《水經·葉榆河水注》。此即所謂牛體魚也。亦即海魚，《圖經衍義本草》卷二十七獸部上品海獺下云：「海中魚獺海牛海馬海驢等皮毛在陸地皆候風潮猶能毛起，《博物志》有此説也。」

〔三三〕東海蛟錯魚　案「蛟錯」當作「鮫䱜」，羅願《爾雅翼》卷三十釋魚三辨之甚詳，云：「鮫一名䱜，謂之鮫䱜魚。惟《吴都賦》既有鮫又有鱕䱜，故釋者以背上有甲珠文堅强可以飾刀口爲鑢者爲鮫，其有横骨在鼻者爲鱕䱜，東人謂斧斤之斤爲鱕，此魚所擊無不中斷者，然則鮫是白沙，鱕䱜是胡沙也，要是一類，特彼以鼻上有斧爲異耳。又有出入䱜子，常隨母行，驚則從口入母腹中，尋復出。或曰：子朝出求食，暮還入母腹，腹可容四子，頰赤如金，甚健，網不能制，俗呼河伯健兒。鮫既世所服用，人多識者，特其音與蛟龍之蛟同，先儒解者或有差互。《淮南子》曰：『一淵不二蛟。』許叔重以爲蛟者魚之長，其皮有珠，今世以爲刀劍之口者是也。一説魚二千斤爲蛟。是以二物爲一物也，皮有珠飾刀劍者是鮫䱜之鮫，滿二千斤爲魚之長是蛟龍之蛟。」

〔三四〕還入母腸　案「腸」，《文選·左思吴都賦》劉逵注引《異物志》、《太平御覽》卷九百三十八及《重修政和證類本草》卷二十一陳藏器引並作「腹」，宜據正。

〔三五〕「吴王江行食鱠」至「化爲魚」　「鱠」當作「膾」，下同。「化爲魚」，《太平御覽》卷八百六十二及八百八十八引作「化而爲異魚」。

〔三六〕内無藏　案《北户録》卷一引「藏」上有「腸」字。又《太平御覽》卷九百四十三引「藏」下有「其所處」三字，當據補。此文應改作「無頭目，腹内無腸藏，其所處，衆蝦附之」。

〔三七〕人煮食之　案《北户録》卷一、《太平御覽》卷九百四十三引「人」上有「越」字。

〔三八〕太原晉陽以化　《稗海》本「化」作「北」，《太平御覽》卷九百九十四引亦作「北」，宜據正。

〔三九〕海上有草焉　案《齊民要術》卷十、《後漢書·郡國志》廣陵郡注引《博物記》、《太平御覽》卷八百三十七、九百八十八、卷九百九十四、《重修政和證類本草》卷三並引作「扶海洲上有草焉」，當據補。

〔四〇〕七月稔熟　案「熟」下《齊民要術》卷十、《太平御覽》卷八百三十七引有「民斂穫至冬乃訖」七字。

〔四一〕堯時有屈佚草　《論衡·講瑞篇》：「太平之時，屈軼生于庭，之末若草之狀，主指佞人。」「佚」作「軼」。又《樂府詩集》卷十五《燕射歌辭·周五聲調曲》庾信《徵調六首》云：「屈軼無佞人可指，獬豸無繁刑可觸。」佚亦作軼。案《事類賦》卷二十四引「佚」正作「軼」。佚、軼古通用。《文選·鮑明遠蕪城賦》李善注：「佚與軼通。」是其證。

〔四二〕右詹山帝女化爲詹草　黄丕烈云：「右詹山是古䍃山之誤，詹草是䍃草之誤。」案黄説是也。「右詹」當作「古䔄」，卽姑媱。《中山經》云：「姑媱之山，帝女死焉。……化爲䔄草。」是其證。

〔四三〕飲土漿卽愈　「卽」，士禮居刊本作「多」，《太平御覽》卷九百九十八引亦作「多」。據此，則作「多」是也。

博物志卷之四

晉 張華 撰
宋 周日用等 注

物性

118 九竅者胎化〔一〕，八竅者卵生，龜鼈皆此類，或卵生影伏〔二〕。

119 白鷁雄雌相視則孕。或曰雄鳴上風，則雌孕〔三〕。

120 兔舐毫望月而孕，口中吐子，舊有此説，余自所見也〔四〕。

121 大腰無雄，龜鼉類也。無雄，與蛇通氣則孕。細腰無雌，蜂類也。

122 取桑蠶則阜螽子呪而成子〔五〕，《詩》云「螟蛉之子，蜾蠃負之」，是也。

123 蠶三化，先孕而後交。不交者亦産子，子後爲蠶，皆無眉目，易傷，收採亦薄。

124 鳥雌雄不可别，翼右掩左，雄；左掩右，雌。二足而翼謂之禽，四足而毛謂之獸。

125 鵲巢門户背太歲，得非才智也〔六〕。

126 鸐雉長毛〔七〕，雨雪，惜其尾，棲高樹杪，不敢下食，往往餓死。時魏景初中天下所説。

127 鸛，水鳥也。伏卵時，卵冷則不沸〔八〕，取礜石周繞卵，以時助燥氣〔九〕，故方術家以鸛巢中礜石〔一〇〕。山雞有美毛，自愛其色〔一一〕，終日映水，目眩則溺死。

128 龜三千歲游于蓮葉，巢于卷耳之上〔一二〕。

129 屠龜〔一三〕，解其肌肉，唯腸連其頭，而經日不死，猶能齧物。鳥往食之，則爲所得。漁者或以張鳥，神蛇復續〔一四〕。

130 蠐螬以背行，快於足用〔一五〕。

131 《周官》云：「貉不渡汶水，鸜不渡濟水」〔一六〕，魯國無鸜鵒，來巢，記異也。

132 橘渡江北，化爲枳〔一七〕。今之江東，甚有枳橘。

133 百足一名馬蚿，中斷成兩段，各行而去〔一八〕。

物理

134 凡月暈，隨灰畫之〔一九〕，隨所畫而闕。《淮南子》云：「未詳其法。」

135 麒麟鬭而日蝕，鯨魚死則彗星出〔二〇〕，嬰兒號婦乳出〔二一〕。

136 《莊子》曰〔二二〕：「地三年種蜀黍，其後七年多蛇。」

137 積艾草，三年後燒，津液下流成鈆錫〔二三〕，已試，有驗。

138 煎麻油，水氣盡，無煙，不復沸則還冷，可內手攪之。得水則焰起，散卒而滅。此亦試之有驗。

139 庭州灞水以金銀鐵器盛之皆漏，唯瓠葉則不漏〔二四〕。

140 龍肉以醢漬之，則文章生〔二五〕。

141 積油滿萬石〔二六〕，則自然生火。武帝泰始中武庫火，積油所致。

物類

142 燒鉛錫成胡粉，猶類也。

143 燒丹朱成水銀，則不類，物同類異用者。

144 魏文帝所記諸物相似亂者〔二七〕：武夫怪石似美玉；蛇牀亂蘼蕪；薺苨亂人參；杜衡亂細辛；雄黃似石流黃；鯿魚相亂，以有大小相異；敵休亂門冬；百部似門冬；房葵似狼毒；鉤吻草與荇華相似〔二八〕；拔揳與萆薢相似〔二九〕，一名狗脊。

藥物

145 烏頭、天雄、附子，一物，春秋冬夏採各異也〔三〇〕。

146 遠志，苗曰小草，根曰遠志。

147 芎藭，苗曰江蘺〔三一〕，根曰芎藭。

148 菊有二種，苗花如一，唯味小異，苦者不中食〔三二〕。

149 野葛食之殺人〔三三〕。家葛種之三年，不收，後旅生亦不可食。

150 《神仙傳》云：「松柏脂入地千年化爲茯苓〔三四〕，茯苓化爲琥珀〔三五〕。」琥珀一名江珠〔三六〕。今泰山出茯苓而無琥珀，益州永昌出琥珀而無茯苓。或云燒蜂巢所作。未詳此二説〔三七〕。

151 地黄藍首斷心分根菜種皆生〔三八〕。女蘿寄生兔絲，兔絲寄生木上，生根不著地〔三九〕。

152 堇花朝生夕死。

藥論

153 《神農經》曰：「上藥養命，謂五石之練形，六芝之延年也。中藥養性，合歡蠲忿，萱草忘憂。下藥治病，謂大黄除實，當歸止痛。夫命之所以延，性之所以利，痛之所以止，當其藥應以痛也。違其藥，失其應，卽怨天尤人，設鬼神矣。

154 《神農經》曰：藥物有大毒不可入口鼻耳目者，入卽殺人，一曰鉤吻〔四〇〕。盧氏曰：陰也。黄精不相連，根苗獨生者是也。二曰鴟，狀如雌雞，生山中。三曰陰命，赤色著木，懸其子山海中。四曰内童，狀如鵝，亦生海中。五曰鴆，羽如雀，黑頭赤喙，亦曰⿰虫高⿰虫希〔四一〕，生海中，雄曰⿰虫希，雌曰⿰虫高⿰虫希也。

155 《神農經》曰：藥種有五物〔四二〕：一曰狼毒，占斯解之〔四三〕；二曰巴豆，藿汁解之；三曰黎盧，湯解之〔四四〕；四曰天雄，烏頭大豆解之；五曰班茅，戎鹽解之。毒采害，小兒乳汁解，先食飲二升〔四五〕。

食忌

156 人啖豆三年〔四六〕，則身重行止難。

157 啖榆則眠〔四七〕，不欲覺。

158 啖麥稼，令人力健行〔四八〕。

159 飲真茶〔四九〕，令人少眠。

160 人常食小豆，令人肥肌粗燥〔五〇〕。

161 食蕎麥令人骨節斷解。

162 人食鷰肉，不可入水，爲蛟龍所吞。

163 人食冬葵爲狗所齧，瘡不差或致死。

164 馬食穀則足重不能行。

165 鴈食粟則翼重不能飛〔五一〕。

藥術

166 胡粉、白石灰等以水和之，塗鬢鬚不白。塗訖著油，單裹令温煖，候欲燥未燥間洗之。

湯則不得著，晚則多折，用暖湯洗訖，澤塗之。欲染，當熟洗〔五二〕，鬢鬚有膩不著藥，臨染時，亦當拭鬚燥温之。

167 陳葵子微火炒，令爆咤，散著熟地，遍蹋之〔五三〕，朝種暮生，遠不過經宿耳。

168 陳葵子秋種，覆蓋，令經冬不死〔五四〕，春有子也。周日用曰：愚聞熟地植生菜蘭，擣石流黄篩於其上，以盆覆之，卽時可待。又以變白牡丹爲五色，皆以沃其根，以紫草汁則變之紫，紅花汁則變紅，並未試，於理可焉。此出《爾雅》。

169 燒馬蹄羊角成灰，春夏散著濕地，生羅勒〔五五〕。

170 蟹漆相合成爲《神仙藥服食方》云〔五六〕。

戲術

171 削木令圓，舉以向日，以艾於後成其影，則得火〔五七〕。

172 取火法，如用珠取火，多有説者，此未試。

173 《神農本草》云：「雞卵可作琥珀，其法取伏卵段黄白渾雜者煮〔五八〕，及尚軟隨意刻作物，以苦酒漬數宿，既堅，内著粉中，佳者乃亂真矣。此世所恒用，作無不成者。

174 燒白石作白灰，既訖，積著地，經日都冷，遇雨及水澆卽更燃，烟焰起。

175 五月五日埋蜻蜓頭於西向户下，埋至三日不食則化成青真珠〔五九〕。又云埋於正中門。

176 蜥蜴或名蝘蜓。以器養之，以朱砂〔六〇〕，體盡赤，所食滿七斤，治擣萬杵，點女人支體〔六一〕，終年不滅〔六二〕。唯房室事則滅，故號守宮。《傳》云：「東方朔語漢武帝，試之有驗。」

177 取鼈挫令如碁子大，擣赤莧汁和合，厚以茅苞，五六日中作，投地中〔六三〕，經旬臠臠盡成鼈也。

校勘記

〔一〕九竅者胎化　《説郛》本「化」作「生」。案《大戴禮·易本命篇》云：「齕吞者八竅而卵生，咀嚾者九竅而胎生。」《孔子家語·執轡篇》同作「胎生」。《太平御覽》卷九百二十八引亦作「胎生」。據此，則「胎化」應作「胎生」。

〔二〕或卵生影伏　「或」，士禮居刊本作「咸」是也。《太平御覽》卷九百三十二引作「皆」。

〔三〕白鷁雄雌相視則孕或曰雄鳴上風則雌孕　案《北户録》卷一、《太平御覽》卷九百二十、陸佃《埤雅》卷七《釋鳥》、《廣韻》卷五入聲「鷁」字下並引作「或曰雄鳴上風，雌鳴下風，亦孕」。《莊子·天運篇》云：「夫白鶂之相視，眸子不運而風化；蟲雄鳴於上風，雌應於下風而風化。」《淮南·泰族篇》云：「螣蛇雄鳴於上風，雌鳴於下風而化成形，精之至也。」《列子·天瑞篇》曰：「河澤之鳥，視而生曰鶂。」據此，知白鶂相視與螣蛇（蟲）競鳴乃二事，故疑「或曰」下脱「蟲」字，「則雌孕」應作「雌鳴下風則孕」。至諸家作「鶂」作「鷁」，本爲一字。《爾雅翼》卷十五《釋鳥》三云：「鶂，水鳥也。字或作鷁。」《春秋穀梁傳》：「六鶂退飛過宋都」，《左氏》、《公羊》並作「鷁」，是其證。

〔四〕口中吐子舊有此説余自所見也　洪興祖《楚辭·天問注》引「口中吐子」作「自吐其子」。浦江周氏紛欣閣刊本、弘治本、《太平御覽》卷九百七引「自」並作「目」，日本翻明嘉靖刊本作「固」，《稗海》本作「余目所未見也」，多一「未」字。案明徐樹丕《識小録》卷一云：「中秋無兔不孕。俗曰：兔無雄，望月而生也。第兔實有雄，雄者亦具二卵也。唐詩云：『雄兎脚撲縮』（「縮」當作「朔」，此《木蘭詞》中句），則雄兎自古有之，不可誣也。又一說兎尻有九孔，舐毫而孕，生子從口中出，亦荒唐。」徐氏斥後一說爲荒唐，殆此事極不經見，故《稗海》本多一「未」字。「所」或作「從」。

〔五〕取桑蠶則阜螽　士禮居刊本「則」作「或」。案《太平御覽》卷九百五十、《爾雅翼》卷二十六《釋蟲》三亦引作「或」，據此，則作「或」是也。

〔六〕鵲巢門户背太歲得非才智也　白居易《禽蟲十二章》云：「燕違戊己鵲避歲。」自注云：「鵲巢口常避太歲。」案《論衡·難歲篇》云：「移徙法曰：徙抵太歲凶，負太歲亦凶。抵太歲名曰歲下，負太歲名曰歲破，故皆凶也。」據此，是背太歲，不吉利，實非才智，故「背」應作「避」。鄧士龍《事類捷録》卷九《飛禽部》引正作「避」。又《一切經音義》卷二《大般若波羅蜜多經》第五十三卷、《初學記》卷三十、《太平御覽》卷九百二十一、《太平廣記》卷四百六十一並引「得」作「此」，「才智」下有「任自然也」四字，應據補正。

〔七〕鸛雉長毛　《漢魏》本「毛」作「尾」。案《藝文類聚》卷九十、陸佃《埤雅》卷九《釋鳥》引並作「尾」，宜據正。

〔八〕伏卵時卵冷則不沸　案「沸」，《太平御覽》卷九百二十五引作「孕」是也。「時下」，《太平御覽》卷五十二、九百二十五、九百八十八引並有「數入水」三字，當據補。

〔九〕周繞卵以時助燥氣　案《太平御覽》卷五十二、卷九百二十五、卷九百八十八、《重修政和證類本草》卷五並引「燥」作「暖」，「周」下有「圍」字，「以」下無「時」字，當據删改。

〔一〇〕以鸛巢中礜石　案《太平御覽》卷九百二十五、九百八十七、《重修政和證類本草》卷五引「礜石」下有「爲真物」三字，宜據補。

〔一一〕自愛其色　《太平御覽》卷九百十八引「色」作「毛」。

【一二】龜三千歲游于蓮葉巢于卷耳之上　弘治本、士禮居刊本、《稗海》本並作「龜三千歲旋于卷耳之上」，《太平御覽》卷九百三十一引同，疑有脱誤。案陸佃《埤雅》卷十五《釋草》引舊説云：「千歲之龜，巢於蓮葉，遊於卷耳之上。」據此，則本句應作「巢于蓮葉，遊于卷耳」。《太平御覽》卷九百三十引《抱朴子》及《説郛》本《陸氏要覽》並云：「千歲龜五色，額上骨起如角，巢于蓮葉之上。」曹子建《七啓》云：「寒芳蓮之巢龜，鱠西海之飛鱗。」均稱龜巢于蓮葉上，是其證。

【一三】屠龜　《漢魏》本「龜」作「黿」。案《太平御覽》卷九百三十二引亦作「黿」。

【一四】神蛇復續　「神」上《稗海》本有「遇」字。「續」字疑是「孕」字之訛。本書卷四云：「龜鼈無雄，與蛇通氣則孕。」是其證。

【一五】快於足用　《太平御覽》卷九百四十八引作「快於用足」，是也。

【一六】鸜不渡濟水　陸佃《埤雅》卷四《釋獸》引《南方異物志》「鸜」下有「鵒」字。案《列子·湯問篇》、《周禮·冬官·考工記》、《左昭二十五年傳》、《淮南·原道篇》並有「鵒」字，當據補。又《考工記》作「鸜鵒不踰濟，貉踰汶則死。」

【一七】橘渡江北化爲枳　《雲麓漫抄》卷十引「江」作「湘」，當是「淮」字誤文。案《冬官·考工記》、《晏子春秋》卷六内篇雜下第六、《列子·湯問篇》「江」俱作「淮」是也。

【一八】百足一名馬蚿中斷成兩段各行而去　案《太平御覽》卷九百四十八引作「馬蚿一名百足，中斷則頭尾各異行而去」，與此文異。《資治通鑑》卷七十四《魏紀》六：「語云：百足之蟲，至死不僵。」胡三省注云：「馬蚿百足。」

【一九】凡月暈隨灰畫之　《淮南·覽冥篇》云：「畫隨灰而月運(暈)闕。」《山堂肆考》宫集卷三引「隨灰」作「蘆灰」。《樂府詩集》卷二十六簡文帝《江南思》云：「月暈蘆灰缺，秋還懸炭枯。」亦作蘆灰。案《淮南·覽冥篇》高誘注云：「以蘆草灰隨牖下月光中令圜，畫缺其一面，則月運(暈)亦缺于上也。」疑「隨」字是「墮」字之訛，蓋言灰墮牖下月光中耳。若云隨灰，則不辭甚矣。

〔二〇〕鯨魚死則彗星出　《淮南·覽冥篇》、劉子《新論》卷九《類感篇》同此作「鯨」。案《抱朴子·外集·清鑒篇》云：「彗星出則知鱣魚之方死。」作「鱣」疑誤。

〔二一〕嬰兒號婦乳出　案《稗海》本「婦」作「而母」二字，於義爲長。又「出」字下有「蠶珥絲而商弦絶」七字，宜據補。

〔二二〕莊子曰　案《齊民要術》卷十、《太平御覽》卷八百四十二引均無「莊子曰」三字。

〔二三〕下流成鉛錫　《稗海》本、士禮居刊本、《説郛》本、浦江周氏紛欣閣刊本並作「鉛錫」，與此同。但《古今逸史》本作「錫」，《太平御覽》卷八百十二引亦作「錫」，則作「錫」似是。

〔二四〕唯瓠葉則不漏　案《異苑》卷二「瓠葉」作「瓠蘆」。

〔二五〕以醯漬之則文章生　《藝文類聚》卷九十六、孔本《北堂書鈔》百四十六、《太平御覽》卷八百六十六並引「醯」作「醢」，是也。案《晉書·張華傳》曰：「陸機嘗餉華鮓，於時賓客滿座，華發器便曰：『此龍肉也。』衆未之信，華曰：『試以苦酒濯之，必有異。』既而五色光起。」是其證。

〔二六〕積油滿萬石　士禮居刊本「萬」作「百」。案《重修政和證類本草》卷二十四引「萬」亦作「百」。但就全句看來，似以作「萬」爲是。

〔二七〕相似亂者　《稗海》本「亂」下有「真」字。

〔二八〕鉤吻草與荇華相似　士禮居刊本鉤吻草作鉤吻堇，《太平御覽》卷九百九十引作「鉤吻草與堇菜（疑當作華）相似」，諸本文辭互異。案《山海經·海外東經》：「君子國……有堇華之草。」郝懿行云：「堇一名蕣，詩所謂顔如蕣華。」據此，則荇當作蕣。吴其濬《植物名實圖考》卷十四云：「唐本草注引《博物志》曰：『鉤吻葉似鳧葵。』」與此異。

〔二九〕拔揳與萆薢相似　案「拔揳」，《名醫别録》作「菝葜」。《重修政和證類本草》卷八「萆薢」下引作「菝葜與草薢相亂」，是「萆」當作「草」矣。

〔三〇〕烏頭天雄附子一物春秋冬夏採各異也　案《太平御覽》卷九百九十、羅願《爾雅翼》卷七《釋草》七並引作「物有同類而異用者，烏頭、天雄、附子，一物，春夏秋冬採之各異」。其「物有同類而異用者」八字，此本移置「燒丹朱成水銀」條下，大錯。士禮居刊本尚不誤也。

〔三一〕芎藭苗曰江蘺　案《重修政和證類本草》卷七「芎藭」下引陶隱居云：「芎藭，苗名蘼蕪。」《史記・司馬相如傳索隱》引《藥對》、《後漢書・張衡傳》注引《本草經》並曰：「蘼蕪一名江離，即芎藭苗也。」故羅願《爾雅翼》卷二《釋草》二引作「芎藭，苗曰江離，根曰蘼蕪」，實誤。李時珍曰：「嫩苗未結根時，則爲蘼蕪，既結根後，乃爲芎藭。大葉似芹者爲江離，細葉似蛇床者爲蘼蕪。」《淮南子》云：「亂人者，若芎藭之與藁本、蛇床之與蘼蕪。」乃指細葉者言也。

〔三二〕苦者不中食　《太平御覽》卷九百九十六引「中」作「宜」。

〔三三〕野葛食之殺人　《太平御覽》卷九百七十五、羅願《爾雅翼》卷二《釋草》六引「葛」並作「芋」。

〔三四〕神仙傳云松柏脂入地千年化爲茯苓　《太平御覽》卷九百八十九引無「神」字，僅作「仙傳曰」。「柏」字疑衍，因法雲《翻譯名義集》卷三《七寶篇》注引無「柏」字。

〔三五〕茯苓化爲琥珀　《法苑珠林》卷四十三、《一切經音義》卷二十七《音妙法蓮花經譬喻品》引、《太平御覽》卷九百八十九及法雲《翻譯名義集》卷三《七寶篇》注並引「茯苓」下有「千年」二字，是也。案韋應物《琥珀詩》：「曾爲老茯苓，元是寒松液。蚊蚋落其中，千年從可覩。」蘇東坡《與程正輔遊香積寺》詩：「伏苓無人採，千歲化琥珀。」均有「千歲」二字，是其佐證。至於今本《抱朴子・仙藥篇》「千年」作「萬歲」，必是誤文，因《意林》及《御覽》八百八十八引《抱朴子》，並作「千年」，可證。

〔三六〕琥珀一名江珠　《一切經音義》卷二十七《音妙法蓮花經譬喻品》引「江」作「紅」。案琥珀色紅，《太上靈寶五符序》卷中云：「琥珀千年，變爲丹光，丹光色紫而照人。」據此，則「江」作「紅」是也。江、紅二字形近，易于訛混。姜白石《霓裳中序》第一：「亭皐正望極，亂落江蓮歸未得。」「江蓮」，一本作「紅蓮」。漢《周憬功勳銘》云：「自瀑亭至乎曲紅，一由此水。又碑陰宰曲紅者一人，貫曲紅者十六人。」《隸釋》云：「兩漢書皆作曲江。」凡此，皆「江」「紅」互混之證也。

〔三七〕未詳此二説　案《法苑珠林》卷四十三引「説」下有「孰是」二字。《本草圖經》木部上品茯苓下云：「舊説琥珀是千年茯苓所化，一名江珠。張茂先云：『今益州永昌出琥珀而無茯苓。』又云：『燒蜂巢所作。』二説張皆不能辨。案《南蠻地志》云：『村邑多琥珀，云是松脂所化。』又云：『楓脂爲之。彼人亦復不知。』」據此，則「孰是」二字當據補。

〔三八〕地黃藍首斷心分根菜種皆生　《稗海》本「菜」作「萊」。此節文字，脱誤之處甚多。案《本草綱目》卷十六草部「地黃」條下載：「種地黃時，以壤土實葦席爲壇，乃以地黃根節多者寸斷之，蒔壇上，逐日灌水。」據此，疑此處當作「地黃根節多者寸斷之，蒔種皆生。」即「藍」與「節」，「首」與「者」，「心」與「之」，「多」與「分」，「菜」與「蒔」，皆形近致訛。又脱「寸」字，復移「根」字于「種」字上，致成此不堪卒讀之句也。

〔三九〕寄生木上生根不著地　「木」當作「松」。案《吕覽·精通篇》云：「人或謂兎絲無根，兎絲非無根也，其根不屬地，伏苓是也。」高誘注云：「屬，連也。《淮南記》曰：『下有茯苓，上有兎絲，一名女羅。』《詩》曰：『蔦與女蘿，施于松上。』」舊説伏苓乃松脂所化，故《淮南·説林篇》云：「伏苓掘，兎絲死。」是兎絲以伏苓爲根，而寄生于松上之證。

〔四〇〕一曰鉤吻　《分門集注杜工部詩》卷四《太平寺泉眼》詩注引「鉤吻」作「鉤物」，非是。案《圖經衍義本草》卷十七草部上品鉤吻下引陶隱居云：「《五符（太上靈寶五符序卷中仙經）》中亦云：『鉤吻是野葛，言其入口則鉤人喉吻。』或言吻作挽字，牽挽人腸而絶之。」據此，則「鉤吻」可作「鉤挽」。其作「鉤物」者，疑是「鉤挽」之誤也。

〔四一〕「盧氏曰陰也」至「亦曰螭蟠」　張臯文云：「『黄精』以下仍是正文。『盧氏曰陰也』五字是注文耳。」案張説非是。當云：「盧氏曰：『陰也。黄精與之同穴，不相連根。』」俱是注文。疑「黄精」下脱「與之同穴」四字，請參《七修類稿》卷四十《事物類》鉤吻條。其下「二曰鴟」、「三曰陰命」、「四曰内童」、「五曰鴆」皆是正文，餘均盧氏注也。又「亦曰」當作「六曰」。

〔四二〕藥種有五物　《稗海》本「物」作「毒」。疑當作「藥物有五毒」，或「藥物五種有毒」。

〔四三〕一曰狼毒占斯解之　案寇宗奭《圖經衍義本草》上卷五序例云：「杏人、藍汁、白斂、木占斯，主療狼毒毒。」據此，則「占」上應有「木」字。

〔四四〕三曰黎蘆湯解之　案寇宗奭《圖經衍義本草》上卷五《序例》云：「雄黄、煮葱汁，温湯，主療藜蘆毒。」又孫思邈《千金方》卷七十二《解百藥毒篇》云：「中藜蘆毒，葱湯下咽便愈。」黎、藜古通用。漢《城壩碑》：「藜首愛國。」藜即黎字。又「湯」上應有「葱」字，宜據補正。

〔四五〕毒采害小兒乳汁解先食飲二升　「采」，《稗海》本作「菜」，是也。寇宗奭《圖經衍義本草序例》食諸菜毒下註云：「兒溺乳汁服二升佳」。孫思邈《備急千金要方》卷七十二治食諸菜中毒方云：「右三味（甘草、貝齒、胡粉）治下篩水服方寸匕，小兒尿，乳汁共服二升亦好。」據此，知「害」乃衍文，「兒」下脱「溺」或「尿」字，「先」當作「之」，文意乃順。

〔四六〕人啖豆三年　《太平御覽》卷八百四十一引「年」作「斗」。

〔四七〕啖榆則眠　《太平御覽》卷九百五十六引「榆」上有「枌」字。

〔四八〕令人力健行　案《齊民要術》卷十、《太平御覽》卷八百三十八引「人」下有「多」字，宜據補。

〔四九〕飲真茶　「真」當作「荈」，形近而誤。宋張淏《雲谷雜記》云：「飲茶不知起於何時，自魏晉以來有之。但當時雖知飲茶，未若後世之盛也。郭璞注《爾雅》云：『樹似梔子，冬生葉，可煮作羹飲。』然茶至冬，味苦，豈復可作羹飲耶？飲之令人少睡。張華得之，以爲異聞，遂載之《博物志》。」案郭注見《爾雅·釋木》「檟，苦茶」下注。董斯張《廣博物志》卷四十一云：「茶，古不聞食者，晉宋以降，吴人採葉煮之，名爲茗粥。」凡此，皆「真」當作「荈」之證。惟劉琨《與兄子南兗州刺史演書》云：「吾體中憒悶，常仰真茶。」陸羽《茶經》亦云：「真茶性極冷，惟雅州蒙山出者温而去疾。」則作「真茶」似亦不誤。但未言飲真茶可以少睡。

〔五〇〕人常食小豆令人肥肌粗燥　《稗海》本作「肌肥」，《齊民要術》卷十、《太平御覽》卷八百四十一並引作「肌燥粗理」。案《淮南子·説林篇》云：「魚食巴菽(巴豆)而死，人食之而肥。」據此，則「小豆」當作「巴豆」。「肌」下疑脱「理」字。

〔五一〕雁食粟則翼重不能飛　周心如云：「重一本作垂。」

〔五二〕「湯則不得著」至「當熟洗」　案《稗海》本「熟」作「熱」是也。又「湯」疑是「早」之誤。或讀如燙。

〔五三〕熟地遍蹋之　《稗海》本、《説郛》本「熟」作「熱」，是也。《太平御覽》卷九百七十九引「蹋」作「踏」。案吴其濬《植物名實圖考長編》卷三冬葵下云：「鐵齒耙耬之令熟，足踏之使堅平。」「熟」亦當作「熱」。

〔五四〕覆蓋令經冬不死　士禮居刊本「蓋」作「養」。《重修政和證類本草》卷二十六、《圖經衍義本草》卷四十冬葵子下並引陶隱居云：「亦作養。」

〔五五〕春夏散著濕地生羅勒　案《農桑輯要》卷五引作「春散著濕地，羅勒乃生」，無「夏」字。

〔五六〕蟹漆相合成爲神仙藥服食方云　案《太平御覽》卷九百四十二引作「蟹漆相合成水神仙服食方云」。「神仙服食方云」六字當是周日用注。此處因錯「水」成「爲」，復添「藥」字以足文意，誤注爲本文，不可不辨也。《圖經衍義本草》卷二十一木部上品乾漆下引《仙方》云：「漆用蟹消之爲水，鍊服長生。」《重修政和證類本草》卷五，三十五種陳藏器餘引作「蟹膏投漆中化爲水，仙用和藥。」文辭小異。《抱朴子・仙藥篇》曰：「淳漆不枯者，服之通神長生，法以大蟹投其中。」《淮南子・覽冥篇》曰：「慈之引石，蟹之敗漆。」高誘注云：「以蟹置漆中，則敗不燥，不任用也。」凡此皆「爲」是「水」之訛文之佐證。

〔五七〕削木令圓舉以向日以艾於後成其影則得火　士禮居刊本「木」作「汞」。《藝文類聚》卷九、《白孔六帖》卷三、《歲華紀麗》卷四、《太平御覽》卷六十八、《海録碎事》卷三下、陸佃《埤雅・釋草》、《事類賦注》卷八並引作「冰」。案作「冰」是也。又「成」當作「承」。《説郛》本、快閣本、《漢魏》本、《稗海》本均作「承」。《藝文類聚》卷九、卷八十二、《白孔六帖》卷三、《歲華紀麗》卷四、《太平御覽》卷六十八、卷七百三十六引《淮南萬畢術》、又卷九百九十七引《漢武内傳》、《事類賦注》卷八並引作「承」。崔豹《古今注》卷下曰：「陽燧以銅爲之，形如鏡，向日則火生，以艾承之，則得火也。」是其比。《文心雕龍・正緯篇》云：「蓋緯之成經，其猶織綜。」「成」亦「承」誤。

〔五八〕其法取伏卵段黄白渾雜者　《説郛》本「段」作「毈」。《淮南子・原道篇》高誘注云：「卵不成鳥曰毈。」是「卵段」乃「毈」字訛誤。案《太平御覽》卷九百十八引作「法取茯苓雞毈黄白渾雜者」。據此，知「伏」下脱「苓雞」二字，宜據補。黄丕烈謂「段」是「孵」之誤，亦非。

〔五九〕埋蜻蜓頭於西向户下埋至三日不食則化成青真珠　案《太平御覽》卷八百八十八引「青」下無「真」字。《太平廣記》卷四百七十三引《感應經》云：「司馬彪《莊子注》言童子埋青蜓之頭，不食而舞曰：『此將爲珠。』人笑之。《博物志》云：『埋青蜓頭于西向户下，則化成青色之珠。』」又《圖經衍義本草》卷三十四蟲部下品蜻蛉下引陶隱居云：「青色大眼者，一名諸乘，俗呼胡蜊，道家用以止精，眼可化爲青珠。」均無「真」字，故疑是衍文。

〔六〇〕以朱砂　《太平御覽》卷九百四十六引「以」上有「食」字。

〔六一〕治擣萬杵點女人支體　案段公路《北户録》注卷一、《太平御覽》卷九百四十六、陸佃《埤雅・釋蟲》並引「擣」上無「治」字，「杵」下有「以」字，宜據補正。

〔六二〕終年不滅　士禮居刊本「年」作「本」誤。《漢書·東方朔傳》師古注引術家云、《北户録註》卷一、《太平御覽》卷九百四十六俱引作「身」，是也。《太平御覽》卷七百三十六引《淮南萬畢術》曰：「取守宫蟲餌以丹砂，陰乾，塗婦人身，與男合卽滅。」與此小異。

〔六三〕五六日中作投地中　案《北户録》卷一、《太平御覽》卷九百三十一並引作「五六月中，投於池澤中」。據此，則「日」應作「月」，「作」是「澤」誤，「地」是「池」誤。

博物志卷之五

晉　張華　撰
宋　周日用等注

方士

178 魏武帝好養性法，亦解方藥，招引四方之術士如左元放、華佗之徒無不畢至〔一〕。周日用曰：曹雖好奇而心道異，如何招引方術之人乎？如因左元放而兼見殺者，若非變化，已至滅身。故有道者不合村之矣〔二〕，既要試術，卽可乎？

179 魏王所集方士名：

上黨王真　隴西封君達
甘陵甘始　魯女生
譙國華佗字元化　東郭延年
唐霅　冷壽光
河南卜式　張貂

薊子訓　　汝南費長房

鮮奴辜　　魏國軍吏河南趙聖卿〔三〕

陽城郄儉字孟節　　盧江左慈字元放

右十六人魏文帝、東阿王、仲長統所説，皆能斷穀不食，分形隱没，出入不由門户。左慈能變形，幻人視聽，厭刻鬼魅，皆此類也。《周禮》所謂怪民，《王制》稱挾左道者也。

180 魏時方士，甘陵甘始，廬江有左慈，陽城有郄儉。始能行氣導引，慈曉房中之術，善辟穀不食，悉號二百歲人〔四〕。凡如此之徒，武帝皆集之於魏，不使遊散。甘始孝而少容〔五〕，曹子建密問其所行，始言本師姓韓字世雄〔六〕，嘗與師於南海作金，投數萬斤於海。又取鯉魚一雙，鯉遊行沈浮〔七〕，有若處淵，其無藥者已熟而食〔八〕。言此藥去此踰遠萬里，已不可行〔九〕，不能得也。

181 皇甫隆遇青牛道士姓封名君達，其餘養性法即可放用〔一〇〕，大略云：「體欲常少勞無過虛，食去肥濃〔一一〕，節酸鹹，減思慮，損喜怒〔一二〕，除馳逐，慎房室。施瀉，秋冬閉藏。」別篇〔一三〕，武帝行之有效。

182 文帝《典論》曰：陳思王曹植《辯道論》云：世有吾王悉招至之〔一四〕，甘陵有甘始，廬江有左慈，陽城有郄儉。始能行氣，儉善辟穀，悉號三百歲人。自王與太子及余之兄弟咸以爲調笑，不全信之。然嘗試郄儉辟穀百日，猶與寢處〔一五〕，行步起居自若也。夫人不食七日則死，而儉乃能如是。左慈修房中之術，可以終命〔一六〕，然非有至情，莫能行也。甘始老而少容，自諸術士咸共歸之，王使郄孟節主領諸人。

183 近魏明帝時，河東有焦生者，裸而不衣，處火不燋，入水不凍。杜恕爲太守，親所呼見〔一七〕，皆有實事。 周日用曰：焦孝然邊河居一菴〔一八〕，大雪，菴倒，人已爲死，而視之，蒸氣於雪，略無變色。時或析薪惠人而已，故《魏書》云：「自羲皇以來一人而已」。

184 潁川陳元方、韓元長，時之通才者。所以並信有仙者，其父時所傳聞，河南密縣有成公〔一九〕，其人出行，不知所至，復來還，語其家云：「我得仙。」因與家人辭訣而去，其步漸高，良久乃沒而不見。至今密縣傳其仙去。二君以信有仙，蓋由此也。 周日用曰：豈惟二子乎？

185 桓譚《新論》説方士有董仲君，罪繫獄〔二〇〕，佯死，臭自陷出〔二一〕，既而復生。

186 黄帝問天老曰：「天地所生，豈有食之令人不死者乎？」天老曰：「太陽之草，名曰黄精，餌而食之，可以長生。太陰之草，名曰鉤吻，不可食，入口立死。人信鉤吻之殺人，不信黄精之益壽，不亦惑乎？」 周日用曰：草既殺人，仍無益壽者也，若殺人無驗，則益壽不可信矣。

服食

187 左元放荒年法：擇大豆麁細調匀，必生熟按之，令有光〔二二〕，烟氣徹豆心内〔二三〕。先不食一日，以冷水頓服訖。其魚肉菜果不得復經口〔二四〕，渴即飲水，慎不可煖飲。初小困，十數日後，體力壯健，不復思食。

188 鮫法服三升爲劑，亦當隨入先食多少增損之〔二五〕，盛豐欲還者煮葵子及脂蘇，服肉羹漸漸飲之〔二六〕，須豆下乃可食，豆未盡而以實物腸塞〔二七〕，則殺人矣。此未試，或可以然。周日用曰：一説臈塗黏餅，炙餅令熱，即塗之，以意量多少即食之，如常渴即飲冷水，忌熱茶耳。

189 《孔子家語》曰：「食水者乃耐寒而苦浮〔二八〕，食土者無心不息〔二九〕，食木者多而不治〔三〇〕，食石者肥澤而不老，食草者善走而愚，食桑者有緒而蛾〔三一〕，食肉者勇而悍，食氣者神明而壽，食穀者智慧而夭〔三二〕，不食者不死而神。」《仙傳》曰：「雖食者，百病妖邪之所鍾焉〔三三〕。」

190 西域有蒲萄酒，積年不敗，彼俗云：「可十年飲之，醉彌月乃解〔三四〕。」

191 所食逾少，心開逾益〔三五〕；所食逾多，心逾塞，年逾損焉。

辨方士

192 漢淮南王謀反被誅，亦云得道輕舉。周日用曰：《漢書》云：淮南自刑，應不然乎？得道輕舉，非虛事也。至今維陽境內，馬迹猶存。且日與成公同處，皆上品真人耳。既談道德，肯圖叛逆之事？況恒行陰旨，好書鼓〔三六〕，不善弋獵，《淮南內書》言神仙黄白之術，去反事遠矣。夫古今書傳多黜仙道者，慮帝王公侯廢萬機，而慕其道，故隱而不書，唯老聃不可掩而云，二百歲後，西遊流沙，不知所之。庾書云蜀有女道士謝自然〔三七〕，白日上昇，此外歷代史籍未嘗言也。

193 鉤弋夫人被殺於雲陽，而言尸解柩空。周日用曰：史云夫人被大風拔樹，揚沙揭石，亦不云尸解柩空。

194 文《典論》云：議郎李覃學郄儉辟穀食茯苓，飲水中不寒，洩痢殆至殞命〔三八〕；軍祭酒弘農董芬學甘始鴟視狼頭〔三九〕，呼吸吐納，爲之過差，氣閉不通，良久乃蘇；寺人嚴峻就左慈學補導之術，閹豎真無事於斯〔四〇〕，而逐聲若此。

195 又云：王仲統云〔四一〕：甘始、左元放、東郭延年、行容成御婦人法，並爲丞相所録。問行其術，亦得其驗。降就道士劉景受雲母九子元方〔四二〕，年三百歲，莫之所在。武帝恒御此藥，亦云有驗。劉德治淮南王獄，得《枕中鴻寶秘書》，及子向咸而奇之。信黄白之術可成，謂神仙之道可致，卒亦無驗，乃以罹罪也。周日用曰：神仙之道，學之匪一朝一夕而可得，黄白者也，仍須有分，昇騰者應須有骨，安可偶然而得効也。

196 劉根不覺饑渴。或謂能忍盈虚，王仲都當盛夏之月，十鑪火炙之不熱；當嚴冬之時，裸之而不寒。恒山君以爲性耐寒暑。恒山以無仙道〔四三〕，好奇者爲之，前者已述焉。

197 司馬遷云：無堯以天下讓許由事。揚雄亦云：誇大者爲之。揚雄又云：無仙道，桓譚亦同。

校勘記

〔一〕招引四方之術士如左元放華佗之徒　案《魏志》卷一《武帝紀》，注引作「招引方術之士，廬江左慈、譙郡華佗、甘陵甘始、陽城郄儉無不畢至」。《魏志・華佗傳》注引曹植《辯道論》較此爲詳。《辯道論》云：「世有方士，吾王悉所招致，甘陵有甘始，廬江有左慈，陽城有郄儉。始能行氣導引，慈曉房中之術，儉善辟穀，悉號三百歲。卒所以集之於魏國者，誠恐斯人之徒挾姦宄以欺衆，行妖慝以惑民，豈復欲歡神仙于瀛洲，求安期于海島，釋金輅而履雲輿，棄六驥而羡飛龍哉？自家王與太子及余兄弟，咸以爲調笑，不信之矣。」宜據補。

〔二〕「如因左元放」至「不合村之矣」　《稗海》本、《古今逸史》本、士禮居刊本「因」並作「囚」、「村」作「親」，是也。

〔三〕河南趙聖卿　士禮居刊本「卿」作「師」，誤。《四庫提要考證》曰：「趙，《續文獻通考》作麴。」案作「麴」是也。《後漢書・方術傳》所記方士有麴聖卿，河南人，是其證。

〔四〕「善辟穀」至「悉號二百歲」　案《後漢書・甘始傳》注、《魏志・華佗傳》注並引「善」上有「儉」字，宜據補。又「二」當作「三」。

〔五〕甘始孝而少容　《稗海》本、《漢魏》本「孝」作「老」。《後漢書・甘始傳》注引亦作「老」，當據正。

〔六〕字世雄　士禮居刊本「雄」作「雅」。案《後漢書・甘始傳》注引亦作「雅」，但《魏志・華佗傳》注引又作「雄」，未知孰是。

〔七〕又取鯉魚一雙鯉遊行沈浮　案《後漢書・甘始傳》注、《魏志・華佗傳》注並引「雙」下有「令其一著藥，俱投沸膏中，有藥者奮尾鼓鰓」十七字，當據補。又「鯉遊行」中之「鯉」字，乃「鰓」字之訛。

〔八〕其無藥者已熟而食　案《後漢書・甘始傳》注、《魏志・華佗傳》注並引「其」下有「一」字，「食」上有「可」字，當據補。

〔九〕踰遠萬里已不可行　「遠」字衍。「已」當作「己」，甘始自稱也。「可」宜作「自」，俱見《魏志・華佗傳》注所引。

〔一〇〕其餘養性法即可放用　案「餘」字，周心如云：「一本作論。」「養性」，錢熙祚據釋湛然《輔行記》四之四改爲「養生」。性、生古通用。又陶宏景《養性延命録》卷上《教誡篇》曰：「皇甫隆問青牛道士，其養性法，則可施用。」據此，知「卽」當作「則」，「放」當作「施」也。

〔一二〕體欲常少勞無過虛食去肥濃　案葛洪《神仙傳》卷十《封衡傳》、陶弘景《養性延命録》卷上《教誡篇》、《太平御覽》卷七百二十引並作「體欲常勞，食欲常少，勞勿過極，少勿過虛」。據此，知「常」下脱「勞食欲常」四字，「過」下脱「極少勿過」四字，無、勿通用，「食」乃衍文，宜據補正。

〔一三〕損喜怒　案陶宏景《養性延命録·教誡篇》「損」作「捐」，是也。

〔一三〕施瀉秋冬閉藏別篇　張皋文校云：「施上當有春夏二字。」案《稗海》本「施」上正有「春夏」二字。《素問》卷二《四篇調神大論篇》，唐孫思邈（舊題葛洪）《枕中記》、《太平御覽》卷七百二十引並有「春夏」二字，當據補。又「別篇」上當依士禮居本增一「詳」字。

〔一四〕世有吾王　案《後漢書·甘始傳》注、《魏志·華佗傳》注並引「有」下有「方士」二字，宜據補。

〔一五〕「始能行氣」至「猶與寢處」　案《後漢書·甘始傳》注「行氣」下有「導引，慈曉房中之術」八字，當據補。又「猶」作「躬」，當據改。

〔一六〕房中之術可以終命　士禮居刊本、弘治本、《格致》本、《稗海》本「術」下有「善」字。案作「善」非是，當依《魏志·華佗傳》注作「差」。

〔一七〕太守親所呼見　案《魏志·管寧傳》注引《高士傳》曰：「河東太守杜恕，嘗以衣服迎見，而（焦先）不與語。」疑「呼」當作「迓」。

〔一八〕邊河居一菴　弘治本「邊」作「邇」，快閣本改作「居河東一菴」。

〔一九〕河南密縣有成公　案《抱朴子·内集·至理篇》曰：「河南密縣有卜成者，學道經久，乃與家人辭去。其始步稍高，遂入雲中，不復見。」《後漢書·方術傳·上成公傳》曰：「上成公者，宓劉攽曰：『宓當作密。』縣人也。其初行久而不還，後歸，語其家云：『我已得仙。』因辭家而去。家人見其舉步稍高，良久乃没。」據此，知《抱朴子》之「卜成」，當作「上成」，《廣韻》以「上成」爲複姓，而此處「成公」上應有「上」字，宜據補。

〔二〇〕董仲君罪繫獄　案曹植《辯道論》云：「董仲君有罪繫獄。」據此，知「君」下應補一「有」字。

〔二一〕佯死臭自陷出　案葛洪《神仙傳》卷十仲君本傳「臭」下有「爛」字，當據補。又曹植《辯道論》、《法苑珠林》卷七十六、《太平御覽》卷六百四十三及七百三十七，又卷九百四十四引《新論》並作「數日目陷蟲出」。證以《素問·三部九侯論篇》云「目内陷者死」，然則「陷」下脱「蟲」字，「自」乃「目」之誤，無疑問矣。至于唐王松年《仙苑編珠》卷下作「須臾蟲出」，與此又異。則作「數日」，作「須臾」，未能裁定。

〔二二〕「左元放荒年法」至「必生熟按之令有光」　案《太平御覽》卷八百四十一引「荒」字上有「度」字，宜據補。又士禮居刊本「按」作「挼」。案《太平御覽》卷八百四十一、《重修政和證類本草》卷二十五大豆下引亦並作「挼」，且「必」字上有「種(當作食)之」二字，生下有「煮」字，宜據補。

〔二三〕烟氣徹豆心内　士禮居刊本「烟」作「熛」。案《太平御覽》卷八百四十一、《重修政和證類本草》卷二十五大豆下亦並引作「熛」。又「熛」上有「使」字。宜據正。

〔二四〕以冷水頓服訖其魚肉菜果不得復經口　案《太平御覽》卷八百四十二引「服」下有「三升服」三字，「果」下有「酒醬鹹酢甘苦之物」八字，宜據補。

〔二五〕鮫法服三升爲劑亦當隨入　士禮居刊本「鮫」上有「大」字。《太平御覽》卷八百四十一引作「大較注」。張皋文改「鮫」爲「較」，併入上條，義均不可通，當有誤文。或「鮫」、「豆」聲近而訛。疑當作「食大豆法服三升爲劑」。又「入」當作「人」。湖北崇文書局刊本作「食」，乃臆改。

〔二六〕盛豐欲還者煮葵子及脂蘇服肉羹　《太平御覽》卷八百四十一引「盛」作「歲」，「還」下有「食」字，「服」作「肥」，宜據正。

〔二七〕豆未盡而以實物腸塞　士禮居刊本「以」下有「食」字，義不可通。案《太平御覽》卷八百四十一引「未」下有

「下」字,「以」作「食」,是也。

〔二八〕耐寒而苦浮　「苦」,諸本作「善」,是也。案《大戴記·易本命篇》、《淮南子·墬形訓》、《孔子家語·執轡篇》亦均作「善」,又「浮」並作「游」,宜據正。

〔二九〕無心不息　案《大戴記·易本命篇》、《孔子家語·執轡篇》「心」下有「而」字。

〔三〇〕多而不治　案《淮南·墬形訓》、《大戴記·易本命篇》、《孔子家語·執轡篇》「多」下並有「力」字。「不治」,《淮南》作「奰」,《大戴記》作「拂」,《家語》王肅注引作「弗戾」。《説文》:「奰,壯大也。」弗、拂古通用。拂戾猶言違戾,此作不治,不治卽亂,與拂戾義近。

〔三一〕食桑者有緒而蛾　《大戴記·易本命篇》、《淮南·墬形訓》「緒」並作「絲」是也。

〔三二〕食穀者智慧而夭　《大戴記·易本命篇》、《家語·執轡篇》「夭」並作「巧」。錢熙祚云「巧與智慧似複」,是也。案《淮南·地形訓》同此作「夭」。孫思邈《千金方》引黄帝問伯高,伯高對曰:「食穀者則有智而勞神。」勞神亦夭義。《史記·太史公自敍》云:「形神騷動,欲與天地長久,非所聞也。」「騷動」,《漢書》作「蚤衰」。當俱爲「搔勦」之誤。《説文》云:「勦,勞也。」「勦」與「動」形近,故《史記》誤爲「動」。勦一作剿,《尚書·甘誓》「天用剿絶其命」,《墨子·明鬼下篇》「剿」作「勦」,孫詒讓云:「勦當從刀,舊本從力,誤。」馬融本「剿」作「巢」,「巢」與「衰」形近,故《漢書》誤作「衰」。

〔三三〕仙傳曰雖食者百病妖邪之所鍾　士禮居刊本「仙」下衍「者」字,宜删。《漢魏》本「雖」作「維」,亦誤。陶隱居《養性延命録》卷上《教誡篇》云:「傳曰:雜食者,百病妖邪之所鍾,所食愈少,心愈開,年愈益。所食愈多,心愈塞,年愈損焉。」據此,則「雖」當作「雜」。又「所食愈少」下,今本別出一條,大誤。《稗海》本繫之於西域有葡萄酒條下,尤謬。

〔三四〕可十年飲之醉彌月　案《藝文類聚》卷七十二、八十七、《北堂書鈔》卷一百四十八、《太平御覽》卷九百七十二引「可」下並有「至」字,「月」作「日」,宜據正。

〔三五〕心開逾益　案「逾」當作「愈」,「心」下脱「愈」字,「開」下脱「年」字,宜據張皐文説校補。

〔三六〕恒行陰旨好書鼓　案《史記》、《漢書》淮南王本傳「旨」作「德」,「鼓」下有「琴」字。

〔三七〕庚書云蜀有女道士謝自然　《漢魏叢書》本「庚」作「唐」,是也。快閣本作「庾」,亦誤。因謝自然乃唐人,韓愈有《謝自然詩》云:「果州南充縣,寒女謝自然。」可爲佐證。

〔三八〕飲水中不寒洩痢　案《魏志·華佗傳》注引《典論》作「飲寒水中」,《後漢書》《甘始傳》、《左慈傳》注並引《典論》作「飲寒水水寒中泄利」,俱非。方士服食,例用冷水。《圖經衍義本草》卷五泉水下引《博物志》曰:「凡諸飲水療疾,皆取新汲清泉,不用停汙濁煖,非直無效,固亦損人。」(今本無此條)李覃服茯苓用水不冷,故中泄痢,非因飲冷水而得泄痢也。此句當作「飲水不寒中泄痢」。又唐人避太宗諱改「泄」爲「洩」,故「洩」亦應作「泄」。

〔三九〕「文典論」至「鴟視狼頭」　張皐文校云:「文上當增魏字。」是也。又「頭」當作「顧」。

〔四〇〕闇竪真無事於斯　案《後漢書·左慈傳》注、《甘始傳》注並引《典論》,「斯」下有「術」字,宜據補。

〔四一〕王仲統　疑是仲長統之誤。

〔四二〕受雲母九子元方　「雲」,弘治本作「干云」,《格致》本作「干雲」,疑誤。又「元」,士禮居刊本作「丸」是也。「方」乃「放」字缺壞,指左元放也。

〔四三〕恒山君以爲性耐寒暑恒山以無仙道　案葛洪《神仙傳》卷十《王仲都傳》末云:「桓君山著《新論》,稱其人。」《水經·渭水注》引《新論》云:「元帝被病,廣求方士。漢中送道士王仲都至,詔問何所能爲,對曰:『但能忍寒暑耳。』」據此,知「恒山君」是「桓君山」之誤,卽桓譚也。又「無仙道」上當有「爲」字。

博物志卷之六

晉 張華 撰
宋 周日用等注

人名考

198 昔彼高陽，是生伯鯀，布土，取帝之息壤，以填洪水。

199 殷三仁：微子、箕子、比干。

200 文王四友：南宮括、散宜生、閎夭、太顛〔一〕。仲尼四友：顏淵、子貢、子路、子張〔二〕。

201 曹參字伯敬〔三〕。

202 蔡伯喈母，袁公妹曜卿姑也〔四〕。

203 古之善射者甘蠅，蠅之弟子曰飛衛。

204 平原管輅善卜筮，解鳥語。

205 蔡邕有書萬卷〔五〕，漢末年載數車與王粲。粲亡後，相國掾魏諷謀反，粲子與焉。既被誅，邕所與粲書，悉入粲族子葉字長緒〔六〕，即正宗父，正宗即輔嗣兄也。初粲與族兄凱避地荆州依劉表，表有女。表愛粲才，欲以妻之，嫌其形陋周率〔七〕，乃謂曰：「君才過人而體貌躁，非女壻才。」凱有風貌，乃妻凱，生葉，即女所生。

206 太丘長陳寔，寔子鴻臚卿紀，紀子司空羣，羣子泰，四世於漢、魏二朝有重名，而其德漸小減〔八〕，故時人爲其語曰：「公慚卿，卿慚長。」

文籍考

207 聖人制作曰經，賢者著述曰傳〔九〕，鄭玄注《毛詩》曰箋，不解此意。或云毛公嘗爲北海郡守，玄是此郡人，故以爲敬。

208 何休注《公羊傳》，云「何氏學」。又不能解者〔一〇〕，或答云：休謙詞，受學於師，乃宣此義不出於己。此言爲允。

209 太古書今見存有《神農經》、《山海經》〔一一〕，或云禹所作。《周易》〔一二〕，蔡邕云：《禮記·月令》周公作。　周日用曰：《禮記》疏云：第一是吕不韋《春秋》，明吕氏所制。蔡邕云：周公，未之詳也。

210 《謚法》、《司馬法》，周公所作。

211 余友下邳陳德龍謂余言曰：《靈光殿賦》，南郡宜城王子山所作。子山嘗之泰山，從鮑子真學算，過魯國而都殿賦之〔一三〕。還歸本州，溺死湘水，時年二十餘也〔一四〕。

地理考

212 周自后稷至於文、武，皆都關中，號爲宗周。秦爲阿房殿，在長安西南二十里。殿東西千步，南北三百步，上可以坐萬人，庭中受十萬人〔一五〕。二世爲趙高所殺於宜春宮，在杜城南三里，葬於旁。

213 堯時德澤盛，蒿大以爲宮柱，名曰蒿宮〔一六〕。

214 姜厚嗣祠在墉城，長安西南三十里〔一七〕。

215 盗跖冢在大陽縣西。

216 趙鞅冢在臨水縣界〔一八〕。

217 始皇陵在驪山之北，高數十丈，周迴六七里〔一九〕。今在陰盤縣界。北陵雖高大，不足以銷六丈冰，背陵障使東西流〔二〇〕。又此山名運取大石於渭北渚〔二一〕，故歌曰：「運石甘泉口，渭水爲不流。千人唱，萬人鉤，金陵餘石大如塸（土屋）。」其銷功力皆如此類〔二二〕。盧氏曰：秦氏奢侈，自知葬用珍寶多，故高作陵園山壟，從難發也，高則難上，固則難攻，項羽爭衡之時發其陵，未詳其至棺否？

218 舊洛陽字作水邊各，火行也〔二三〕，忌水，故去水而加佳。又魏於行次爲土，水得土而流，土得水而柔，故復佳加水〔二四〕，變雒爲洛焉。

219 洞庭君山，帝之二女居之，曰湘夫人。又《荆州圖經》曰：「湘君所遊，故曰君山。」

220 《南荆賦》：江陵有臺甚大而有一柱，衆木皆拱之〔二五〕。

典禮考

221 三讓：一曰禮讓，二曰固讓，三曰終讓。

222 漢丞秦，羣臣上書皆曰昧死言〔二六〕。王莽盜位慕古，去昧死曰稽首，光武因而不改。

223 肉刑，明王之制，荀卿每論之。至漢文帝感太倉公女之言而廢之。班固著論宜復。迄漢末魏初，陳紀又論宜申古制，孔融云不可。復欲申之，鍾繇、王朗不同，遂寢。夏侯玄、李勝、曹羲、丁謐建私議，各有彼此，多去時未可復，故遂寢焉〔二七〕。

224 上公備物九錫：一、大輅各一〔二八〕，玄牡二駟。二、衮冕之服，赤舄副之。三、軒懸之樂，六佾之舞。四、朱户以居。五、納陛以登。六、虎賁之士三百人。七、鈇鉞各一。八、彤弓一，彤矢百，玈弓十，玈矢千。九、秬鬯一，卣珪瓚副之。

樂考

225 漢末喪亂無金石之樂，魏武帝至漢中得杜夔舊法，始後設軒懸鐘磬〔二九〕，至於今用之，於夔也〔三〇〕。

服飾考

226 漢末喪亂絶無玉佩，始復作之。今之玉佩，受於王粲〔三一〕。

227 古者男子皆絲衣，有故乃素服。又有冠無幘，故雖凶事，皆著冠也。

228 漢中興，士人皆冠葛巾。建安巾，魏武帝造白帢〔三二〕，於是遂廢，唯二學書生猶著也。

器名考

229 寶劍名：鈍鉤、湛盧、豪曹、魚腸、巨闕〔三三〕，五劍皆歐冶子所作。龍泉、太阿、土市，三劍〔三四〕皆楚王者。風胡子因吴請干將，歐冶子作〔三五〕。干將陽龍文，莫邪陰漫理〔三六〕，此二劍吴王使干將作。莫邪，干將妻也。夫妻甚喜作劍也。

230 赤刀，周之寶器也。

物名考

231 古駿馬有飛兔、腰褭〔三七〕。

232 周穆王八駿：赤驥、飛黄、白蟻、華騮、騄耳、騧騟〔三八〕、渠黄、盗驪。

233 唐公有驌驦〔三九〕。

234 項羽有騅〔四〇〕。周日用曰：曹公有流影，而吕有赤兔，皆後來有良駿也〔四一〕。

235 周穆王有犬名耗，毛白〔四二〕。

236 晉靈公有畜狗名獒〔四三〕。

237 韓國有黑犬名盧〔四四〕。

238 宋有駿犬曰誰〔四五〕。

239 犬四尺爲獒。

240 張騫使西域還，乃得胡桃種。

241 徐州人謂塵土爲蓬塊，吴人謂跋跌〔四六〕。

校勘記

〔一〕太顛　《墨子·尚賢》下篇閎夭、散宜生、南宫括、太顛乃武王臣。《尚書·君奭篇》同。其文王臣另加虢叔爲五人。案《秦策》五、《聖賢羣輔録》引《尚書大傳》、孔穎達《尚書傳疏》「太顛」俱作「太公望」。《孟子·盡心篇》趙歧注謂「散宜生，文王四臣之一」，「文王」應是「武王」之誤。

〔二〕仲尼四友顏淵子貢子路子張　案《孔叢子》及《聖賢羣輔録》同此。惟陶淵明《與子儼等疏》云「子夏有言：『死生有命，富貴在天。』四友之人，親受音旨」云云，與此異辭。

〔三〕曹參字伯敬　士禮居刊本「伯敬」作「敬伯」。《史記·曹相國世家集解》引亦作「敬伯」，宜據正。

〔四〕袁公妹曜卿姑也　弘治本、《格致》本、士禮居刊本「卿」並誤作「鄉」。案《魏志·袁涣傳》曰：「袁涣字曜卿，陳郡扶樂人也。父滂，爲漢司徒。」注引袁宏《漢紀》云：「滂字公熙，純素寡欲。」據此，知「公」下脱「熙」字，宜據補。

〔五〕蔡邕有書萬卷　案《魏志·鍾會傳》注引《博物記》、《北堂書鈔》卷一百一引「書」下並有「近」字，宜據補。

〔六〕族子葉字長緒　周心如據《魏氏春秋》校云：「葉當作業。」是也。案《魏志·鍾會傳》注、《北堂書鈔》卷一百一、

《太平御覽》卷六百十九引「葉」並作「業」。《詩・魯頌・閟宮》：「纘禹之緒。」毛傳曰：「緒，業也。」今粲族子名葉字長緒，可知「葉」必「業」之誤。

〔七〕形陋周率　《魏志・鍾會傳》注引作「形陋而用率」，義不可解。案粲本傳云：「粲體通侻。」通侻與通率義同。《梁書・處士傳》：「張孝秀字文逸，南陽宛人也。性通率，不好浮華。」疑此「周」字乃「用」字之誤，而「用」字又是「通」字之壞體。

〔八〕二朝有重名而其德漸小減　案《魏志》卷二十二《陳泰傳》注引《博物記》「朝」下有「並」字，「漸」下復有一「漸」字，宜據補。又《後漢書・陳寔傳》附《陳羣傳》載此事，指陳羣，不作陳泰。當是傳聞異辭。

〔九〕賢者著述曰傳　案陳本《北堂書鈔》卷九十五、《太平御覽》卷六百八引「傳」下並有「曰章句曰解曰論曰讀」九字。但孔本《北堂書鈔》卷九十五引作「因記訓曰詁，因章句曰注」，與此略異。

〔一〇〕又不能解者　案《後漢書・何休傳》引「又」作「有」，「又」、「有」古通用。

〔一一〕太古書今見存有神農經山海經　案《太平御覽》卷六百十八引「存」下有「者」字，《山海經》下復有《山海經》三字，宜據補。

〔一二〕周易　案《太平御覽》卷六百十八引「周」上有「《素問》黄帝作《連山》《歸藏》夏殷之書」十三字，「周」下有「時曰」二字，當據補。

〔一三〕過魯國而都殿賦　案「都」，士禮居刊本作「覩」，是也。

〔一四〕時年二十餘也　案《太平御覽》卷三百九十六引「餘」作「許」，「也」下有「其弟子玉親見之」七字，宜據補。

〔一五〕殿東西千步南北三百步上可以坐萬人庭中受十萬人　案《史記・始皇本紀》曰：「先作前殿阿房，東西五百步，南北五十丈，上可以坐萬人。」《正義》引《三輔舊事》云：「阿房宮東西三里，南北五百步，庭中可受萬人。」各家所記互異。如以三百六十步爲一里，則三里約當千步之數，惟若依「王制」八尺爲步，則五十丈實非三百或五百步之數，其中必有脱誤。

〔一六〕堯時德澤盛蒿大以爲宫柱名曰蒿宫　士禮居刊本、《稗海》本、《古今逸史》本、《漢魏》本「堯」並作「周」。袁氏嘉趣堂刊本《大戴禮記》卷八《明堂篇》、《齊民要術》卷十引《禮外篇》並云：「周時德澤洽和，蒿茂大以爲宫柱，名曰蒿宫。」王嘉《拾遺記》卷二曰：「條陽山出神蓬如蒿，長十丈。周初國人獻之，周以爲宫柱，所謂蒿宫也。」據此，知「堯」乃「周」之訛。

〔一七〕姜厚嗣祠在墉城長安西南三十里　案《詩·大雅·生民》篇曰：「厥初生民，時維姜嫄。」《史記·周本紀》曰：「母有邰氏女曰姜原。」《正義》引《括地圖》云：「邰故斄城，一名武功城，在雍州縣西南二十二里，……有后稷及姜原祠。」張衡《西都賦》曰：「漢之西都，在於雍州，實曰長安。」據此，知「厚」乃「原」之誤，《稗海》本作「原」是也。「墉」疑是「斄」之誤。

〔一八〕趙鞅冢在臨水縣界　《史記·趙世家集解》引「界」下有「二冢並上氣成樓閣」八字，當據補。案《孟子注疏》卷六上《滕文公上》篇注引有「冢上氣成樓閣」六字，《北堂書鈔》卷九十四引《皇覽冢墓記》亦同，無「二」、「並」兩字。

〔一九〕高數十丈周迴六七里　案《北堂書鈔》卷九十四引《皇覽冢墓記》、《史記·始皇本紀》裴駰《集解》引《皇覽》並云：「墳高五十丈，周迴五里餘。」據此，則「六七」應作「五六」。

〔二〇〕北陵雖高大不足以銷六丈冰背陵障使東西流　案《史記·始皇本紀正義》、宋敏求《長安志》卷十五並引《關中記》作「此陵雖高大，不足以消六十萬人積年之功，其用功力或隱不見，不見者，驪山水泉本北流者，陂障使東西流。」宜據補正。

〔二一〕又此山名運取大石於渭北渚　案《北堂書鈔》卷一百零六引潘岳《關中記》云：「秦始皇冢在驪山，運石於渭南諸山。」又「名」，士禮居刊本作「石」。《史記·始皇本紀正義》引《關中記》云：「驪山……有土無石，取大石於渭南諸山。」據此，知「山」下脱「有土無」三字，「名」應作石，「北」當作「南」，「渚」作「諸」，下復脱「山」字，宜據補正。

〔二二〕千人唱萬人鈎金陵餘石大如塸土屋其銷　案《北堂書鈔》卷百六引《關中記》「鈎」作「歌」。《升庵詩話》卷一引《三秦記》「鈎」作「謳」。宋敏求《長安志》卷十五引《關中記》作「今陵下餘石大如藍土屋其銷」。據此，則「金」當作「今」，「陵」下脱「下」字，「土屋」疑是「塸」字注釋。「其銷」，《稗海》本作「其餘」，是也。

〔二三〕火行也　《説郛》本「火」上有「漢」字。案《魏志·文帝紀》注、《太平御覽》卷十七、《册府元龜》卷四並引《魏略》、《古今合璧事類前集》卷八引魚豢《典略》、《史記·項羽本紀正義》並作「漢火行也」，宜據補。

〔二四〕故復佳加水　《説郛》本「復」下有「去」字，與《御覽》等書引《魏略》以及《古今合璧事類前集》卷八引《典略》合，當據補。案汪之昌《青學齋集》卷二云：「伊雒字古不作洛解」，並謂「《魏略》以雒爲漢所改，其説不足憑」。《説文》：雒，忌欺也，原爲鳥名，雒水字假用之。洛，水出左馮翊歸德北夷界中，東南入渭。段玉裁云：「雍州洛水，豫州雒水，其字分別，自古不紊。」又云：「曹丕改洛爲雒，而又妄言漢變洛爲雒，以揜己紛更之咎，且自詭於復古。自魏至今，皆受其欺。」據此，汪、段二氏所説，信而有徵。

〔二五〕江陵有臺甚大而有一柱衆木皆拱之　士禮居刊本、《漢魏》本「拱」並作「共」。《藝文類聚》卷六十二、《初學記》卷二十四、《苕溪漁隱叢話·後集》卷五、《海録碎事》卷四之下並引「而」下有「唯」字，「木」作「梁」，「拱」亦作「共」，宜據補。案杜甫《所思》詩「一柱觀頭眠幾回」，宋郭知遠《集注》引《渚宫故事》云：「宋臨川王義慶代江夏王鎮江陵，於羅公洲上立觀甚大，而唯一柱。」《柳亭詩話》卷二十六云：「《南史》：臨川王義慶於羅公洲造觀甚大，而惟一柱。《博物志》曰在江陵。劉孝綽《寄劉之遴》詩：『經過一柱觀，出入三休臺。』按一柱觀在松滋縣，相傳爲魯般所造，俗呼木屐觀。」據此，則此條疑非張華舊文，或者是周、盧注文之誤。

〔二六〕漢丞秦羣臣上書皆曰昧死言　《説郛》本、《漢魏》本「丞」作「承」。案「丞」、「承」古通，承是本字，丞乃假借。

〔二七〕多去時未可復故遂道焉　案《太平御覽》卷六百四十八引「去」作「言」，士禮居刊本、《稗海》本並作「云」，是也。又「道」，《稗海》本作「寢」，與《太平御覽》卷六百四十八引合，宜據正。

〔二八〕上公備物九錫一大輅各一　案《晉書・文帝紀》，「大輅」下有「戎車」二字，宜據補。

〔二九〕始後設軒懸鐘磬　「後」，士禮居本作「復」是也。

〔三〇〕至於今用之於夔也　張皋文校云：「『於夔』上當有一『受』字。」案張説是也。《魏志・杜夔傳》曰：「太祖以夔爲軍謀祭酒，參太樂事，因令創制雅樂。……夔總統研精，遠考諸經，近采故事，教習講肄，備作樂器，紹復先代古樂，皆自夔始也。」可資佐證。

〔三一〕始復作之今之玉佩受於王粲　案《魏志》二十一《王粲傳》注引摯虞《決疑要注》「始」上有「魏侍中王粲識舊珮」八字，又「於」上有「法」字，宜據補。

〔三二〕建安巾魏武帝造白帢　士禮居刊本「巾」作「中」，是也。《後漢書・郭太傳》注引周遷《輿服雜事》曰：「巾以葛爲之，形如〔幍〕，音口洽反，本居士野人所服，魏武造〔幍〕，其巾乃廢。今國子學生服焉。以白紗爲之。」據此，則「帢」當作「幍」。

〔三三〕寶劍名鈍鉤湛盧豪曹魚腸巨闕　曹學佺《劍策》卷一引「鈍鉤」作「純鉤」。士禮居刊本「鈍」亦作「純」，「豪曹」下有空格。案《藝文類聚》卷六十引《吴越春秋》曰：「區冶子作名劍五枚，一曰純鉤，二曰湛盧，三曰豪曹，或曰盤郢，四曰魚腸，五曰巨闕。」（今本《吴越春秋》卷二《闔閭内傳》記載此事，訛脱甚多。）據此，知「鈍」應作「純」，「豪曹」下脱「或曰盤郢」四字，宜據補正。

〔三四〕龍泉太阿土市三劍　「龍泉」當作「龍淵」，「土市」當作「工市」。「土」，《漢魏》本作「上」，亦誤。當依士禮居刊本作「工」。《越絶書・外傳記・寶劍篇》曰：「楚王令風胡子之吴，見歐冶子干將，使人作鐵劍，歐冶子干將鑿茨山，取鐵英，作爲鐵劍三枚：一曰龍淵，二曰太阿，三曰工布。」案《史記・蘇秦傳索隱》引《晉太康地理記》云：「汝南西平有龍淵水可以淬刀劍，特堅利，故有龍淵之劍。」又《新嘉量銘》：「黄帝初祖，德帀於虞；虞帝始祖，德帀於新。」此「市」均作布解，疑是金文「布」字別體。據此，知「土市」乃「工市（布）」之訛，泉是淵字，因唐人避高祖廟諱改，宜據正。

〔三五〕楚王者風胡子因吴請干將歐冶子作　案「風胡子」下十二字，當屬上條。「者」當作「召」。快閣本、《漢魏》本改爲「作」字，非是。「吴」下當依《越絕書》卷十一《外傳記・寶劍篇》增一「王」字。

〔三六〕干將陽龍文莫邪陰漫理　《楚辭・九懷・匡機篇》洪興祖《補注》引「龍」作「龜」是也。《吴越春秋》卷二《闔閭內傳》云：「陽曰干將，陰曰莫邪，陽作龜文，陰作漫理。」可資佐證。

〔三七〕古駿馬有飛兔腰褭　《吕氏春秋・離俗篇》：「飛兔、騕褭，古駿馬也。」《淮南・齊俗訓》曰：「待騕褭、飛兔而駕之，則世莫乘車。」《易林・晉之坎》云：「懸懸南海，去家萬里，飛兔騕褭，一日見母，除我憂悔。」據此，則「腰」當作「騕」。

〔三八〕周穆王八駿赤驥飛黄白蟻華騮騄耳騧騟　《穆天子傳》卷四、《列子・周穆王篇》八駿中均無飛黄而有山子，與此異。「騧騟」，《穆天子傳》及《列子》均作「踰輪」。《史記・秦本紀》引《穆天子傳》作「騟輪」。案張文虎《舒藝室續筆》云：「騧字籀文作𩦲。」則「騟」似是「騧」之形訛，而「輪」爲誤字矣。原文「騧騟」當乙作「騟騧」。

〔三九〕唐公有驌驦　案《左定三年傳》曰：「唐成公如楚，有兩肅爽馬。」《吴越春秋》卷二《闔閭內傳》云：「唐成公朝楚，有二文馬。」肅爽即驌驦。故「唐」下應有「成」字，宜據補。

〔四〇〕項羽有騅　案《太平御覽》卷八百九十七引「騅」下有「馬」字。

〔四一〕而吕有赤兔皆後來有良駿也　「吕」下脱「布」字，「有良駿」中之「有」字，疑是衍文。

〔四二〕名粍毛白　案桂馥《札樸》卷三云：「張華《博物志》：『周穆王有犬名粍。』案《玉篇》『粍』，力才、力次二切，强毛也。亦作氂毿。馥謂並當作𣯧。《説文》：『𣯧，彊曲毛，可以箸起衣，從犛省來聲。』」據此，則「粍」當作「𣯧」，「白」當作「曲」。

〔四三〕畜狗名獒　士禮居刊本「畜」作「害」。《公羊宣公六年傳》：「靈公有周狗謂之獒。」《爾雅・釋獸》郭注引《公羊》亦作「害狗」。《左宣二年傳》杜注：「獒，猛犬也。」案：周、害形近，故周誤爲害，害復以形近而訛爲畜。

〔四四〕黑犬名盧　《戰國・齊策》三云「齊欲伐魏，淳于髡謂齊王曰：『韓子盧者，天下之疾犬也；東郭逡者，海内之狡兔也。韓子盧逐東郭逡，環山者三』」云云。是韓盧乃韓子盧之簡稱也，不云黑色。《孔叢子・執節篇》：申叔問曰：「犬馬之名，皆因形色而名焉，惟韓盧、宋鵲獨否，何也？」子順答曰：「盧，黑色；鵲，白黑色。」此子順望文生義之談，實無根據。惟漢時已稱盧爲黑色，此於《説文》云：「齊人謂黑爲黸。」可證。案《唐書》云：「狄人謂黑爲盧。」疑以盧爲黑，乃北方少數民族語之混入漢語者也，申叔不解「胡語」，故作是問也。

〔四五〕駿犬曰⿰昔隹　「⿰昔隹」，桓譚《新論》及《廣雅・釋獸》並作「⿰犭足」。《初學記》卷二十九引《字林》云：「⿰犭足音鵲，宋良犬也。」據此，字當作「⿰犭足」。

〔四六〕徐州人謂塵土爲蓬塊吴人謂跋跌　「蓬塊」當作「蓬堁」。陳簡齋《詠青溪石壁》詩：「向來千萬峯，瑣細等蓬塊。」胡仲儒箋注引《博物志》此條爲證。是宋時已誤。案《莊子・大宗師篇》釋文引崔譔云：「齊人以風塵爲墶堁。」《漢書・賈山傳》注云：「東北人名土塊爲蓬顆。」宋玉《風賦》：「堀堁揚塵。」《淮南・主術篇》：「譬猶揚堁而弭塵，抱薪以救火也。」注云：「堁，塵，塺也，楚人謂之堁。堁，動塵貌。」據此，則「塊」是「堁」之誤。又《藝文類聚》卷六引「跋跌」作「埃坱」，《太平御覽》卷三十七引作「⿰土夭坱」，《白孔六帖》卷三引作「坺坱」。《説文》：「坺，土也，一曰塵貌。」《漢書・賈誼傳》：「大均播物，坱圠無垠。」《史記》作「坱軋」。《索隱》引王逸注《楚辭》云：「坱軋，霧氣昧也。」《説文》：「坱，麤埃也。」坺、坱均有塵土之義，故「跋跌」應作「坺坱」，字之誤也。

博物志卷之七

晉 張華 撰
宋 周日用等 注

異聞

242 昔夏禹觀河，見長人魚身出曰〔一〕：「吾河精。」豈河伯也？

243 馮夷，華陰潼鄉人也，得仙道，化爲河伯〔二〕，豈道同哉？仙夷乘龍虎，水神乘魚龍〔三〕，其行恍惚，萬里如室。

244 夏桀之時，爲長夜宮於深谷之中，男女雜處，十旬不出聽政〔四〕，天乃大風揚沙，一夕填此宮谷。又曰石室瑶臺〔五〕，關龍逢諫，桀言曰：「吾之有民，如天之有日，日亡我則亡。」以爲龍逢妖言而殺之。其後山復於谷下及在上，耆老相與諫〔六〕，桀又以爲妖言而殺之。

245 夏桀之時，費昌之河上，見二日：在東者爛爛將起；在西者沉沉將滅，若疾雷之聲。昌問於馮夷曰：「何者爲殷？何者爲夏？」馮夷曰：「西夏東殷。」於是費昌徙，疾歸殷〔七〕。

246 武王伐紂至盟津，渡河，大風波。武王操戈秉麾麾之〔八〕，風波立霽〔九〕。

247 魯陽公與韓戰酣而日暮，援戈麾之日，日反三舍〔一〇〕。

248 太公爲灌壇令，武王夢婦人當道夜哭〔一一〕，問之，曰：「吾是東海神女，嫁於西海神童〔一二〕。今灌壇令當道，廢我行。我行必有大風雨，而太公有德，吾不敢以暴風雨過，是毀君德。」武王明日召太公，三日三夜，果有疾風暴雨從太公邑外過。

249 晉文公出，大蛇當道如拱。文公反修德〔一三〕，使吏守蛇。吏夢天殺蛇曰〔一四〕：「何故當聖君道。」覺而視蛇，則自死也。

250 齊景公伐宋，過泰山，夢二人怒。公謂太公之神，晏子謂宋柏湯與伊尹也〔一五〕。爲言其狀，湯皙容多髮〔一六〕，伊尹黑而短，即所夢也。景公進軍不聽，軍鼓毀，公怒散軍伐宋〔一七〕。

251 《徐偃王志》云：徐君宮人娠而生卵，以爲不祥，棄之水濱。獨孤母有犬名鵠蒼，獵於水濱，得所棄卵，銜以東歸〔一八〕。獨孤母以爲異，覆煖之，遂蚹成兒〔一九〕，生時正偃，故以爲名。徐君宮中聞之，乃更録取。長而仁智，襲君徐國，後鵠蒼臨死生角而九尾，實黃龍也。偃王又葬之徐界中，今見狗襲。偃王既其國〔二〇〕，仁義著聞，欲舟行上國，乃通溝陳、蔡之間，得朱弓矢，以己得天瑞，遂因名爲弓〔二一〕，自稱徐偃王。江淮諸侯皆伏從，伏從者三十六國。周王聞，遣使乘駟，一日至楚，使伐之，偃王仁，不忍聞言，其民爲楚所敗〔二二〕，逃走彭城武原縣東山下。百姓隨之者以萬數，後遂名其山爲徐山。山上立石室，有神靈，民人祈禱。今皆見存。

252 海水西，夸父與日相逐走，渴，飲水河謂〔二三〕，不足。北飲大澤，未至，渴而死。棄其策杖，化爲鄧林。

253 澹臺子羽渡河，齎千金之璧於河〔二四〕，河伯欲之，至陽侯波起〔二五〕，兩鮫挾船，子羽左摻璧，右操劍，擊鮫皆死。既渡，三投璧於河伯，河伯躍而歸之，子羽毁而去〔二六〕。

254 荆軻字次非，渡，鮫夾船，次非不奏〔二七〕，斷其頭，而風波静除。周日用曰：余嘗行經荆將軍墓，墓與羊角哀冢鄰，若安伯施云：爲荆將軍所伐〔二八〕，乃在此也。其地在苑陵之源，求見其墓碑，將軍名乃作次飛字也。

255 東阿王勇士有菑丘訢〔二九〕，過神淵，使飲馬，馬沉，訢朝服拔劍，二日一夜，殺二蛟一龍而出，雷隨擊之，七日夜〔三〇〕，眇其左目。

256 漢滕公薨，求葬東都門外。公卿送喪，駟馬不行，跼地悲鳴〔三一〕，跑蹄下地得石，有銘曰〔三二〕：「佳城鬱鬱，三千年見白日，吁嗟滕公居此室。」遂葬焉。

257 衛靈公葬，得石槨，銘曰：「不逢箕子，靈公奪我里。」

258 漢西都時，南宫寢殿内有醇儒王史威長死，葬銘曰：「明明哲士，知存知亡。崇隴原亹，非寧非康。不封不樹，作靈乘光。厥銘何依，王史威長。」

259 元始元年，中謁者沛郡史岑上書，訟王宏奪董賢璽綬之功。靈帝和光元年，遼西太守黄翻上言：海邊有流屍，露冠絳衣，體貌完全，使翻感夢云：「我伯夷之弟，孤竹君也〔三三〕。海水壞吾棺槨，求見掩藏。」民有襁褓視，皆無疾而卒。

260 漢末關中大亂，有發前漢時冢者，人猶活〔三四〕。既出，平復如舊。魏郭后愛念之，録著宮内，常置左右，問漢時宮中事，説之了了，皆有次序。后崩，哭泣過禮，遂死焉。

261 漢末發范友明冢〔三五〕，奴猶活。友明，霍光女壻。説光家事廢立之際多與《漢書》相似〔三六〕。此奴常遊走於民間，無止住處，今不知所在。或云尚在，余聞之於人，可信而目不可見也。

262 大司馬曹休所統中郎謝璋部曲義兵奚儂恩女年四歲〔三七〕，病没故，埋葬五日復生。太和三年，詔令休使父母同時送女來視。其年四月三日病死，四日埋葬，至八日同墟入採桑，聞兒生活〔三八〕。今能飲食如常。

263 京兆都張潛客居遼東，還後爲駙馬都尉、關内侯，表言故爲諸生，太學時，聞故太尉常山張顥爲梁相，天新雨後，有鳥如山鵲，飛翔近地，市人擲之，稍下墮，民争取之，即爲一員石。言縣府，顥令搥破之，得一金印，文曰「忠孝侯印」。顥表上之，藏於官庫。後議郎汝南樊行夷校書東觀，表上言堯舜之時，舊有此官，今天降印，宜可復置。

264 孝武建元四年，天雨粟。孝元景寧元年，南陽陽郡雨穀，小者如黍粟而青黑，味苦；大者如大豆赤黄〔三九〕，味如麥。下三日生根葉，狀如大豆，初生時也。

265 代城始築，立板幹，一旦亡，西南四五十板於澤中自立，結草爲外門，因就營築焉。故其城直周三十七里，爲九門，故城處爲東城。

校勘記

〔一〕昔夏禹觀河見長人魚身　案《法苑珠林》卷四十八引同。《太平御覽》卷八十二引《尚書中候》曰：「禹理洪水，觀于河，見白面長人魚身出曰：『吾河精也。』授禹《河圖》而還于淵。」較此爲詳。

〔二〕馮夷華陰潼鄉人也得仙道化爲河伯　《楚辭・九歌・河伯》下洪興祖《補注》引作「馮夷得道成仙，化爲河伯」。案《淮南・齊俗訓》云：「馮夷得道，以潛大川。」注曰：「馮夷，河伯也，華陰潼鄉隄首里人也。服八石得水仙。」《莊子・大宗師篇》釋文司馬彪注引《清泠傳》同高誘注，末有「是爲河伯」四字。《文選・張平子思玄賦》舊注引同。《後漢書》卷八十九《張衡傳》李賢注引《聖賢冢墓記》曰：「馮夷者，弘農華陰潼鄉隄首里人，服八石得水仙，爲河伯。」《楚辭・遠遊》云：「令海若舞馮夷。」王注曰：「馮夷，水仙人。」據此，則「仙」上應有「成水」二字，「道」應在「得」字下，「化」或爲「是」字誤。

〔三〕仙夷乘龍虎水神乘魚龍　案「仙夷」，《説郛》本作「馮夷」，馮夷爲水神，不得云乘虎，且與下句水神重複，故不可從。當作仙人。卜辭金文夷狄之夷均作𠘧。競卣：「命伐南夷。」夷卽作𠘧，實卽人字（參吴大徵《夷字説》）。故「仙夷」卽仙人。魏晉學者多習古文，用古字，此其一例。

〔四〕「爲長夜宮」至「十旬不出聽政」　《北堂書鈔（孔本）》卷二十一引「長夜」作「長信」，誤。《藝文類聚》卷九，《太平御覽》卷五十四、卷八十七、卷百七十三引「十旬」並作「三旬」。

〔五〕又曰石室瑶臺　錢熙祚據《繹史》十四引，改「曰」爲「爲」，是也。

〔六〕其後山復於谷下及在上耆老相與諫　案「山復於谷下」，《稗海》本作「復於山谷下」。「及」，士禮居刊本作「反」，《稗海》本作「作宮」二字。揆諸文義，《稗海》爲是。

〔七〕馮夷曰西夏東殷於是費昌徙疾歸殷　士禮居刊本、《漢魏》本「疾」均作「族」。《開元占經》卷六引亦作「族」，宜據正。惟《占經》引末作「西日爲夏，東日爲殷，桀將亡乎！於是費昌歸，徙其族于東，歸商也」。較此爲詳。《魏書》八十二《常景傳》云：「景所著述數百篇，見行于世。删正晉司空張華《博物志》，及撰《儒林》、《列女傳》數十篇云。」此等處，或係常景所删。

〔八〕操戈秉麾麾之　周心如云：「戈一本作鉞。」案《書·牧誓》、《史記·周本紀》、《淮南·覽冥訓》，並作「武王右杖黄鉞，左秉白旄以麾。」疑「戈」是「鉞」之形壞。「鉞」，《説文》引作「戉」，易訛成「戈」。許慎用古文，淮南王劉安、司馬遷用今文，故有歧異。張氏此處乃用古文，故「戈」實爲「戉」誤。《太平御覽》卷三百四十一引「戈」作「鉞」，是其明證。又「麾」之與「旄」，亦是形近致訛。

〔九〕風波立霽　案《淮南·覽冥訓》、《搜神記》卷八「霽」作「濟」。《論衡·感虚篇》作「風霽波罷」。濟、霽通用。《文選·高唐賦》「風止雨霽」，李注引《爾雅·釋天》云：「濟謂之霽。」可證。

〔一〇〕授戈麾之日日反三舍　士禮居刊本、《稗海》本、浦江周氏紛欣閣刊本，「授」並作「援」，「日日」作「日」，不重出，是也。《淮南·覽冥訓》亦作「援戈麾之，日反三舍」，可資佐證。

〔一一〕武王夢婦人當道夜哭　周心如云：「此文王時事，胡刻本作武王，蓋誤耳。」案《搜神記》卷四、《獨異志》卷上、《初學記》卷二、《太平御覽》卷三百九十七、《太平廣記》卷二百九十、《歲華紀麗》卷二引「武王」並作「文王」。又「文王」上，《北堂書鈔（孔本）》卷三十五及《太平廣記》卷二百九十並引有「風不摇（《廣記》作鳴條）」四字，當據補。

〔一二〕吾是東海神女嫁於西海神童　案東海神女當作泰山或東山神女，西海神童當作東海神童。《搜神記》卷四作「吾泰山（《御覽》卷百九十五引作東山）之女，嫁爲東海婦」。《太平御覽》卷四十五引《趙記》曰：「每歲有疾雹雨，東南而行。俗傳此山（飛龍山）神女爲東海婦。」是其證。

〔一三〕大蛇當道如拱文公反修德　案《新序·雜事》卷二、賈誼《新書·春秋篇》「拱」並作「堤」。《太平廣記》卷二百九十一引「反」作「乃」，誤。

〔一四〕吏夢天殺蛇　案《太平廣記》卷二百九十一引「天」下有「使」字，宜據補。

〔一五〕宋柏湯與伊尹也　案《晏子春秋·内篇·諫上》第一作「宋之先湯與伊尹」。《太平廣記》卷二百九十一引《物異志》亦作「宋祖湯與伊尹」。據此，知「柏」是「祖」之訛。士禮居刊本亦作「祖」，是其證。

〔一六〕湯皙容多髮　案《太平廣記》卷二百九十一引《物異志》作「湯皙容多髭鬚」，《晏子春秋·内篇·諫上》第一作「湯皙而（《論衡·死僞篇》作以長）頤以髯」。據此，則「髮」是「鬚」之誤。

〔一七〕公怒散軍伐宋　《論衡·死僞篇》作「公伐之，故湯伊尹怒，請散師和宋，公不用，終伐宋，軍果敗」，與此不同。案《太平廣記》卷二百九十一引《物異志》作「公恐，乃散軍不伐宋」。《晏子春秋·内篇·諫上》第一作「散師不果伐宋」。《太平御覽》卷三百七十八引《古文瑣語》作「遂不果伐宋」。則是「怒」應作「恐」，「伐」上有「不果」二字，宜據補正。

〔一八〕銜以東歸　周心如云：「東字誤，宜作來。」士禮居刊本正作「來」是也。

〔一九〕遂⿰虫弗成兒　案「⿰虫弗」，《稗海》本作「沸」，誤，當作「烰」。《説文》：「烰，烝也。」其本字應爲「孚」，從爪子。徐鍇曰：「鳥裒恒以爪反覆其卵也。」是其證。

〔二〇〕今見狗襲偃王既其國　案《水經·濟水注》引劉成國《徐州地理志》、《初學記》卷八、《太平御覽》卷三百六十並引「襲」作「龔」，「見」下有「有」字，並宜據正。「其國」上張皋文校云：「當有一襲字。」

〔二一〕因名爲弓　周心如云：「弓宜作號」。案《太平御覽》卷三百四十七引正作「號」。

〔二二〕不忍聞言其民爲楚所敗　案「聞言」，《稗海》本作「鬪害」，《漢魏》本作「殘害」，《後漢書·東夷傳》注引作「鬭害」。揆諸文意，作「鬭害」是，宜據正。

〔二三〕海水西夸父與日相逐走渴飲水河謂　案「海水西」當作「北海外」或「博父西」。《海外北經》博父國下云「鄧林在其東」，可證。又「河謂」，《海外北經》、《列子·湯問》、《淮南子·墜形訓》高誘注並作「河渭」，當據正。

〔二四〕齎千金之璧於河　案《水經・河水注》、《太平御覽》卷九百三十引並作「齎」。士禮居刊本作「濟」，誤。

〔二五〕至陽侯波起　《古今逸史》本、《稗海》本、士禮居刊本並脱「至」字。「至」下疑有「中流」二字。《淮南・覽冥訓》高誘注云：「陽侯，陵陽國侯也。其國近水，墮水而死，其神能爲大波，有所傷害，因謂之陽侯之波。」

〔二六〕子羽毁而去　案《水經・河水注》、《太平御覽》卷九百三十引「毁」下有「璧」字，宜據補。

〔二七〕荆軻字次非渡鮫夾船次非不奏　案周日用注云：「次非，荆將軍墓碑作次飛。」與《吕氏春秋・知分篇》同。惟《太平御覽》卷九百三十引作「佽飛」，《淮南・道應篇》作「佽非」。全祖望《書黄太傅廟碑陰》：「佽飛本作兹非，其後兹變爲佽，而非亦通於飛。」宋王楙《野客叢書》卷十五曰：「近有好用古字者，書是非爲氏飛，……書非爲飛者如漢碑所謂飛陶唐，其若是乎？此氏飛字之所據也。」敦煌殘本《昭君變文(P2553)》有句云：「三邊走馬傳胡命，萬里非書奏漢王。」亦書「非」作「飛」。據此，則非、飛古通用。又「不奏」，《稗海》本作「不走」，非是。《太平御覽》卷九百三十引作「下劍盡」三字，似可從。李白《觀佽飛斬蛟龍圖讚》亦云：「驚波動連山，拔劍曳雷電。鱗摧白刃下，血染滄江變。」亦可資佐證。

〔二八〕若安伯施云爲荆將軍所伐　士禮居刊本作「昔□安伯旒左爲荆將軍所伐」，疑有錯簡。當作「昔安西左伯旒爲荆將軍所伐」。「旒」一作「桃」。

〔二九〕東阿王勇士有蕃丘訢　案《韓詩外傳》卷十曰「東海上有勇士菑(《吴越春秋》卷二作椒)丘訢」云云，據此，知「阿王」乃「海上」之訛，「蕃」是「菑」之誤。

〔三〇〕訢朝服拔劍二日一夜殺二蛟一龍而出雷隨擊之七日夜　《太平御覽》卷九百三十引「二日一夜」作「三日三夜」，「七日」下有「七」字。案《韓詩外傳》卷十作「訢去朝服拔劍而入，三日三夜，殺二蛟一龍而出，雷神隨而擊之，十日十夜」。《吴越春秋》卷二曰：「訢大怒，袒裼持劍入水，求神決戰，連日乃出。」據此，知「朝」上脱一「去」字，「拔劍」下脱「而入」二字，「雷」下脱「神」字，宜據補。

〔三一〕蹋地悲鳴　案蹋地不辭。「蹋」應作「踼」，或作「踣」，或作「掊」。郭忠恕《汗簡》卷七、《史記・樊酈滕灌列傳索隱》、《太平御覽》卷五百五十六並引《西京雜記》、《初學記》卷十四、《北堂書鈔》卷九十二引本書均作掊，《藝文類聚》卷四十引作踣。掊，《漢書・郊祀志》師古注云：「掊，手杷土也。」踣，《說文》訓僵。此處作掊或作踣，均通。

〔三二〕跑蹄下地得石有銘曰　案《西京雜記》卷四作「以足跑地久之，滕公使士卒掘馬所跑之地」。《北堂書鈔》卷九十二、《太平御覽》卷五百五十六引作「掘馬蹄下得石槨」。《史記・樊酈滕灌列傳索隱》、《藝文類聚》卷四十並引作「得石椁」。據此三者，約而言之，知本條應作「以足跑地，掘馬蹄下地，得石槨，有銘」。於義爲允。「跑」乃俗之「刨」字。

〔三三〕「靈帝和光元年」至「我伯夷之弟孤竹君也」　案「和光」當作「光和」。「黃翻」，《水經・濡水注》、《文選・桓元子薦譙元彥表》注並引作「廉翻」。又《史記・伯夷列傳》曰：「伯夷、叔齊，孤竹君之二子也。」《水經・濡水注》、《路史・後紀》卷四、《文選・桓元子薦譙元彥表》李注引並作「孤竹君之子」。據此，知「孤竹」下有「之子」二字，宜補。

〔三四〕人猶活　《稗海》本「人」上有「宮」字。《搜神記》卷五、《後漢書・五行志》注、《太平御覽》卷五百八十引同有「宮」字，宜據補。

〔三五〕范友明冢　《稗海》本作「明友」，是也。案《漢書》卷六十八《霍光傳》：「乃徙光女壻度遼將軍、未央衞尉、平陵侯范明友爲光祿勳。」《法苑珠林》卷百十六引《洛陽寺記》、《太平御覽》卷三百五十八、《太平廣記》卷三百七十五引亦並作「明友」。又「友明」下，《漢書・五行志》引有「奴」字，當據補。

〔三六〕多與漢書相似　士禮居刊本「似」作「應」。《太平御覽》卷五百五十八、《太平廣記》卷三百七十五引並作「應」。

〔三七〕奚儂恩　士禮居刊本、弘治本、《稗海》本「恩」並作「息」。《太平御覽》卷八百八十七引亦作「息」，宜據正。

〔三八〕同墟入採桑聞兒生活　案《太平御覽》卷八百八十七引「入」作「人」，「兒」下有「啼聲卽語儂妻往發視兒」十字，宜據補。

〔三九〕「孝元景寧元年」至「大者如大豆」　案《四庫提要辨證》曰：「孝元竟寧元年南陽郡中雨穀，刊本竟訛景。」是「景」當作「竟」。又「陽郡」，士禮居刊本作「郡都」，《漢魏》本作「郡内」，《太平御覽》卷八百三十七引作「山都」。檢《漢書·地理志》南陽郡下無陽郡之名，但有山都，當據《御覽》改。又「大豆」，《御覽》引作「米豆」，非。當以作「大豆」爲是。

博物志卷之八

晉　張華　撰
宋　周日用等注

史補

266 黃帝登仙，其臣左徹者削木象黃帝，帥諸侯以朝之。七年不還〔一〕，左徹乃立顓頊。左徹亦仙去也。

267 堯之二女，舜之二妃，曰湘夫人。舜崩，二妃啼，以涕揮竹，竹盡斑〔二〕。

268 處士東鬼塊責禹亂天下事，禹退作三章〔三〕。彊者攻，弱者守，敵戰〔四〕，城郭蓋禹始也。

269 大姒夢見商之庭產棘，乃小子發取周庭梓樹，樹之子闕閒〔五〕，梓化爲松柏棫柞。覺驚以告文王，文王曰：慎勿言。冬日之陽，夏日之餘〔六〕，不召而萬物自來。天道尚左，日月西移；地道尚右，水潦東流。天不享於殷，自發之夫生於今十年，禹羊在牧，水潦東流〔七〕，天下飛鴻滿野，日之出地無移照乎。

270 武王伐殷，舍於幾〔八〕，逢大雨焉。衰輿三百乘，甲三千〔九〕，一日一夜，行三百里以戰於牧野。

271 成王冠，周公使祝雍曰〔一〇〕：「辭達而勿多也。」祝雍曰：「近於民，遠於佞，近於義〔一一〕，嗇於時，惠於財，任賢使能，陛下擒顯先帝光耀，以奉皇天之嘉禄欽順，仲壹之言曰：『遵並大道，郊域康阜，萬國之休靈，始明元服，推遠童稚之幼志，弘積文武之就德，肅勤高祖之清廟〔一二〕，六合之内，靡不蒙德，歲歲與天無極〔一三〕。』」右孝昭用《成王冠辭》。

272 《止雨祝》曰：天生五穀，以養人民，今天雨不止，用傷五穀，如何如何，靈而不幸，殺牲以賽神靈〔一四〕，雨則不止，鳴鼓攻之，朱緑繩縈而脅之〔一五〕。

273 《請雨》曰〔一六〕：皇皇上天，照臨下土，集地之靈，神降甘雨〔一七〕，庶物羣生，咸得其所。

274 《禮記》曰：孔子少孤，不知其父墓。母亡，問於鄹曼父之母〔一八〕，乃合葬於防。防墓又崩，門人後至。孔子問來何遲，門人實對，孔子不應，如是者三，乃潸然流涕而止曰〔一九〕：「古不修墓。」蔣濟、何晏、夏侯玄、王肅皆云無此事，注記者謬，時賢咸從之。周日用曰：四士言無者，後有何理而述之。在愚所見，實未之有矣。且徵在與梁紇野合而生，事多隱之。况我丘生而父已死，既隱何以知之，非問曼父之母，安得合葬於防也。

275 孔子東遊，見二小兒辯鬬。問其故，一小兒曰：「我以日始出時，去人近，而日中時遠也。」一小兒曰：「以日出而遠〔二〇〕，而日中時近。」一小兒曰：「日初出時大如車蓋，及日中時如盤盂，此不爲遠者小而大者近乎〔二一〕？」一小兒曰：「日初出滄滄涼涼，及其中而探湯〔二二〕，此不爲近者熱而遠者涼乎？」孔子不能決，謂兩小兒曰〔二三〕：「孰謂汝多知乎！」亦出《列子》。周日用曰：日當中向熱者，炎氣直下也，譬猶火氣直上而與旁暑，其炎涼可悉耳。是明初出近而當中遠矣，豈聖人肯對乎？

276 子路與子貢過鄭神社，社樹有鳥，神牽率子路〔二四〕，子貢説之，乃止。

277 《春秋》哀公十四年：春，西狩獲麟。《公羊傳》曰：「有以告者，孔子曰：『孰爲來哉！孰爲來哉！』」盧曰：以其時非應，故孔子泣而感之。麟日生三策〔二五〕，蓋天使報聖人。

278 《左傳》曰：「叔孫氏之車子鉏商獲麟〔二六〕，以爲不詳。」

279 燕太子丹質於秦，秦王遇之無禮，不得意，思欲歸。請於秦王，王不聽，謬言曰：「令烏頭白，馬生角，乃可。」丹仰而歎，烏卽頭白；俯而嗟，馬生角。秦王不得已而遣之，爲機發之橋，欲陷丹。丹驅馳過之，而橋不發。遁到關〔二七〕，關門不開，丹爲雞鳴，於是衆雞悉鳴，遂歸。

280 詹何以獨繭絲爲綸，芒斜爲鉤〔二八〕，荆篠爲竿，割粒爲餌，引盈車之魚於百仞之淵，汩流之中，綸不絶，鉤不申〔二九〕，竿不撓。

281 薛譚學謳於秦青，未窮青之旨，於一日遂辭歸。秦青乃餞於郊衢，撫節悲歌，聲震林木，響遏行雲。薛譚乃謝求返，終身不敢言歸。秦青顧謂其友曰：「昔韓娥東之齊，遺糧，過雍門〔三〇〕，鬻歌假食而去，餘響遶梁，三日不絕，左右以其人弗去。過逆旅，凡人辱之，韓娥因曼聲哀哭，一里老幼喜歡抃舞〔三一〕，弗能自禁，乃厚賂而遣之。故雍門人至今善歌哭，效娥之遺聲也。」

282 趙襄子率徒十萬狩於中山，藉芀燔林，扇赫百里。有人從石壁中出，隨煙上下，若無所之經涉者。襄子以爲物，徐察之，乃人也。問其奚道而處石，奚道而入火，其人曰：「奚物爲火？」其人曰：「不知也？」魏文侯聞之，問於子夏曰：「彼何人哉？」子夏曰：「以商所聞於夫子，和者同於物，物無得而傷，閡者遊金石之間及蹈於水火皆可也。」文侯曰：「吾子奚不爲之？」子夏曰：「刳心知智，商未能也〔三二〕。雖試語之，而即暇矣。」文侯曰：「夫子奚不爲之？」子夏曰：「夫子能而不爲。」文侯不悦。

283 更羸謂魏王曰：「臣能射，爲虛發而下鳥。」王曰：「然可於此乎。」曰：「聞有鳥從東來〔三三〕，羸虛發而下之也。

284 澹臺子羽子溺水死，欲葬之〔三四〕，滅明曰：「此命也，與螻蟻何親？與魚鼈何讎？」遂使葬〔三五〕。

285 《列傳》云：聶政刺韓相，白虹爲之貫日；要離刺慶忌，彗星襲月；專諸刺吴王僚，鷹擊殿上〔三六〕。

286 齊桓公出，因與管仲故道，自燉煌西涉流沙往外國〔三七〕，沙石千餘里〔三八〕，中無水，時則有沃流處〔三九〕，人莫能知，皆乘駱駝，駱駝知水脉，遇其處輒停不肯行〔四〇〕，以足蹋地，人於其蹋處掘之，輒得水。

287 楚熊渠子夜行，射窮石以爲伏虎〔四一〕，矢爲没羽。

288 漢武帝好仙道，祭祀名山大澤以求神仙之道〔四二〕。時西王母遣使乘白鹿告帝當來〔四三〕，乃供帳九華殿以待之〔四四〕。七月七日夜漏七刻，王母乘紫雲車而至於殿西，南面東向，頭上戴七種〔四五〕，青氣鬱鬱如雲。有三青鳥，如烏大，使侍母旁。時設九微燈〔四六〕。帝東面西向，王母索七桃，大如彈丸，以五枚與帝，母食二枚。帝食桃輒以核著膝前，母曰：「取此核將何爲？」帝曰：「此桃甘美，欲種之。」母笑曰：「此桃三千年一生實。」唯帝與母對坐，其從者皆不得進。時東方朔竊從殿南廂朱鳥牖中窺母，母顧之謂帝曰：「此窺牖小兒，嘗三來盜吾此桃。」帝乃大怪之。由此世人謂方朔神仙也。

289 君山有道與吴包山潛通，上有美酒數斗，得飲者不死。漢武帝齋七日，遣男女數十人至君山，得酒欲飲之，東方朔曰：「臣識此酒，請視之。」因一飲致盡。帝欲殺之，朔乃曰：「殺朔若死，此爲不驗。以其有驗，殺亦不死。」乃赦之。

校勘記

〔一〕七年不還　案《三洞羣仙録》卷二十引《仙傳拾遺》「七年」下有「黄帝」二字。

〔二〕堯之二女舜之二妃曰湘夫人舜崩二妃啼以涕揮竹竹盡斑　士禮居刊本(卷十)作「帝之二女，堯之二女也。丘乎曰南湘夫人。二女啼，以涕揮竹，竹盡斑。」字句晦澁，疑有脱誤。案《路史·餘論》九云：「若《九歌》之《湘君》、《湘夫人》，則又洞庭山之神爾。而羅含、度尚之徒，據斷以爲堯之二女，舜之二妃。……鄭玄、張華且謂大舜南巡，二妃從征，溺死湘江，神遊洞庭之山，出入瀟湘之浦。」《齊民要術》卷十、段公路《北户録》卷二、《太平御覽》卷九百六十三、《事類賦》卷十、朱文公校《昌黎先生集》孫汝聽注並引「堯」上有「洞庭之山」四字，「舜之二妃」下有「居之」二字，當據之以增補。又《分門集注杜工部詩》卷十六注引《博物志》云：「舜死，二妃淚下，染竹成斑。死爲湘水神，故曰湘妃。」是「湘夫人」上猶有脱文也。

〔三〕處士東鬼塊責禹亂天下事禹退作三章　《漢魏》本「鬼」作「里」，《太平御覽》卷百九十二及卷三百二十並引同作「里」。又《藝文類聚》卷六十三、《太平御覽》卷百九十二、董斯張《廣博物志》卷七並引「章」作「城」。惟《吕氏春秋·君守篇》、《淮南·原道訓》並言城乃鯀作，與此異。《淮南子》云：「夏鯀作三仞之城，諸侯背之。」疑「三城」當作「三仞之城」。

〔四〕敵戰　案「敵」下應據《太平御覽》卷百九十二、張純照《遺珠貫索》卷一引增一「者」字，與「弱者守」對比成文。

〔五〕樹之子闕聞　《逸周書·程寤解篇》，「子」作「于」是也。黄丕烈云：「聞是問之誤。」是也。

〔六〕冬日之陽夏日之餘　《稗海》本、浦江周氏紛欣閣刊本並作「夏日之陰」，與上句相對成文。故「餘」當作「陰」。

〔七〕自發之夫生於今十年禹羊在牧水潦東流　士禮居刊本「夫」作「未」，「禹」作「商」，是也。案《逸周書·度邑解篇》、《史記·周本紀》「夫」亦並作「未」，「今」下有「六」字，當據補正。又《淮南·本經訓》「禹」作「夷」。夷羊同商羊，胡應麟《少室山房筆叢》三墳下曰：「按《竹書》：『紂四十八年，夷羊見。』蓋羵羊、商羊之類。」可資佐證。

〔八〕舍於幾　案《荀子·儒效篇》曰：「武王之誅紂也，……朝食於戚，暮宿於百泉，厭旦於牧之野。」楊倞注引杜元凱（《左文元年傳》）注云：「戚，衛邑。」據此，則「幾」當作「戚」。

〔九〕衰輿三百乘甲三千　《漢魏》本「衰」作「率」，士禮居刊本作「乘」。《史記·周本紀》云：「遂率戎車三百乘（《逸周書·克殷解篇》作「三百五十」）、虎賁三千人，甲士四萬五千人，以東伐紂。」據此，則「衰」宜作「乘」。又《淮南·本經訓》云：「武王甲卒三千，破紂牧野。」則「乘甲」當作「卒甲」，宜據正。

〔一〇〕周公使祝雍曰　案《大戴禮記·公冠篇》、《說苑·脩文篇》「雍」下有「祝王」二字。

〔一一〕近於民遠於侯近於義　《稗海》本、士禮居刊本「侯」並作「佞」。《說苑·脩文篇》、《後漢書·禮儀志》注引《博物記》並同。又《禮儀志》及《大戴記·公冠篇》、《孔子家語·冠頌篇》「近於民」下並有「遠於年」三字，宜據補。

〔一二〕陛下擒顯先帝光耀以奉皇天之嘉禄欽順仲壹之言曰遵並大道郊域康阜萬國之休靈始明元服推遠童稚之幼志弘積文武之就德肅懃高祖之清廟　史繩祖《學齋佔畢》卷二曰：「張華《博物志》云：『成王冠，周公使祝雍曰：……擒顯先帝光耀，以奉皇天之嘉禄。』其不同（於《孔子家語》）如此，不知張華何所據而與《家語》異耶？然余考《六經》中三代時未嘗有先帝之言，秦以後方稱先帝，則華爲失據矣。」　案張華此文於「任賢使能」下脱「孝昭帝冠辭曰」六字，故誤爲成王冠辭。其所依據者謬。又《大戴記》卷十三《公冠（舊本誤作符）篇》「仲壹之言曰遵並大道」，《後漢書·禮儀志》注引作「仲春之吉辰（《大戴記》作吉日）普遵大道」。「郊域康阜萬國之休靈始明元服」，《大戴記》作「邠（芬）或（彧）秉集（《後漢書》作率）萬福之休靈，始加昭明之元服」。「童稚」，《禮儀志》注引作「沖孺」，《大戴記》作「稚免」。「就」，《大戴記》作「寵」。「懃」，《漢魏》本、士禮居刊本、《後漢書》注、《大戴記》並作「勤」。據此，知「春」誤「壹」，「吉」誤「言」，「日」誤「曰」，「郊域」疑是「邠（彬）或（彧）」之誤，「始」下脱「加昭」二字，「寵」誤「就」，「勤」誤「懃」，並宜補正。

〔一三〕歲歲與天無極　案《大戴記·公冠（原誤爲符）篇》、《孔子家語·冠頌篇》、《後漢書·禮儀志》注引「歲歲」並作「永永」。

〔一四〕靈而不幸殺牲以賽神靈　案此處有脱誤。《春秋繁露》卷十六《止雨篇》作「敬進肥牲清酒以請社靈，幸爲止雨」。疑此當作「社靈幸爲止雨，殺牲以賽社靈」，於義較當。

〔一五〕朱緑繩縈而脅之　案《春秋繁露·止雨篇》、《後漢書·禮儀志》，「緑」並作「絲」，當據正。

〔一六〕請雨曰　案「雨」下疑有「祝」字。

〔一七〕神降甘雨　案《大戴記·公冠篇》作「降甘風雨」。

〔一八〕郰曼父之母　《左襄十年傳》「郰」作「聊」。案《禮記·檀弓上》亦作「聊」，釋文云：「一本作郰。」《史記·孔子世家》同，惟「曼」作「輓」。是二字乃同義異形。

〔一九〕潸然流涕　案《禮記·檀弓上》、《孔子家語》、《曲禮·子夏問》「潸」並作「泫」。

〔二〇〕日出而遠　案《列子·湯問》、《世説·言語篇》「晉明帝數歲坐元帝膝上」條唐寫本注引《桓譚新論》、《法苑珠林》卷七（大藏本卷四）引《新論》，「日」下並有「初」字，「出」下「而」字作「時」字，《稗海》本亦作「時」字，當據正。

〔二一〕時如盤盂此不爲遠者小而大者近乎　案《列子·湯問篇》「時」作「則」，「大者近」作「近者大」，當據正。

〔二二〕及其中而探湯　《列子·湯問篇》「而」作「如」，是也。

〔二三〕謂兩小兒曰　案《列子·湯問篇》「兩」上無「謂」字，衍文當删。

〔二四〕神牽率子路　案「神」上《藝文類聚》卷九十引作「子路捕鳥社」五字。「率」作「攣」，《漢魏》本亦作「攣」，其作「攣」是也。《易中孚》：「有孚攣如。」疏云：「攣，相牽繫不絶也。」故攣有牽義，當據正。

〔二五〕麟日生三策　案士禮居刊本、《稗海》本「日生」作「口吐」是也。

〔二六〕叔孫氏之車子鉏商　案《左傳》哀公十四年疏引王肅云：「車士，將車者也。子姓，鉏商名。」《孔子家語》卷四曰：「叔孫氏之車士曰子鉏商。」王肅注云：「車士，持（將）車者。」據此，知「車」即車士之省稱。

〔二七〕遁到闕　案《燕丹子》卷上「遁」作「夜」。

〔二八〕芒斜爲鉤　案士禮居刊本「斜」作「针」。《列子·湯問》、袁孝政《劉子》卷九注、《太平御覽》卷七百六十七引同，宜據正。

〔二九〕鉤不申　案《列子·湯問》「申」作「伸」。

〔三〇〕遺糧過雍門　案《列子·湯問篇》「遺」作「匱」。陳本《北堂書鈔》卷一百六（孔本作「糧盡」）、《太平廣記》卷二百六引同《列子》，當據正。

〔三一〕「鬻歌假食而去」至「過逆旅凡人辱之韓娥因曼聲哀哭一里老幼喜歡」　案《列子·湯問篇》「而去」作「既去而」，義較勝。又「凡」字，《列子·湯問》、《太平廣記》卷二百六引並作「逆旅」二字。又「哀哭」下《稗海》本、《古今逸史》本並有「一里老幼悲愁垂涙相對，復爲曼聲長歌」十六字。《湯問篇》「垂涙相對」下尚有「三日不食，遽而追之，娥還」十字，宜據補。

〔三二〕「其人曰不知也」至「刳心知智商未能也」　《稗海》本「其人」作「襄子」，「閲」作「閼」，當據正。又「商未能也」下，士禮居本有「非不能也」四字，當據補。

〔三三〕王曰然可於此乎曰聞有鳥從東來　案《戰國策·楚策》四云：「王曰：『然則射可至此乎？』更羸曰：『可。』有間雁從東方來。」據此，知「然」下脱「則射」二字，「可」下脱「至」字，「曰」下脱「可」字，「聞」是「間」之誤，「東」下脱「方」字，當據補正。

〔三四〕欲葬之　案《文選·馬融長笛賦》（當作馬季長《笛賦》）注引、《事文類聚》卷十七引並作「弟子欲收而葬之」，當據補。

〔三五〕遂使葬　士禮居刊本「遂」下有「不」字，《文選·馬季長笛賦》李善注引同士禮居本，當據補。清王應奎《柳南隨筆》卷一云：「《博物志》云：『澹臺子羽之子溺死于江，弟子欲收葬之，子羽曰：螻蟻何親？魚鼈何仇？遂不收葬。』此與《莊子·列禦寇篇》『在上爲烏鳶食，在下爲螻蟻食，奪彼與此，何其偏也』語意正同。子羽聖門高第，覿其行不由徑，非公不至，自是禮法中人，螻蟻魚鼈之言，雖屬曠達，然與平日行事，大不相類，其爲後世附會無疑。」然《史記・仲尼弟子列傳》稱澹臺滅明南遊至江，縱出附會，亦不爲無據。

〔三六〕列傳云聶政刺韓相白虹爲之貫日要離刺慶忌彗星襲月專諸刺吴王僚鷹擊殿上　案《史記・刺客列傳》未載貫日事。《戰國・魏策四》曰：「唐且曰：『夫專諸之刺王僚也，彗星襲月；聶政之刺韓傀也，白虹貫日；要離之刺慶忌也，倉鷹擊於殿上。』」據此，則要離與專諸事迹當互調爲是。

〔三七〕自燉煌西涉流沙往外國　士禮居刊本「自」作「烏」，「涉」作「没」，並誤。「涉」，曾慥《類説》二十三、鄧士龍《事類捷録》卷九走獸部並引作「渡」。

〔三八〕沙石千餘里　士禮居刊本「沙石」作「沙沙」，《藝文類聚》卷九十四、《太平廣記》卷四百三十六並引作「濟沙」。

〔三九〕時則有沃流　士禮居刊本「沃」作「泼」，非是。當依浦江周氏紛欣閣刊本作「伏」。《藝文類聚》卷九十四、《太平御覽》卷九百一、《太平廣記》卷四百三十六引並作「伏」，是其證。

〔四〇〕遇其處輒停　士禮居刊本「遇」作「過」。《藝文類聚》卷九十四、《太平廣記》卷四百三十六引同士禮居刊本，宜據正。

〔四一〕楚熊渠子夜行射窮石以爲伏虎　案當作「楚子熊渠」，「子」乃爵位。《史記・楚世家》曰：「封熊繹於楚蠻，封以子男之田。」熊渠乃熊繹五世孫，當周夷王之時。今本（范氏天一閣本及洪頤煊校本）《竹書紀年》卷下夷王七年下云：「楚子熊渠伐庸，至于鄂。」《晉書・地理志下》云：「武昌，故東鄂也。楚子熊渠封中子紀于此。」是其證。又「窮石」，《稗海》本作「寢石」。黄丕烈云「窮乃寢之誤」，是也。《荀子・解蔽篇》、《韓詩外傳》卷六、《新序・雜事》四、王充《論衡・藝增篇》亦並作「寢石」。寢石乃陵寢之石，有作虎形而置于通路者。《意林》引《物理論》曰：「公卿大夫刻石作碑，鐫石作虎，碑虎崇僞，陳于三衢。」以此之故，熊渠誤射之。宜據正。

〔四二〕漢武帝好仙道祭祀名山大澤以求神仙之道　案《文選・曹子建洛神賦》李注引作「帝好道」，《漢武内傳》作「帝好神仙之道（道藏本作好長生之術），常祭名山大澤以求神仙」。宜據之以删除「之道」二字，於義爲長。

〔四三〕乘白鹿　案《武帝内傳》「鹿」作「麟」，道藏本作「麐」。疑「鹿」是「麐」之壞字。

〔四四〕九華殿　案《漢武内傳》「九」作「承」，《太平御覽》卷三十一、朱文公校《昌黎先生集·華山女》樊汝霖注並引《漢武故事》作「承」，宜據正。

〔四五〕東向頭上戴七種　案《漢武内傳》「向」下有「坐」字。「種」，《海録碎事》卷五引作「勝」，《大荒西經》云：「有人戴勝虎齒有豹尾，穴處，名曰西王母。」故作「勝」是也。又「七」疑當作「玉」，道藏本、《太平御覽》卷中引《真誥》曰：「西王母首戴玉勝。」是其證。

〔四六〕使侍母旁時設九微燈　《楚辭·九歎·惜賢篇》注引「使」作「夾」。案「使」當作「俠」。楊慎《丹鉛總録》卷十四曰：「吴大帝築東興堤，左右結山俠築兩城。注：今栅江口有兩山，濡須山在和州界，七寶山在無爲州界。兩山對峙，中有石梁俠，讀作夾。古者俠夾二字通用。漢隸《華山亭碑》文有云：吏卒俠路。晉、宋書有俠轂隊，皆以俠爲夾。」據此，「夾」寫作「俠」，復誤爲「使」。

博物志卷之九

晉　張華　撰
宋　周日用等注

雜説上

290 老子云：「萬民皆付西王母，唯王、聖人、真人、仙人、道人之命上屬九天君耳。」

291 黄帝治天下百年而死。民畏其神百年，以其數百年〔一〕，故曰黄帝三百年。上古男三十而妻，女二十而嫁。曾子曰：「弟子不學古知之矣〔二〕，貧者不勝其憂，富者不勝其樂。」

292 昔西夏仁而去兵，城廓不修，武士無位，唐伐之，西夏云〔三〕。昔者玄都賢鬼神道，廢人事〔四〕，其謀臣不用，龜筴是從，忠臣無禄，神巫用國。

293 榆罔氏之君孤而無使，曲沃進伐之以亡〔五〕。

294 昔有巢氏有臣而貴任之，專國主斷，已而奪之。臣怒而生變，有巢以民〔六〕。昔者清陽彊力，貴美女，不治國而亡〔七〕。

295 昔有洛氏宫室無常，囿池廣大，人民困匱，商伐之，有洛以亡。

296《神仙傳》曰：「説上據辰尾爲宿，歲星降爲東方朔。傅説死後有此宿，東方生無歲星〔八〕。」

297 曾子曰：「好我者知吾美矣，惡我者知吾惡矣。」

298 思士不妻而感，思女不夫而孕。后稷生乎巨跡，伊尹生乎空桑。

299 箕子居朝鮮，其後伐燕，之朝鮮〔九〕，亡入海爲鮮國。師兩妻墨色，珥兩青蛇，蓋勾芒也〔一〇〕。

300 漢興多瑞應，至武帝之世特甚，麟鳳數見。王莽時，郡國多稱瑞應，歲歲相尋，皆由順時之欲，承旨求媚，多無實應，乃使人猜疑。

301 子胥伐楚，燔其府庫，破其九龍之鍾。

302 蓍一千歲而三百莖，其本以老，故知吉凶。蓍末大於本爲上吉，莖必沐浴齋潔食香，每日望浴蓍〔一一〕，必五浴之。浴龜亦然。明夷曰：「昔夏后莁乘飛龍而登于天。而牧占四華陶，陶曰：『吉。昔夏啓莁徙九鼎，啓果徙之。』」

303 昔舜莁登天爲神，牧占有黃龍神曰：「不吉。」武王伐殷而牧占蓍老，蓍老曰：「吉。」桀莁伐唐，而牧占熒惑曰：「不吉。」昔鮌莁注洪水，而牧占大明曰：「不吉，有初無後。」

304 蓍末大於本爲卜吉，次蒿，次荊，皆如是。龜蓍皆月望浴之。

305 水石之怪爲龍罔象，木之怪爲躨罔兩〔一二〕，土之怪爲獖羊，火之怪爲宋無忌。

306 鬭戰死亡之處，其人馬血積年化爲燐。燐著地及草木如露，略不可見。行人或有觸者，著人體便有光，拂拭便分散無數，愈甚有細咤聲如炒豆，唯静住良久乃滅。後其人忽忽如失魂，經日乃差。今人梳頭脱著衣時，有隨梳解結有光者，亦有咤聲。

307 風山之首方高三百里，風穴如電突深三十里，春風自此而出也。何以知還風也？假令東風，雲反從西來，詵詵而疾，此不旋踵，立西風矣。所以然者，諸風皆從上下〔一三〕，或薄於雲，雲行疾，下雖有微風，不能勝上，上風來到反矣〔一四〕。

308 春秋書鼷鼠食郊牛，牛死。鼠之類最小者，食物當時不覺痛。世傳云：亦食人項肥厚皮處，亦不覺。或名甘鼠〔一五〕。俗人諱此所嚙，衰病之徵。

309 鼠食巴豆三年，重三十斤。

校勘記

〔一〕以其數百年　「數」，《漢魏》本作「教」。當據《大戴記·五帝德篇》改作「教」。案《五帝德篇》云：「宰我問於孔子曰：『昔者予聞諸榮伊令，黄帝三百年。請問黄帝者人邪？抑非人邪？何以至於三百年乎？』孔子曰：『……黄帝，少典之子也。……生而民得其利百年，死而民畏其神百年，亡而民用其教百年，故曰三百年。』」可參看。

〔二〕上古男三十而妻女二十而嫁曾子曰弟子不學古知之矣　案《大戴記·本命篇》曰：「中古男三十而娶，女二十而嫁，合于五也，中節也。」則是「上古」應作「中古」。《通典》卷五十九引《尚書大傳》曰：「孔子曰：『男子三十而娶，女子二十而嫁。』」疑「曾子」當作「孔子」。

〔三〕唐伐之西夏云　　案《路史·國名紀》引《周書》「唐」作「堯」，「云」作「亡」。《逸周書·史記解篇》、《漢魏》本亦並作「亡」，當據正。

〔四〕賢鬼神道廢人事　　案《逸周書·史記解篇》「事」下有「天」字，宜據補。

〔五〕榆炯氏之君孤而無使曲沃進伐之以亡　　士禮居刊本「炯」作「州」，《路史·國名紀》引同。《逸周書·史記解篇》曰：「昔者曲集之君伐智而專事，彊力而不信，其臣忠良皆伏；愉州氏伐之，君孤而無使，曲集以亡。」據此，知除「炯」是「州」誤，「沃」乃「集」訛外，尚多脱誤，應據以改正。又「使」，《稗海》本作「徒」。

〔六〕昔有巢氏有臣而貴任之專國主斷已而奪之臣怒而生變有巢以民　　案士禮居刊本「民」作「亡」。孫瑴《古微書·春秋考歷序》同作「亡」。《逸周書·史記解篇》曰：「昔者有巢氏有亂臣而貴，任之以國，假之以權，擅國而主斷，君已而奪之，臣怒而生變，有巢以亡。」據此，知「臣」下脱「亂」字，「任之」下脱「以國假之以權」六字，「專」當作「擅」，「民」當作「亡」。

〔七〕昔者清陽彊力貴美女不治國而亡　　案《逸周書·史記解篇》曰：「績（《路史·國名紀己》作青）陽彊力四征重丘遺之美女。」疑「彊力」下脱「四征重丘遺之」六字，「貴」乃「遺」之壞字而殘留者。

〔八〕東方生無歲星　　周氏紛欣閣刊本「無」作「爲」，非是。案董斯張《廣博物志》卷二引《西京雜記》云「東方朔云：『天下無知我者，唯曆官大伍公知之。』帝召問之，曰：『諸星在，唯歲星不見。』」是其證。

〔九〕箕子居朝鮮其後伐燕之朝鮮　　《稗海》本「燕」下有「復」字，此處疑有脱誤，可參看《漢書》《地理志》及《朝鮮傳》。案《後漢書·東夷傳》曰：「昔武王封箕子於朝鮮，箕子教以禮義田蠶，又制八條之教。其人終不相盜，無門户之閉。婦人貞信。飲食以籩豆。其後四十餘世，至朝鮮侯準，自稱王。漢初大亂，燕、齊、趙人往避地者數萬口，而燕人衛滿擊破準而自王朝鮮。」記載詳明，可資參校。

〔一〇〕爲鮮國師兩妻墨色珥兩青蛇蓋勾芒也　　弘治本、士禮居刊本「師兩」作「師雨」，「墨」作「黑」，「蛇」下有「操兩蛇」三字，疑此處有脱誤。《海外東經》云：「雨師妾在其北，其爲人黑，兩手各操一蛇，左耳有青蛇，右耳有赤蛇。一曰在十日北，爲人黑身人面。」又云：「東方勾芒鳥身人面。」《淮南・時則訓》云：「東方之極自碣石過朝鮮，……太皞勾芒之所司者萬二千里。」據此，疑「師兩妻墨色」當作「雨師妾黑色」。

〔一一〕蓍末大於本爲上吉莖必沐浴齋潔食香每日望　案「上」當作「卜」，「日」當作「月」，下條「蓍末大於本爲卜吉，次蒿次荆皆如是，龜蓍皆月望浴之」。與此文大略相同，當是一條，因誤脱而分化。《四庫提要》謂此書乃「好事者掇取諸書所引《博物志》而雜採他小説以足之」，誠非誣語。又黄丕烈云：「莖乃筮之誤。」案「莖」當依《稗海》本、周氏紛欣閣刊本作「筮」，下后莖、啟莖、舜莖、桀莖、緜莖並同。「食」，《太平御覽》卷七百二十八引作「燒」，宜據正。

〔一二〕水石之怪爲龍罔象木之怪爲躨　案《魯語下》、《史記・孔子世家》、《孔子家語・辯物篇》並作「水之怪曰龍罔象，木石之怪曰夔」。當據正。

〔一三〕皆從上下　《稗海》本「上」字下有「而」字。

〔一四〕上風來到反矣　《稗海》本、《漢魏》本「到」作「則」。

〔一五〕或名甘鼠　陸德明《爾雅・釋獸》釋文引「甘鼠」作「耳鼠」。周心如云：「胡刻本甘鼠當是耳鼠，甘與耳相近，傳寫之誤。」案《北山經》云：「丹薰之山有獸焉，其狀如鼠而菟首麋身，其音如獋犬，以其尾飛，名曰耳鼠。」與茂先所云鼠類之最小者不符。《玉篇》云：「螫毒食人及鳥獸皆不痛，今之甘鼠是也。」陸佃《埤雅・釋獸》引亦作「甘鼠」，似以作「甘」爲是。

博物志卷之十

晉 張華 撰
宋 周日用等注

雜說下

310 婦人妊娠未滿三月，著壻衣冠，平旦左遶井三匝，映詳影而去，勿反顧，勿令人知見，必生男〔一〕。周日用曰：知女則可依法。或先是男如何？余聞有定法，定母年月日與受胎時日，算之，遇奇則爲男，遇偶則爲女，知爲女後卽可依法〔二〕。

311 婦人妊娠，不欲令見醜惡物、異類鳥獸。食當避其異常味，不欲令見熊羆虎豹。御及鳥射射雉〔三〕，食牛心、白犬肉、鯉魚頭。席不正不坐，割不正不食，聽誦詩書諷詠之音，不聽淫聲，不視邪色。以此産子，必賢明端正壽考。所謂父母胎教之法。盧氏曰：子之得清祀滋液則生仁聖，謂錯亂之年則生貪淫，子因父氣也。故古者婦人妊娠，必愼所感，感於善則善，惡則惡矣。妊娠者不可啖兔肉。又不可見兔，令兒唇缺。又不可啖生薑，令兒多指〔四〕。

312 《異說》云：瞽叟夫婦兇頑而生舜。叔梁紇，淫夫也，徵在失行也，加又野合而生仲尼焉。其在有胎教也？　盧氏曰：夫甲及寅申生者聖，以年在歲，德在甲寅，壬申生者則然矣。亦由先天也，亦由父母氣也。古者元氣清，故多聖。今者俗淫陰濁，故無聖人也。

313 豫章郡衣冠人有數婦，暴面于道，尋道爭分銖以給其夫與馬衣資[五]，及舉孝廉，更取富者，一切皆給先者，雖有數年之勤，婦子滿堂室，猶放黜以避後人[六]。

314 諸遠方山郡幽僻處出蜜臘，人往往以桶聚蜂，每年一取。

315 遠方諸山蜜臘處[七]，以木爲器，中開小孔，以蜜臘塗器，內外令遍。春月蜂將生育時，捕取三兩頭著器中，蜂飛去，尋將伴來，經日漸益，遂持器歸。

316 人藉帶眠者，則夢蛇。

317 鳥啣人之髮，夢飛[八]。

318 王爾、張衡、馬均昔冒重霧行[九]，一人無恙，一人病，一人死。問其故，無恙人曰：「我飲酒，病者食[一〇]，死者空腹。」

319 人以冷水自漬至膝，可頓啖，數十枚瓜。漬至腰，啖轉多。至頸可啖百餘枚。所漬水皆作瓜氣味[一一]，此事未試。人中酒不解，治之，以湯自漬即愈[一二]，湯亦作酒氣味也。

320 昔劉玄石於中山酒家酤酒，酒家與千日酒，忘言其節度。歸至家當醉，而家人不知，以爲死也，權葬之。酒家計千日滿，乃憶玄石前來酤酒，醉向醒耳。往視之，云玄石亡來三年，已葬。於是開棺，醉始醒，俗云：「玄石飲酒，一醉千日。」

321 舊説云天河與海通。近世有人居海渚者，年年八月有浮槎去來，不失期，人有奇志，立飛閣於查上〔一三〕，多齎糧，乘槎而去。十餘日中猶觀星月日辰，自後茫茫忽忽亦不覺晝夜。去十餘日，奄至一處，有城郭狀，屋舍甚嚴。遥望宫中多織婦，見一丈夫牽牛渚次飲之。牽牛人乃驚問曰：「何由至此？」此人具説來意，并問此是何處，答曰：「君還至蜀郡訪嚴君平則知之。」竟不上岸，因還如期。後至蜀，問君平，曰：「某年月日有客星犯牽牛宿。」計年月，正是此人到天河時也。

322 人有山行墮深澗者〔一四〕，無出路，飢餓欲死。左右見龜蛇甚多，朝暮引頸向東方，人因伏地學之，遂不飢，體殊輕便，能登巖岸。經數年後，竦身舉臂，遂超出澗上，即得還家。顔色悦懌，頗更黠慧勝故。還食穀，啖滋味，百餘日中復本質。

323 天門郡有幽山峻谷，而其上人有從下經過者，忽然踊出林表，狀如飛仙，遂絶迹。年中如此甚數，遂名此處爲仙谷。有樂道好事者，入此谷中洗沐，以求飛仙，往往得去。有長意思人〔一五〕，疑必以妖怪，乃以大石自墜，牽一犬入谷中，犬復飛去。其人還告鄉里，募數十人執杖擖山草伐木至山頂觀之，遥見一物長數十丈，其高隱人，耳如簸箕。格射刺殺之。所吞人骨積此左右有成封。蟒開口廣丈餘〔一六〕，前後失人，皆此蟒氣所噏上。於是此地遂安穩無患。

校勘記

〔一〕「婦人妊娠未滿三月」至「映詳影而去勿反顧勿令人知見必生男」　案《異苑》卷八作「映井水詳觀影而去，勿反顧，勿令婿見，必生男」。當據補。

〔二〕知爲女後卽可依法　《稗海》本「後」作「胎」。

〔三〕御及鳥射射雉　「御及鳥射射雉」不可解，當有誤字，疑作「及狂鳥秩秩雉，不」。狂鳥、秩秩，均鳥名，見《爾雅》。

〔四〕令兒多指　案《齊民要術》卷三種薑條、《法苑珠林》卷三十七、《太平御覽》卷九百七十七並引「多」作「盈」。

〔五〕豫章郡衣冠人有數婦暴面于道尋道　案《隋書·地理志》曰：「豫章之俗，……衣冠之人，多有數婦，暴面市廛。」據此，疑「冠」下脱「之」字，「人」下脱「多」字，「于道」作「市廛」，「尋道」當是衍文，宜删。

〔六〕猶放黜以避後人　《隋書·地理志》「黜」作「逐」。

〔七〕遠方諸山蜜蠟處　案《太平御覽》卷九百五十引「山」下有「出」字，「處」下有「其處人家有養蜂者其法」十字，宜據補。

〔八〕鳥啣人之髮夢飛　案《列子·周穆王篇》曰：「飛鳥銜髮則夢飛。」據此，則「鳥」上當有「飛」字爲是。

〔九〕王爾張衡馬均昔冒重霧行　案《藝文類聚》卷二引「王爾」作「王肅」，「昔」下有「俱」字。又《稗海》本「昔」作「皆」。《太平御覽》卷十五引「昔」下亦有「俱」字，宜據補。

〔一〇〕病者食　案宋竇革《酒譜》引作「食粥者病」，並引陶隱居曰：「酒禦寒邪，過於穀氣。」據此，「食」下應增「粥」字。

〔一一〕所漬水皆作瓜氣味　案《藝文類聚》卷八十七、《太平御覽》卷九百七十八引「氣」下並有「瓜」字，當據補。

〔一二〕人中酒不解治之以湯自漬　案《太平御覽》卷四百九十七引「酒」下有「醉」字，宜據補。

〔一三〕立飛閣於查上　《藝文類聚》卷八、卷九十四引「查」作「楂」，《事文類聚》前集卷十一引作「槎」。明康當世著

《康氏錦囊》卷四云：「張華《博物志》載海上有人每年八月見槎來，不失期，遂齎糧乘之而到天河，奈何作《荆楚歲時記》者遂以爲張騫使西域事，乃子美不考，亦曰奉使虚隨八月槎，豈子美亦未見《博物志》也耶？」又宋張伯端《修真十書·悟真篇》卷二引葉士表曰：「張騫乘槎自黄河逆上，至天河女宿之度。」凡此等處，並皆作「槎」。案槎、楂、查三字，古並通用。

〔一四〕人有山行墮深澗者　士禮居刊本、《漢魏》本並作「墮」，《太平廣記》卷四百五十六引作「墜」。李壁《王荆文公詩箋注》卷一《同王濬賢良賦龜得升字》詩注引「山行」作「出行」，「墮深澗」作「墜深泉澗」。

〔一五〕有長意思人　案《太平廣記》卷四百五十六引作「有智能者」。

〔一六〕所吞人骨積此左右有成封蟒　《稗海》本「有成封蟒」作「成封有蟒」，《太平廣記》卷四百五十六引「成封」作「如阜」，又「積此」作「積在」，宜據正。

佚文

《三國志》裴松之註引

1 漢世安平崔瑗，瑗子實，弘農張芝、芝弟昶，并善草書，而太祖亞之。桓譚、蔡邕善音樂，馮翊山子道、王九真、郭凱等善圍棊，太祖皆與埒能。《魏志》卷一太祖紀。亦見《類聚》卷七十四、《北堂書鈔》卷十二、《太平御覽》卷九十。

2 魏文依《太平御覽》卷九十增帝善彈棊，能用手巾角拂之。黄門跪授。以上六字依《御覽》引增時有一書生，又能低頭以所冠著葛巾角撇棊。《魏志》卷二文帝紀。亦見《世説新語·巧藝篇》注、《太平御覽》卷九十三。

3 果下馬高三尺，乘之可於果樹下行，故謂果下。《魏志·濊南傳》注舒仲膺，名邵。初，伯膺親友爲人所殺，仲膺爲報怨。事覺，兄弟争死，皆得免。袁術時，邵爲阜陵長。《吴志》卷六孫賁傳注。

《水經》酈道元注引

4 酒泉延壽縣南山出泉水，大如筥，注地爲溝。水有肥如肉汁，取著器中，始黄後黑，如凝膏。然之，「之」字依《北堂書鈔》百三十五，亦見《後漢書·郡國志》注、《證類本草》卷三引增。極明，與膏無異。不可食。依《郡國志》、《證類本草》引增。膏車及碓缸甚佳。彼方謂之石漆。河水注，亦見《初學記》卷八、《北堂書鈔》卷百三十五、《後漢書》劉昭注《郡國志》、《證類本草》卷三。

5　肥泉謂之澳水。淇水注。

6　曹著傳：其神自云：「姓徐，受封盧山。」後吳猛經過，山神迎猛，猛語曰：「君王此山近六百年，符命已盡，不宜久居非據。」猛又贈詩云：「仰矚列仙館，俯察王神宅，曠載暢幽懷，傾蓋付三益。」廬江水注。

7　温水出鳥鼠山，下注漢水。「温」當是「濫」之誤文，《西山經》云：「濫水出於鳥鼠，西流注入漢水。」

《江文通集》引

8　鑄銅之工不復可得，唯蜀地羌中時有解者。《銅劍贊序》。

《齊民要術》引

9　張騫使西域，得大蒜胡荽。卷三稱蒜。亦見《一切經音義》卷六十五薩婆多毗尼婆沙第六卷胡荽。

10　櫻桃者或如彈丸，或如手指。春秋冬夏，華實竟歲。卷四種桃柰。亦見《太平御覽》卷九百七十一。

11 胡椒酒法：以好春酒五升。乾薑一兩，胡椒七十枚，皆擣末。好美安石榴五枚押取汁，皆以薑椒末及安石榴汁悉内着酒中，火煖取温，亦可冷飲，亦可熱飲之，温中下氣。若病酒苦覺體中不調，飲之。能者四五升，不能者可二三升從意。若欲增薑椒亦可，若嫌多欲減亦可。欲多作者，當以此爲率。若飲不盡，可停數日，此胡人所謂華撥《北堂書鈔》卷百四十八引作異乾酒也。卷七白醪麯。亦見《藝文類聚》卷八十九、《太平御覽》卷八百五十五。

12 洛中有驅羊入蜀，胡葸《太平御覽》卷九百八十九、《證類本草》注卷十五引作「葈」、又《御覽》九百十二引作「蕙」。子多刺，粘綴羊毛，遂至中國。以上十一字據《本草》引補。故名羊負來。卷十胡荽。亦見《藝文類聚》卷九十四、《太平御覽》卷九百二十、卷九百九十八、《證類本草》注卷十五。

13 平民《御覽》九百八十七作「氏」山之陽，紫草特好也。卷五種紫草。亦見《太平御覽》卷九百八十七。

《後漢書》劉昭注引《博物記》

14 劉洪篤信好學，觀乎六藝羣書，意以爲天文數術，探賾索隱，鉤深致遠，遂專心鋭思。爲曲城侯相，政教清均，吏民畏而愛之，爲州郡之所禮異。律曆志注。

15 王城方七百二十丈，郛方一十里。南望雒水，北至陜山。又云：梁伯好土功，今梁多有城。又云：穀城瀍水出潛亭山。郡國志河南尹洛邑注。

16 河東有山澤近鹽，沃地之人不才。漢興少有名人，衣冠三世皆衰絶也。郡國志河東郡注。

亦見《太平御覽》卷百六十三。

17 臨汾有賈鄉賈伯邑。郡國志河東注。

18 汾陰古之綸，少康邑。河東郡注。亦見《路史·後紀》卷十三引作「汾陰古綸邑，爲少康邑」。

19 諸侯會於郹亭。郡國志沛國。

20 卬地在縣北，防亭在焉。郡國志陳國注。

21 唐闕在中人西北百里，中人在縣西四十里，左人鄉在唐西北四十里。郡國志中山國注。

22 封丘有狄溝，卽敗狄於長丘是也。郡國志陳留郡注。

23 濮陽古昆吾國，桑中在其中。郡國志東郡注。

24 左傳桓公十一年會於闞，卽平陸之闞亭。郡國志山陽郡注。

25 離狐國，古乘丘。郡國志濟陰郡注。

26 羽山東北，獨居山西南，有淵水卽羽泉也。郡國志東郡注。

27 西海乃太公望所出，今有東呂鄉。又釣於棘津，其浦今存。郡國志琅琊國注。案《太平寰宇記》卷二十四引作「海曲縣有東呂鄉東呂里，太公望所出也」。

28 臨沂縣東界，次睢有大叢社，民謂之食人社。郡國志琅琊國注。

29 女子杜姜，左道通神，縣以爲妖。閉獄桎梏，卒變形，莫知所極。以狀上，因以其處爲廟祠，號曰東陵聖母。郡國志廣陵郡注。

30 麋，千千爲羣，掘食草根，其處成泥，名曰麋畯。民人隨此畯種稻，不耕而穫，其收百倍。郡國志廣陵郡注。亦見《太平御覽》卷八百三十。《爾雅翼》卷二十《釋獸》。宋蔡元度《毛詩名物解》卷十。

31 臨菑縣西有袁婁。郡國志齊國注。

32 申伯國有申亭。又滍水出雉縣。又比陽有陽山，出紫草。郡國志南陽郡注。案《太平御覽》九百九十六引作「平氏陽山，紫草特好，其他者色淺」。

33 安衆侯國有土魯山，出紫石英。郡國志酈侯國注。案《太平御覽》卷九百八十七引作「平氏陽山縣，紫石英特好，其他者色淺。紫石英舊出胡陽縣」。

34 穀國在縣北，今穀亭。郡國志酇侯國注。

35 沔陽縣北有丙穴。郡國志漢中郡注。案《太平御覽》九百三十七引作「沔陽縣北有魚穴，常以二月八日出魚，魚名丙穴」。

36 南安縣西百里，有牙門山。郡國志犍爲郡注。

37 光珠卽江珠也。東夷傳注。

38 中興以來，都官從事多出之河內，掊擊貴族。百官志注。

《一切經音義》引

39 襁褓，織縷爲之，廣八寸，長丈（「丈」字疑衍。《通鑑》卷二十西漢紀卷十六胡三省注引無「丈」字）二尺。

《魏志·涼茂傳》注、《文選·魏都賦》李善注並作「一尺二寸」。以約小兒於背上，負之而行。末四字依《魏志·涼茂傳》注增。案此條見卷六十二根本毗奈耶雜事律第一卷，亦見《文選》李善《魏都賦》注、《幽憤詩》注和《論語·子路篇》邢昺疏稱正義引。

《玉燭寶典》引

40 鵂鶹一名忌欺，白日不見人，夜能拾蚤蝨也。卷十。案《北户録》卷一、《太平御覽》卷九百二十七引作「鵂鶹一名鵋鵂，晝日無所見，夜則目至明，人截爪甲棄露地，此鳥夜至人家拾取爪，分别視之，則知有吉凶。凶者輒便鳴，其家有殃也」。

《續一切經音義》引

41 水蛭三段而成三物。卷五菩提場所説一字頂輪王經卷二。亦見《太平御覽》卷九百五十。

《昭明文選》李善注引

42 石中黄子黄石脂《南都賦》注。案《圖經衍義本草》太一禹餘糧下引張司空曰：「還魂石中黄子，鬼物禽獸守之，不可妄得，卽其神物也。會稽有地名蓼，出餘糧，土人掘之，以物請買，所請有數，依數必得，不可妄求也。」

43 王孫公子皆古人相推敬之辭《西京賦》注、《蜀都賦》注並引。

44 張騫使大夏，得石榴。李廣利爲貳師將軍伐大宛，得蒲陶。《閑居賦》注。案《漢書·西域傳贊》云：「孝武之世，聞天馬蒲陶則通大宛、安息。」《史記·樂書》：「後伐大宛，得千里馬，馬名蒲梢。」是蒲陶乃馬名，非果名也。又《廣韻》卷二下平聲「榴」字下引。

45 杜康作酒。魏武帝《短歌行》注、枚乘《七發》注。《類説》二十三作「儀狄造酒」。

46 石蕃，衞臣也。背負千二百斗《御覽》卷七十四引作「斤」。沙。七命注。《太平御覽》卷七十四。

47 橙似橘而非，若柚而有芬香。七命注。《太平御覽》卷九百七十一引橙上有「成都廣成郫繁江原臨邛六縣生金」十四字。

48 橘柚類甚多，甘橙枳皆是。潘安仁爲賈謐作《贈陸機》注。《太平御覽》卷九百七十三引末有「豫章郡出真者」六字。

49 鑑脅號鍾，善琴名。馬融《［長］笛賦》注。

50 北方五狄：一曰匈奴，二曰穢貊，三曰密吉，四曰單于，五曰白屋。《册魏公九錫文》注。亦見《毛詩·小雅·采薇》疏。

51 西河郡鴻門縣亦有火井祠，火從地出。《雪賦》注。

張彦遠《歷代名畫記》引

52 劉褒，漢桓帝時人。曾畫雲漢圖，人見之覺熱；又畫北風圖，人見之覺涼。卷四。亦見《太平廣記》卷二百十、《緯略》卷一、《類説》卷二十三。

《史記》三家注引

53 兖州東平郡卽《尚書》之東原也。《夏本紀》索隱。

54 韓説孫曾字季君。《韓信傳》索隱。

55 翡身通黑，唯胸前、背上、翼後有赤毛。翠身通青黄，唯六翮上毛長寸餘青。其飛則羽鳴翠翡翠翡然，因以爲名也。《司馬相如傳》正義。

56 桀作瓦。《龜策傳》集解引張華《博物記》。亦見《太平御覽》卷百八十八。

57 太史令茂陵顯武里大夫司馬王國維《太史公繫年考略》謂「司馬」下脱「遷」字，當據補。[遷]，年二十八，三年六月乙卯除六百石也。《太史公自序》索隱。

58 相如作遠遊之體，以大人賦之也。《司馬相如傳》索隱。

59 伏生名勝。《儒林傳》索隱。

60 大梁城在浚儀縣北，縣西北渠水東經此城南，又北屈分爲二渠。其一渠東經陽武縣南，爲官渡水。《項羽本紀》正義、《高祖本紀》索隱。

61 陶居公冢在南郡華容縣西，樹碑云是越之范蠡也。《句踐世家》集解。

62 公冶長墓在城陽姑幕城東南五里所，墓極高。《仲尼弟子傳》集解、《後漢書·郡國志》瑯琊下注引《博物記》。

63 望諸君冢在邯鄲西數里。《樂毅傳》集解。

64 趙奢冢在邯鄲界西山上，謂之馬服山。《廉頗藺相如傳》集解。亦見《後漢書・郡國志》注。

65 漂母冢在泗水南岸。《淮陰侯傳》集解。

《藝文類聚》引

66 桃林在弘農湖城縣休牛之山，有石焉，曰帝臺之椹也。五色而文，狀如鶉卵。卷六。亦見《初學記》卷五、《太平御覽》卷五十二引「椹」作「棊」。

67 三身國，一頭三身三手。昔容成氏有季子好淫，白日淫於市。帝放之西南，季子妻馬，生子人身有尾蹄。卷三十五。

68 蒙恬造筆。卷五十八。亦見《北户録》卷二、《白孔六帖》卷十四、《太平御覽》卷六百五、《倭名類聚鈔》卷五。案《學齋佔畢》卷二云：「傳記小説多失實，只如《事始》謂蒙恬造筆，蔡倫造紙，皆未必然。」今《説郛》本留存《事始》作舜造筆，與此異。又葛立方《韻語陽秋》卷十七引作「蒙恬造筆，以狐狸毛爲心，兔毛爲副。心柱遒勁，鋒鋩調和，故難乏而易使」。

69 樗蒲者，老子作之用卜，今人擲之爲戲。卷七十四。亦見《一切經音義》卷二十五《大般涅槃經》第四卷。《太平御覽》卷七百二十六引作「老子入西戎，造樗蒲。樗蒲，五木也。或云胡人亦爲樗蒲卜。後傳樓陰善其功」。

《緯略》卷三引同。

70 堯造圍棊而丹朱善圍棊。孔子曰：「不有博奕者乎，爲之猶賢乎？」案彈棊始自魏宮，文帝好之，每用手巾拂之，無不中者。卷七十四。亦見《一切經音義》卷三十一《大薩遮尼乾子經》卷第一基博。《太平御覽》卷七百五十三引「堯」作「舜」。《通鑑》八十一《晉紀》三胡三省注引作「堯造圍碁以教子丹朱，或曰舜以子商均愚，故作圍碁以教之，其法非智莫能也」。宋呂頤浩《忠穆集》卷八云：「北京（汴梁）隆興寺佛殿西楹簷下有魏宮彈棊局，魏文帝時，欵識在焉。」又《廣韻》卷一上平聲「棊」字下引作「舜造圍棊，丹朱善之」。李璧《王荆文公詩箋註》卷三「用前韵戲贈葉致遠直講」注引「堯造圍碁，丹朱善之。」

71 徐公時令人于西平、青山採取空青。卷八十一。

72 石郭山上楊梅，常以貢御。卷八十七。

73 葡萄卽蘡薁。卷八十七。

74 蟻知將雨。卷九十七。亦見《太平御覽》卷九百四十七。

75 漢舊事，綦國送鳶卵給太官。卷九十二。亦見《太平御覽》卷九百二十三。

76 外國得胡麻豆，或曰戎菽。卷九十四。亦見《太平御覽》卷九百二。

77 鴻鵠千歲者皆胎産。卷九十。亦見《太平御覽》卷九百十六。

78 祝鷄公養鷄法，今世人呼鷄云祝祝，起此也。卷九十一。

79 地有章名，則生楊梅。無章名亦有耳。有章名，無之也。卷八十七。亦見《太平御覽》卷九百七十二，《北户録》引「則生楊梅」作「則多楊梅」。

80 唐房升仙，鷄狗并去。唯以鼠惡不將去，鼠悔，一月三出腸也，謂之唐鼠。卷九十五。

《初學記》引

81 昔陽國侯溺水，因爲大海之神。卷六。

82 昔吴相伍子胥爲吴王夫差所殺，浮之於江，其神爲濤。卷六。

83 漢桓帝桂陽人蔡倫始擣故魚網《北堂書鈔》卷一百四引作「煮樹皮」。造紙。卷二十一。亦見《北堂書鈔》卷一百四。案游潛《博物志補》卷下云：「蔡倫造紙者，本梁周興嗣恬筆倫紙之句也。」據此，知游氏固未見張華《博物志》原書也。又《後漢書・蔡倫傳》云倫卒於安帝時，非桓帝時人。

84 不周山雲川之水，温如湯也。卷七。亦見《太平御覽》卷七十一。

《北堂書鈔》引

85 扶風太守白事云：「先是有一老公年七十餘，持五采幡，白色居多，指裴軍師門外。」卷百二十。

86 魏明帝時京邑有一人，失其姓名，食噉兼十許人，遂肥不能動。其父曾作遠方長吏，官徙送彼縣，令故義共傳食之，一二年間一鄉中輒爲之儉。卷百四十三。又「遂肥」以下十五字依《魏志明帝紀》注、《御覽》三百七十八增補。

87 閩越江北山間蠻夷啖丘蝝脯。卷百四十五，又卷百四十六引末作「啖彌猴鮭」。

88 鹽體同於水。又北胡有青松鹽，五原有紫鹽，内國河東有印成鹽。卷百四十六。案此據孔本，陳本作《廣志》。《北户録》卷二引作《博物志》，不作《廣志》。《太平御覽》八百六十五引作《廣志》，「同於水」作「因於水」。

89 外國有豉法：以苦酒溲陳本及俞安期並作「浸」。豆，暴令極燥，以麻油蒸訖，復暴三過乃止。《藝文類聚》八十九「三過」作「三日」。然後細擣椒屑篩下，隨多少合投之，中國謂之康伯以，是胡人姓名。傳此法者云：下氣調和。卷百四十六。「然後」以下三十一字，據《太平御覽》卷八百五十五增。

90 西羌仲秋月，取赤頭鯉以爲鮨。卷百四十六。案《太平御覽》卷八百六十二引作「仲秋月取赤頭鯉子，去鱗破腹，使膂割爲漸米爛燥之，以赤秫米飯鹽酒令糝之，鎮不苦重，踰月乃熟，是謂秋鯖」。元好問《中州集》郭用中《賦醋魚》詩下引《博物志》「鯖」作「鮓」。

91 北方地寒，冰厚三尺，氣出口爲凌。卷百五十六。案《太平御覽》三十四引作《廣志》。

92 雲南郡土特寒涼。四月五月猶積雪皓然。卷百五十六。案《太平御覽》卷十二引作《廣志》。

93 豹死守窟。卷百五十七。又見《埤雅》卷三釋獸。

94 流沙在玉門關外，有隴三斷，名三斷隴也。孔本卷百五十七，陳本作《廣志》，《太平御覽》卷五十六引亦作《廣志》。

95 遼東赤粱，魏武帝以爲粥。孔本卷百四十四。陳本改題《廣志》，赤上有「進」字。案《廣志》書曾因避隋帝諱改《博志》，兩書文字或因此相混。

96 噉冶葛，飲鴆酒。孔本卷二十。案鄭樵《通志略》昆蟲草木略一雍菜下引張司空云：「魏武帝噉野葛，至一赤。」應是先食此也。

《説郛》卷十唐留存《事始》引

97 蹴踘黄帝所作，或曰起戰國時。

98 伯益作井。

《北户録》引

99 南海有水蟲名曰蒯，蚌蛤之類也。其中小蟹大如榆莢。蒯開甲食，則蟹亦出食。蒯合蟹亦還入。始終生死不相離也。卷一注。亦見《太平御覽》卷九百四十二。

100 虎知衡《太平御覽》卷七百二十六作「衝」。破，又能畫地卜。今人有畫物上下依《御覽》引增下字。者，推爲《御覽》及《緯略》卷三引並作「其」。奇偶，謂之虎卜。卷二。亦見《太平御覽》卷七百二十六、高似孫《緯略》卷三。

101 嘉魚出於丙穴，魚鱗細似鱒魚。卷二。

102 紅鹽如印。卷二。

103 金魚腦中有麩金，出印婆塞江。卷二。案程良儒《讀書考定》引云：「金魚其形似美人首，尾有兩翼，其性通靈不睡。」

《白孔六帖》引

104 鴛鴦之瓦。卷十。

《事類賦》引

105 鷰戊己日不銜泥塗巢，此非才智，自然得之。卷十九。亦見《太平御覽》卷九百二十二。

106 雲南郡出茶首，茶首二字依《御覽》卷九百六增補。其音爲蔡茂，是兩頭鹿名也。獸似鹿兩頭，其腹中胎常以四月中取，可以治蛇虺毒，永昌亦有之也。卷二十三。亦見《太平御覽》卷九百六；案《山海經·廣注》卷七引作「茶苜機」，似誤。

107 諸遠方山郡僻處出蜜蠟，蜜蠟所著皆絶巖石壁，非攀緣所及。唯於山頂以籃輿自懸下，乃得之。蜂遂去不還，餘窠及蠟著石不盡者，有鳥形小於雀，羣飛千數來啄之。至春都盡，其處皆如磨洗。至春蜂皆還洗處，結窠如故。年年如此，初無錯亂者，人亦各占其平處，謂之蠟寨。鳥謂之靈雀，捕之終不可得。卷二十三。亦見《太平御覽》卷九百五十。

《錦繡萬花谷》引

108 小兒五歲曰鳩車之戲，七歲曰竹馬之戲。卷十六。

《太平御覽》引

109 宋國有田夫常衣縕緼以過冬，暨春東作，自曝於日，不知天下之有廣厦奥室，綿纊狐貉，顧謂其妻曰：「負日之暄，人莫知者，以獻吾君，將有重賞。」里之富者告之曰：「昔人有美戎菽甘枲莖芹子者，對鄉豪稱之，鄉豪取而嘗之，苦於口，慘於腹，衆哂而怨之。」其人大慚而止。卷十九。亦見《藝文類聚》卷三。

110 河東平陽，堯所都。河東太陽，虞所都。卷百五十五。

111 潁川、陽翟、夏禹國，宏農、陝、虢所都。卷百五十五。

112 河南偃師尸鄉，湯所都。卷百五十五。

113 魯國薛，奚仲所都，河南洛陽周公遷殷民曰成周，河南武王遷九鼎，周公營之，以爲王城，平王所都。卷百五十五。

114 河南鞏，東周所都。卷百五十五。

115 扶風槐里，周懿王所都。卷百五十五。

116 扶風郇邑豳鄉，公劉所封。卷百五十五。

117 左馮翊榛陽，秦獻公所封。卷百五十五。

118 扶風雍，秦惠王所都。卷百五十五。

119 荒年暫辟穀法：但食蠟半斤，輒支十日不飢。東阿王嘗與甘始同寢處，百日不食而容體自若，用此術也。卷三十五，又七百六十六。漢景帝三年，有白頸烏與黑烏羣鬬於呂縣。白頸烏不勝，墮泗水中死者數千。卷六十三。

120 賁育之勇。卷四百三十七。

121 周之正月受社牲之首以出種子，帝籍蠶。又受社雍及祭以沐蠶種。上辛乃射黑牲于帝郊，以祈來年之豐。二月司空開冰射，桃弧棘矢五發而御其災。卷五百三十二。

122 河内淇園張公老而無子，貲財累億，求没入官。死葬園中，於今供祀犧牲。卷五百五十六。

123 白雪是天帝使素女鼓五十絃曲名，以其調高，人和遂寡。卷五百九十一，亦見《唐會要》卷三十三。

124 王延壽，逸之子也。魯作靈光殿初成，逸語其子曰：「汝寫狀歸，吾欲爲賦。」文考遂以韻寫簡，其父曰：「此即好賦，吾固不及也。」卷五百八十七。

125 魯闔里蔡伯公死，求葬庭中，有二人行。頃還葬，二人復出，掘土得石槨，有銘曰：「四體不勤孰爲作，生不遭遇長附託，賴得二人發吾宅。」閭里祠之。卷五百九十。

126 朝廷都許時，上先人刀劍楯物及銅大盆、殿上四角鼎，皆先侯所賜得也。卷三百五十七。

127 齊桓公獵得一鳴鵠，宰之，嗉中得一人，長三寸三分，着白圭之袍，帶劍持車罵詈瞋目。後又得一折齒，方圓三尺，問羣臣曰：「天下有此及小兒否？」陳章答曰：「昔秦胡充一舉渡海，與齊、魯交戰，傷折版齒。昔李子敖於鳴嗉中遊，長三寸三分。」卷三百七十八。

128 夏曰念室，殷曰動止，周曰稽留，三代之異名也。又狴犴者，亦獄別名。卷六百四十三。

129 光武嫌二千石綬不青而細，朱浮議更用青羽。卷六百八十二。亦見《北堂書鈔》卷百三十一。

130 作燕支法：取藍藹擣以水，洮去黄汁，作十餅如手掌，着濕草臥一宿，便陰乾。欲用燕支，以水浸之，三四日，以水洮黄赤汁，盡得赤汁而止也。卷七百十九。

131 近世有田夫，至巧而不自覺也。其婦稱之，猶不自知。乃削木爲小麥，試糴之，《藝文類聚》卷八十五、《太平御覽》卷八百三十八作「入市糴之」。糴者無疑。歸磨乃覺非麥。卷七百五十二。

132 黄孫天毒君之孫也，名貴負。躁而好自飲汁，父母笑之，愧而去居此黄孫國，去九嶷二萬一千里。卷七百九十。

133 得好鼓玉角。卷八百五。

134 蕪蘇子染法：蕪蘇子一升，可染一疋，直以水浸之耳。卷八百十四。

135 蜀人以絮巾爲帽絮。卷八百十九。

136 酒暴熟者酢醖，酸者易臭。卷八百六十六。

137 燧人鑽木而造火。卷八百六十九。

138 化民食桑二十七年，以絲自裹，九年死。卷八百八十八。

139 穢貊國南與辰韓，北與句麗沃沮接，東窮大海。海中出斑魚皮。陸出文豹。又出果下馬，漢時獻之，駕輦車。正始六年樂浪太守劉茂，帶(朔)方太守弓遵，領東穢屬句麗伐之，舉邑降之。卷八百九十七。

140 介葛盧聞牛鳴，知生三犢，盡爲犧牲。嵇叔夜以爲無此，皆先儒妄説。卷八百九十九。

141 陰夷山有淫羊，一日百遍。脯不可食，但著牀席間，已自驚人。又有作淫羊脯法：取羖羚各一，别繫令裁相近而不使相接。食之以地黄竹葉，飲以麥汁米瀋。百餘日後，解放之，欲交未成，便牽兩殺之。膊以爲脯。男食羖，女食羚，則並如狂，好醜亦無所避。其勢數日乃歇。治之方，煮茱萸菖蒲汁飲之。又以水銀宫脂塗陰，男子即痿。宫脂，鹿脂也。卷九百二。

142 商邱子有《養豬法》，卜式有《養豬法注》。卷九百三。

143 儒者言月中兔，夫月水也。兔在水中無不死者。夫兔月氣也。卷九百七。

144 蜀牛不施繩，右前曰排，左側曰促，而牛解人語。卷八百九十九。

145 茲白若白鳥《周書·王會解》作「白馬」。踞牙食虎豹。其狀如鵠耳。王會解作「酋耳」。身若虎豹，尾長參其身，食虎豹。卷九百十三。

146 逢伯雲所説，有獸緣木，緣文似豹，名虎僕。毛可爲筆。卷九百十三。亦見《類説》卷二十三作

「有獸緑毛似豹」。

147 丹裹之山有獸焉，狀如鼠，名曰聆，以其尾飛也。卷九百十三。

148 嵇山之陰，禹葬焉。聖人化感鳥獸，故象爲民佃。春耕銜拔草根，秋啄除其穢。故縣官禁民不得殺傷此鳥，犯者刑之無赦。卷九百十四。

149 中諸毒藥已死者，取生鴨斷頭，以鴨項内病者口中，得血三兩滴入喉中，卽蘇也。卷九百十九。

150 河陰岫穴出鮪魚焉。卷九百三十六。

151 東海有蛤，鳥常啖之。其肉消盡，殼起浮出。更泊在沙中岸邊。潮水往來，碏薄蕩白如雪。入藥最精，勝採取自死者。卷九百四十二。

152 秋蟹毒者，無藥可療，目相向者尤甚。卷九百四十二。

153 深山窮谷多毒虐之物，氣則有瘴癘，人則有工蟲，獸則有虎，鳥則有鴆，蛇則有蝮，蟲則有射工沙虱，草則有鉤吻野葛，其餘則蛟蟒之屬生焉。卷九百五十。

154 交州南有蟲長一寸，大小如指，有廉棱，形如白石英，不知其名，視之無定色。在陰地色多緗緑，出日光中變易，或青或緑，或丹或黄，或紅或赤，女人取以爲首飾。宗岱每深以爲物無定色，引雲霞以爲喻。故託此以助成其説，今孔雀毛亦隨光色變易，或黄或赤，但不能如此蟲耳。卷九百五十。

155 荒亂不得食，可細切松柏葉，水送令下，隨能否以不飢爲度。粥清送爲佳。當用柏葉五合，松葉三合，不可過度。卷九百五十三。

156 蜀中有樹名桄榔，皮裏出屑如麵。用作餠食之，謂之桄榔麵。卷九百六十。

157 梨類甚多，樝、杜、樸皆是，有大小甜酢之異耳。卷九百六十九。

158 伏波將軍唐資傳蜀人煞薑法：先洒掃，別麁細爲三輩，盛著籠中。作沸湯，没籠著湯中。須臾，取一片横截斷視其熟否。裏既熟訖，便內著甖中，細擣米末以覆上，令薑不見。訖，以向湯，令復沸，使相淹消。息視甖中，當自沸，沸便陰乾之。卷九百七十七。

159 夫性之所以和，病之所以愈，是當其藥，應其病則生；違其藥，失其應則死。卷九百八十四。

160 地有蓼名則禹餘糧生，亦有蓼名無者矣。今藥中有禹餘糧者，世傳昔禹治水棄其所餘於江中而爲藥也。卷九百八十八。亦見《證類本草》卷三。

161 天門冬莖間有逆刺。若葉滑者曰絺休，一名顛蕀。挼根入湯，可以浣縑素，白如絨紵，越人名爲浣草，勝於用灰，此非天門冬，乃相似耳。凡服此，先試浣衣，如法者便非天門冬。卷九百八十九。亦見《證類本草》卷六。

162 類草也，其根名爲弱頭，大者如升，其外理白，可以灰汁煮則凝，成熟可以苦酒淹食之。不以灰煮則不成熟，蜀人珍貴之。卷九百九十四。

《重修政和證類本草》引

163 芸蒿葉似邪蒿，春秋有白蒻、青蒻，長四五寸，香美可食。長安及河内并有之。卷六柴胡下。又《圖經衍義本草》卷八引。

164 鉤吻毒，桂心葱葉沸解之。卷十鉤吻。

165 郝晦行華草於太行山北，得紫葳華。卷十三紫葳。「華草」二字疑衍。

166 桓葉似椰子。卷十四無患子。

167 飼猪以梓臼皮，使猪肥。卷十四梓臼皮。

168 酸桶七月出穗，蜀人謂之主音穗。上有鹽著可爲羹，亦謂之酢桶矣。吴人謂之爲鹽也。卷十四鹽麩。

169 楓樹上生菌，人食卽令人笑不止，飲土漿屎汁愈。卷十五楓。

170 鵁鶄巢於高樹，生子穴中，銜其母翅飛下。卷十九，二十六種陳藏器餘。

171 食人死膚，令人患惡瘡，多是此蟲。食主之法，當以狸膏摩之，及食狸肉。凡正月食鼠殘，多爲鼠瘻，小孔下血者是此病也。卷二十一陳藏器餘。

《太平廣記》引卷三百二十七引蕭思遇梁武帝從姪孫、卷三百三十九引博陵崔書生、卷四百七十引唐元和初云云，皆是他書誤文，不録。鄭樵《通志·藝文略》小説類有《十物志》一卷，疑是該書誤文。

172 巴蛇食象，三歲而出其骨，食之無心腹之疾。卷四百五十六。亦見徐鍇《説文繫傳》卷二十八引食之上有君子二字。

173 沈釀川崔豹《古今注》卷下無「川」字。者，漢鄭弘靈帝時爲鄉嗇夫，從宦入京，未至，夜宿於此，逢故人，《古今注》作「宿一埭，埭名沈釀，於埭逢故舊友人」。四顧荒郊，村落絶遠，沽酒無處，情抱不申。《古今注》作「伸」。乃投錢於水中而共飲，盡夕酣暢，皆得大醉，因便《古今注》作「更」。名爲沈釀川。明旦分首而去，弘仕至尚書。卷三百九十九。

174 西北荒小人中有長一寸，其君朱衣玄冠，乘輅車馬，引爲威儀居處，人遇其乘車，抵而食之，其味辛，終年不爲物所咋。并識萬物名字。又殺腹中三蟲。三蟲死，便可食仙藥也。卷四百八十二。

175 蹄羌之國，其人自膝以下有毛如水蹄，常自鞭其脛，日行百里。卷四百八十二。又《白帖》二十一引此作《神異經》。

陸佃《埤雅》引

176 孔雀尾多變色，或紅或黄。卷七釋鳥。又《資治通鑑》卷六十九《魏紀》一胡三省注引。

《圖經衍義本草》引

177 紅藍花生梁漢及西域，一名黄藍，張騫所得也。卷十七。又見《雲麓漫抄》卷七。

《太平寰宇記》引

178 牙門山《太平御覽》卷八百三十九作「峨眉山」。東峯有石穴，深數里，出鐘乳。常有人持火入穴，有蝙蝠大如箕，來撲火。穴中有水流，冬夏不歇。此山之外，又有小峨眉山。卷七十四。

179 石羊山上有蘭若溪，溪口有一穴，莫知淺深。穴口有大樹，色如黛赭，形如鳥翼，或如刀劍，仰觀如羊，千歲木也。卷九十八。

《韻語陽秋》引

180 杜鵑生子，寄之他巢，百鳥爲飼之。卷十六。亦見《東坡志林》卷九，《分門集注杜詩》卷二十三蘇注，元陳秀明《東坡詩話録》卷中引《百斛明珠》。

《爾雅正義》引

181 鸒與青同，海東有青邱，齊有鸒邱，豈是名乎？釋地釋文。亦見《陽信縣志》。

宋蔡元度《毛詩名物解》引

182 食桑者有蛹而蛾，蛾類皆先孕而後交。卷十二。

《海録碎事》引

183 凡水源有石硫黄，其泉則温。或云神人所暖，主療人疾。卷三下。亦見《分門集注杜工部詩》卷十二《自京赴奉先詠懷》王洙注、《初學記》卷七。

郭知達《九家注杜詩》引

184 鯨魚大者數十里，小者猶數十丈。卷二。

185 東海之外有渤澥，故與東海共稱渤海。卷三。

施注《蘇詩》引

186 燒燕肉而致龍。卷三壽州李定少卿出餞城東龍潭上施之勉注。

187 龍抱寶而眠，謂之癡龍。卷十四。

徐鍇《説文通釋繫傳》引

188 虞，林氏國之珍獸也。卷九虞字下。

189 東夷有國，謂國爲邦，行酒爲行觴，秦之遺也。卷十二艷字下。

190 有通儒、碩儒、腐儒、愚儒、豎儒、鄙儒。卷十五儒字下。

191 山有水有石有金、木、火，故名山含魄，五行具也。卷十八山字下。

192 停水東方曰都，一名沆也。卷二十一沆字下。

曾慥《類説》卷二十三

193 祝融造市，高辛臣也。蚩尤造兵，炎帝臣也。輝明藍格鈔本作「揮」。造弧，牟夷依藍格鈔本補「夷」字造矢，倉頡造書，容成造曆，伶倫造律，顓首造數，皆黄帝臣也。儀狄造酒，禹時人。綿駒善歌，齊人。

高似孫《緯略》引

194 昭華玉者，律琯也，又曰昭華管，秦府庫中玉笛也。長二尺三寸，六孔吹之，則見車馬山林隱鱗相次。息，并不復見。其上銘曰：「昭華之管。」卷十。案此條見今本《西京雜記》。

周祈《名義考》引

195 四海之外皆復有海，南海之外有漲海，北海之外有瀚海。卷四。

楊慎《詞品》引

196 陸文量《菽園雜記》云：《博物志》逸篇曰：龍生九子，不成龍，各有所好，鴟吻，虮蠟之類也。卷二叙圖條。案《蕨園雜記》卷二，文與此異。《治世餘聞録》上篇卷一亦紀此事。

吴任臣《山海經廣注》引

197 白民國，今之白州。卷十四。

198 鴝鵒鸜鵒，其抱以聒。卷十五。

鄧士龍《事類捷録》引

199 海中有蜃，能吐氣成樓臺。蜃，蚌屬。卷一地輿部。

李時珍《本草綱目》引

200 九真一種草，似百部，但長大爾。懸火上令乾，夜取四五寸切短含嚥，汁主暴嗽，甚良。名爲嗽藥。卷十八。

201 石髮生海中者長尺餘，大小如韭葉。以肉雜蒸食，極美。卷二十一。

202 桃根爲印，可以召鬼。卷三十八。

203 鼉謂之土龍。卷四十三。

204 枳首蛇，馬鱉食牛血所化。卷四十三。

205 啄木鳥，此鳥能以嘴畫字，令蟲自出。卷四十九。

206 駝屎燒烟殺蚊虱。卷五十。

207 以狗肝和土泥竈，令婦女孝順。卷五十。

208 海獱頭如馬，自腰以下似蝙蝠，其毛似獺，大者五六十斤，亦可烹食。卷五十一。

209 取婦人月水布，裹蝦蟆，於厠前一尺入地埋之，令婦不妒。卷五十二。

210 扶南國有奇術，能令刀斫不入。惟以月水塗刀便死。卷五十二。

褚人穫《堅瓠集》引

211 陳成初生十女，使妻繞井三匝，祝曰：「女爲陰，男爲陽，女多災，男多祥。」繞井三日，果生一男。秘集卷三。案此條見宛委別藏影元鈔本《羣書類編故事》卷十九視井生男條。又見潘塤《楮記室》卷六引。

212 月布在户，婦人留連。註謂「以月布埋户限下，婦女入户則自淹留不去」。廣集卷一。

歷代書目著録及提要

一、晁公武《郡齋讀書志》

周、盧注《博物志》十卷，盧氏注六卷。（王先謙案：袁本作《博物志》十卷。）

右晉張華撰，載歷代四方奇物異事。兩本前六卷略同，無周氏注者稍多而無後四卷。周名日用。《西京賦》曰：「小説九百，起自虞初。」虞初，周人也，其小説之來尚矣，然不過志夢、紀譎怪、記談諧之類而已。其後史臣務采異聞，往往取之。故近時爲小説者始多及人之善惡。甚者肆喜怒之私，變是非之實，以誤後世。至於譽桓温而毁陶侃、褒盧杞而貶陸贄者有之。今以志怪者爲上，褒貶者爲下云。（王先謙案：袁本作右晉張茂先撰，周日用注，載歷代四方奇物異事，首卷有理略，後有讚文。）

二、陳振孫《直齋書録解題》

【雜家類】《博物志》十卷。

晉司空范陽張華茂先撰。多奇聞異事。華能辨龍鮓，識劍氣，其學固然也。

【小説家類】周、盧注《博物志》十卷，盧氏注六卷。

晉張華撰。其書多奇聞異事。華能辨龍鮓，識劍氣，其學固然也。

三、胡應麟《九流緒論》

《博物志》十卷，晉張華撰。華博洽冠古今，此書所載疏略淺猥，亡復倫次，疑後世類書中録出者。然《隋志》亦僅十卷，每用爲疑。近閲一雜説，記唐人殷文圭云：「華原書四百卷，武帝删之，止作十卷。」始信余見有脗合者。蓋《隋志》乃武帝所删本，至宋不無脱落，後人又從《廣記》録出，雖十卷實二三存，並非隋世之舊，故益寥寥耳。

四、姚際恆《古今僞書考》

唐殷文奎爲註曰：「張華讀三十車書，作《博物志》四百卷。武帝以爲繁，止作十卷。」案此書淺猥無足觀，決非華作。殷之所云，正以飾是書之陋耳。魏晉間人何嘗有著書四百卷者？且從中選得十卷，不知當若何佳，今乃爾耶！

五、《四庫全書總目提要》附余嘉錫《辨證》

《博物志》十卷

舊本題晉張華撰。考王嘉《拾遺記》稱「華好觀秘異圖緯之部，捃采天下遺逸，自書契之始，考驗神怪及世間閭里所説，造《博物志》四百卷，奏於武帝。帝詔詰問：『卿才綜萬代，博識無倫，然記事采言，亦多浮妄，可更芟截浮疑，分爲十卷』云云」。是其書作於武帝時，今第四卷物性類中稱武帝泰始中武庫火，則武帝以後語矣。裴松之《三國志》注《魏志》《太祖紀》《文帝紀》《濊傳》、《吴志·孫賁傳》引《博物志》四條，今本惟有《太祖紀》所引一條而佚其前半，餘三條皆無之。又江淹《古銅劍贊》引張華《博物志》曰：「鑄銅之工，不可復得，惟蜀地羌中時有解者。」今本無此語，足證非宋齊梁時所見之本。又《唐會要》載顯慶三年太常丞吕才奏：「案張華《博物志》曰：『白雲是泰帝使素女鼓五弦曲名，以其調高，人遂和寡。』」又張彦遠《歷代名畫記》引張華《博物志》曰：「劉褒，漢桓帝時人，曾畫雲漢圖，人見之覺熱。又畫北風圖，人見之覺凉。」今本皆無此語。李善注《文選》引張華《博物志》十二條，見今本者九條。其《西京賦》注引「王孫公子皆古人相推敬之詞」一條；《閒居賦》注引張騫使大夏得石榴，李廣利爲貳師將軍伐大宛得蒲陶一條，《七命》注引橙似橘而非，若柚而有芬香一條，則今本皆無此語。段公路《北户録》引《博物志》五條，見今本者三條，其鵂鶹一名鷄鵂一條；金魚腦中有麩金，出功婆塞江條一條；則今本皆無此語，足證亦非唐人所見之本。《太平廣記》引《博物志》鄭宏沈釀川一條，趙彦衛《雲麓漫鈔》引《博物志》黄藍張騫得自西域一條，今本皆無之。晁公武《讀書志》稱卷首有理略，後有讚文，今本卷首第一條爲地理，稱地理略自魏氏曰以前云云，無所謂理略。讚文惟地理有之，亦不在卷後。又趙與旹《賓退録》稱張華《博物志》卷末載湘夫人事，亦誤以爲堯女，今本此條乃在八卷之首，不在卷末，皆相矛盾，則並非宋人所見之本。或原書散佚，好事者掇取諸書所引《博物志》而雜採他小説以足之，故證以《藝文類聚》、《太平御覽》所引，亦往往相符。其餘爲他書所未引者則大抵剽掇《大戴禮》、《春秋繁露》、《孔子家語》、《本草經》、《山海經》、《拾遺記》、《搜神記》、《異苑》、《西京雜記》、《漢武内傳》、《列子》諸書，餖飣成帙，不盡華之原文也。

【辨證】提要此篇旁徵博引，用力頗爲勤至，與他篇之偶閱數條，便加論斷者殊科。然其所考，亦尚有未盡然者。王嘉《拾遺記》所記之事，杜撰無稽，殆無一語實録。提要亦謂其言荒誕，證以史傳皆不合（見《總目》本卷），故用入詞賦，取增華藻，固無不可，若竟認爲信史，資以論古，則未免爲有識所譏。《提要》譏朱彝尊採《洞冥記》伏生受《尚書》於李克一條入《經義考》，爲嗜博貪奇，有失別擇，非著書之體例（見《總目》卷一百四十二《洞冥記》提要）。今方考論古書正僞，忽引荒誕之小説，殆於尤而效之矣。且黄氏士禮居所刻影宋本並無泰始中武庫火一條，至謂晁公武稱卷首有理略，後有讚文，考宋淳祐袁州本《讀書志》卷三下作首卷有地理略，後有讚文，《玉海》卷五十七晉《博物志》條下引晁氏曰亦同。然則今本《博物志》卷首之地理略，正與晁公武所見者相合。《提要》所據之《讀書志》乃傳刻之本，偶脱一「地」字耳。通行本《博物志》之讚文，雖在首卷之中，影宋本實在第一卷末，與《讀書志》并無不合。湘夫人堯之二女一條，影宋本實在卷十，於《賓退録》亦無矛盾，特修《提要》時，未見宋本，僅就通行本立論，尚爲未足深訝耳。至《提要》他所指摘，則皆深中要害，此書之非張華原本，殆無疑義，而近人丁國鈞《補晉書藝文志》（卷三）乃曰：「考《北史·常景傳》有删正《博物志》語，是世所傳本已非張氏之舊。段公路《北户録》及《文選》注所引各條，多出今本之外，疑據景未删之本。」其言亦似足以解紛。然何以解於其文與《拾遺記》、《漢武内傳》諸僞書相暗合乎？（書中明引《列子》，近人多疑《列子》晉人僞作，則未必在張華之前）。黄丕烈刻《博物志》序云：「予家有汲古閣影鈔宋本《博物志》，末題云連江葉氏，與今世所行本夐然不同。嘗取而讀之，乃知茂先此書大略撮取載籍所爲，故自來目録皆入之雜家。其體例之獨創者，則隨所取之書，分别部居，不相雜厠。如卷首《括地象》

畢，方繼以《考靈耀》是也。以下雖不能條舉所出，然《列子》、《山海經》、《逸周書》等皆顯然可驗。今本强立門類，割裂遷就，遂使蕩析離居，失其恉趣，致爲巨謬矣。（案通行本分三十八類，黄本止卷一爲地理略，以後不分門類）。考《讀書志》及《通考》皆載周日用注十卷，即是此本。晁氏云首卷地理略有讚文，實爲吻合，遂刻之以正今本之失。」「若夫《通考》所云，《博物》四百，非有成書，而劉昭《郡國志》注、小司馬《索隱》、李崇賢《文選》注及《藝文類聚》、《初學記》、《太平御覽》所引，多出今本之外。《隋志》云：《博物志》十卷，張華撰。又云：《張公雜記》一卷，張華撰，梁有五卷，與《博物志》相似，小小不同。又云《雜記》十一卷，張華撰。然則所引或出二書歟？」周中孚《鄭堂讀書記》卷六十七亦謂諸書所引有出今本之外者，或即《張公雜記》之文。且以士禮居刊本爲張氏原書，實則均之想當然耳。較丁氏以今本爲常景所删正者，尤無根據。考據之學，貴於徵實，臆斷之説，未敢雷同。

又劉昭《續漢志注》《律曆志》引《博物記》一條，《輿服志》引《博物志》一條，《五行志》引《博物記》二條，《郡國志》引《博物記》二十九條，《齊東野語》引其中日南野女一條，謂《博物記》當是秦漢間古書。張華取其名而爲志。楊慎《丹鉛録》亦稱據《後漢書》注，《博物記》乃唐蒙所作。今觀裴松之《三國志》注引《博物志》四條，又於《魏志·涼茂傳》中引《博物記》一條，灼然二書，更無疑義。此本惟載江河水赤一條，又載漢末關中女子及范明友奴發冢重生一條，而分爲兩條。又載日南野女一條，譌羣行不見夫句爲羣行見丈夫。譌其狀皛且白句爲狀晶目。其餘三十一條則悉遺漏，豈非偶於他書見此三條，以《博物》二書相同，不辨爲兩書而貿貿採入乎？至於雜説下所載豫章衣冠人有數婦一條，乃《隋書地理志》之文。唐人所撰，華何自見之，尤雜合成編之明證矣。

【辨證】楊慎以《博物記》爲唐蒙作，後之輯録古書者，大抵從之。惟孫志祖《讀書脞録》卷四云：「楊升菴《丹鉛録》云：『漢有《博物記》，非張華《博物志》也。周公謹云不知誰著。考《後漢》注始知《博物記》爲唐蒙作。』志祖案：張華《博物志》亦稱《博物記》，無二書也。但今世所行《博物志》，本非完書，後人見劉昭注引有佚文，遂疑別一書爾。《續漢書·郡國志》犍爲郡下有《蜀都賦》注：『斬鑿之跡今存。昔唐蒙所造。』本謂唐蒙開道事也。其下乃引《博物記》『縣西百里有牙門山』。升菴誤以唐蒙所造，連以《博物記》爲讀，云唐蒙作《博物記》，鹵莽甚矣。胡元瑞《丹鉛新録》亦未加駁正。」其語極爲精核，然則是書之同於《博物記》，自是原書，非由後人貿然採入也。

書中間有附注，或稱盧氏，或稱周日用。案《文獻通考》載周盧注《博物志》十卷，又盧氏注《博物志》六卷，此所載寥寥數條，殆非完本，或亦後人偶爲摘附歟？

【辨證】各本所載盧氏及周日用均甚寥寥，提要疑爲後人摘附。考《玉海》卷五十七引《中興書目》云：「有周日用、盧氏注釋，間見於下。」謂之間見，可見注之不詳。南宋之初，傳本已然，非宋以後人之所摘附也。孫志祖疑爲明季人刻書删去，亦失之不考。

前人刻本序跋

都穆跋弘治乙丑賀志同刻本

張茂先嘗采歷代四方奇物異事，著《博物志》四百，晉武帝以其太繁，俾删爲十卷，今所傳本是也。茂先讀書三十車，其辨龍鮓，識劍氣，以爲博物所致，是書固君子之不可廢歟？第未知武帝之俾删者何說？而所存止於是也。夫覆載之間，何所不有？人以耳目之不接，一切疑之而不信非也。《論語》記子不語怪，怪固未嘗無也，聖人特不語以示人耳。予同年賀君志同爲衢州推官，寶愛是書，刻梓以傳。夫仕與學一道，君之好古若是，推之於政，殆必有過人者，而不俟予之言也。弘治乙丑春二月工部主事姑蘇都穆記。

崔世節湖廣楚府刻本跋

余曾見《事文類聚》及諸家注中有引《博物志》者，思欲一見全書以廣見聞者久矣。歲戊子冬，以賀正朝天，朝行至北海，賈以張華、李石兩志來賣者，遂購得之。萬里行邁，無暇寓目，挈而東歸，居閑處獨，披覽再三。天地之高厚，日月之晦明，四方人物之不同，昆蟲草木之淑妙者，無不備載。其昔物理之難究者盡在胸中，開豁無礙，正如披雲霧覩青天，可樂也。然尚以未獲廣布，未與人共之爲嫌。今年春謬膺朝命，出按湖南。巡行帝方，乃與主倅共論幽頤，語及《博物志》，遂以兩帙囑之，俾鋟諸梓。閲數月功訖，倩工印之。從容藴繹，前日未盡料理者融會無餘，不知我爲張、李，張、李爲我也。世之博雅君子，如以沈之《筆談》、段之《雜俎》參而考之，則其於研察衆理何多哉。嘉靖辛卯良月下浣鏡湖居士崔世節介之跋。

唐琳刻快閣本博物志序

史稱張華讀書三十車，作《博物志》四百，武帝以爲繁，存十卷。今讀其書，雖多奇聞異事，而簡略不成大觀，豈書傳既久，残缺處多耶？抑或繁非能博，博不在繁耶？辨龍鮓，識劍氣，定有一段不經人見之學問附於書以傳，一讀再讀，令人悔武帝之芟除，而思以覩其全也。新都唐琳玉父識。案「新都」，《漢魏》本、崇文書局本均改作「錢塘」。

汪士漢刻秘書二十一種本博物志序

按張華字茂先，挺生聰慧之德，好觀秘異圖緯之部，捃采天下遺逸，自書契之始，考驗神怪及世間閭里所説，造《博物志》四百卷。奏于武帝，帝詔詰問：「卿才綜萬代，博識無倫，遠冠羲皇，近次夫子，然記事采言亦多浮妄，宜更删剪，無以冗長成文。昔仲尼删《詩》，尚不及鬼神幽昧之事，以言怪力亂神，今卿《博物志》驚所未聞，異所未見，將恐惑亂于後生，繁蕪于耳目，更芟截浮疑，分爲十卷。」即于御前賜青鐵硯，此鐵是于闐國所出，獻而鑄爲硯也；賜麟角筆，以麟角爲筆管，此遼西國所獻。側理紙可番，此南越所獻。後人言陟理與側里相亂，南人以海苔爲紙，其理縱横邪側，因以爲名。帝常以《博物志》十卷置于函中，暇日覽焉。康熙戊申一陽月望日新安汪士漢考述。

王謨刻漢魏叢書本跋

右張華《博物志》十卷，《晉書》本傳及隋、唐《志》所載并同。按王子年《拾遺記》載張華造《博物志》四百卷，「奏于武帝，帝詔詰問，卿才綜萬代，博識無倫，遠冠羲皇，近次夫子。然記事采言，亦多浮妄。宜更删剪，無以冗長成文。昔仲尼删《詩》，尚不及鬼神幽昧之事，以言怪力亂神。今卿《博物志》驚所未聞，異所未見，將恐惑亂于後生，繁蕪于耳目，更芟截浮疑，分爲十卷」。遂即于御前賜青鐵硯，麟角筆，側理紙，而以《博物志》十卷置于函中，暇日覽焉。是則此十卷即武帝所删定也。自後行世，惟此十卷。其軼猶時時散見他書，而《後漢書·郡國志》注所引《博物記》，遂至有四十六條之多，由張氏鑒省《禹貢》、《山海經》、地志而作是志，故于地理特詳。既以地理略冠卷首矣，第六卷又有地理考如《郡國志》注所引，殆即本卷所删。又裴駰《史記集解》於公冶長、望諸君、趙奢、武涉墓所，亦引張華說。今第六卷猶載有趙軼、盜跖冢，不知當日又何以不删？其他如裴松之《三國志》注，酈道元《水經》注，李善《文選》注，以及唐宋人類書中所引爲今志所不載者尤多。裒而輯之，尚可數卷，此則王嘉所説未爲虚也。汝上王謨識。

稗海本廣寧郎極序

是書纂于鈕黄門石溪，其甥商景哲雕之梨棗，蓋距今百五十年矣。予之得其板於襄平蔣（國祚）

氏，乃從鼇其亥豕。其卷帙不全者，復證之《津逮》本中而補其一二云。

黃丕烈刻連江葉氏本博物志序跋

予家有汲古閣影鈔宋本《博物志》，末題云「連江葉氏」，與今世所行本敻然不同。嘗取而讀之，乃知茂先此書大略撮取載籍所爲，故自來目録皆入之雜家。其體例之獨創者，則隨所撮取之書分別部居，不相雜廁。如卷首《括地象》畢，方繼以《考靈耀》是也。以下雖不能條舉所出，然《列子》、《山海經》、《逸周書》等，皆顯然可驗。今本强立門類，割裂遷就，遂使蕩析離居，失其指趣，致爲巨謬矣。考晁氏《讀書志》及《文獻通考》皆載周日用注十卷，即是此本。晁云：「首卷地理略，後有讚文，實爲吻合。遂刻之以正今本之失。於中仍不免訛錯，如《時含神霧》三，時是詩之誤，毌丘儉遺王領三，領是頎之誤，右詹山帝女化爲詹艸六，右詹山是古䍃山之誤。《山海經》作姑媱。詹艸是䍃艸之誤，《山海經》作䔄。取伏卵段七，段是瑕之誤，東阿王《韓詩外傳》無王字。勇士有蕃丘訢八，東阿是東海之誤，蕃是菑之誤，射窮石以爲伏虎八，窮是寢之誤，今見狗襲八，襲是龔之誤，《初學記》引作龔。師雨妻黑色八，師雨妻是雨師妾之誤，樹之于闕聞十，聞是間之誤。此《周書》程寤逸文也。又如莖必沐浴，昔夏后莖乘飛龍，昔夏啓莖徙九鼎，昔舜莖登天爲神，桀莖伐唐，昔鯀莖注洪水六，莖皆筮之誤。盡似仙人，兩見。形盡似猿猴八，盡皆晝之誤。西夏云，有巢以民十，云民二字皆亡之誤。又如始皇陵一條四，略不可讀，及以宋敏求《長安志》在十五卷引《關中記》訂之，乃得通其闕佚處，附録《關中記》曰：秦始皇陵在驪山之北，高數十丈，周六里，今在陰盤縣界。此陵雖高大，不足以消六十萬人積年之功，其用功力或隱不見，不見者，驪山水泉本北流者，陂障使東西流，又此山無石於渭北諸山運取大石，故其歌曰：運石甘泉口，渭水爲不流，千人一唱，萬人相鉤，今陵下餘石大如蘯（土屋）。其銷功力皆此類也。此等皆不難校正，今悉仍其舊者，恐失真也。略標數端，以待善讀者引伸焉。若夫《通考》所云：「《博物》四百，本非有成書。」而劉昭《郡國志》注、小司馬《索隱》、李崇賢《文選》注及《藝文類聚》、《初學記》、《太平御覽》所引，多出今本外。《隋志》云：「《博物志》十卷，張華撰。」又云：「《張公雜記》一卷，張華撰，梁有五卷，與《博物志》相似，小小不同。」又云：「《雜記》十一卷，張華撰。」然則所引或出二書歟？倘好事者搜輯纂録，不妨別存梗概，苟欲執彼以補此，則恐取無事自擾之誚，有所未可也。嘉慶八年正月吴縣黄丕烈書。

又後跋

去歲謀刻是書，命兒子玉堂依影宋鈔者録一帙，與粵東賈人往古藥洲開彫。洎成寄歸，復命之用原書纖悉校正，因檢予曏所刻汲古閣《祕本書目》中有北宋版《博物志》一本，估價四兩云，其次序與南宋版不同，係蜀本大字，真奇物也。影鈔當出於此，自是一重公案。予前序略而不及，謂宜作後序表出之，碌碌未果也。今年修版方畢，而玉堂遽病，病二十許日以二月七日死矣，子夏號咷漢碑語，千載同痛，擬屬我友顧君千里爲撰小傳，并搜其篋中一二讀殘之書，倘係祕笈，即付剞劂，用希附驥。乃憶及前事，輒跋是書之尾，從此印行有日，而玉堂竟不逮見也，可悲也夫！時嘉慶九年三月丕烈又書。

周心如重刻博物志序

晉司空張華撰《博物志》四百卷，進武帝，以其太繁，令削爲十卷，本傳稱《博物志》十篇是也。宋裴松之注《三國志》多引《博物志》，而陳泰、鍾會傳注又引《博物記》，考其所引與志皆合。梁劉昭注《後漢志》亦採《博物記》，所云河東少有名人及麋畯事，具見志中，似爲一書。後魏酈道元注《水經》，唐太子賢注《後漢書》，李善注《文選》，多述《博物志》，未有稱爲記者。宋《太平御覽》摭拾羣書至一千六百餘種，引《博物志》最詳，亦無引《博物記》者。宋周草窗稱《博物記》秦漢古書，爲唐蒙所造，茂先增改爲志，又謂爲記，未知何本。案《後漢書·郡國志》魚泣津注：「塹鑿之跡今存，昔唐蒙所造。」下接引《博物記》。或草窗以此誤爲唐蒙所造耶？今世傳《博物志》以明胡文煥校刻本爲最，而字涉陰陶，卷多缺略，絶非完書。余欲讐校付梓，雜以薄書，未遑卒業。壬午歲來刺裕州，幸俗尚阜和。公餘手輒校録，今秋始得蕆事。以胡氏刊本爲主，諸書徵引，附録於左。又爲《補遺》二卷，凡所徵引互異者，備録原文，間附鄙見，案列于下，不敢竄易，以存其舊。竊嘗論之，形過鏡而照窮，智徧物而識定。鏡亦物也，故雖能物物，而不能以窮物。人則物之靈者也，故不惟不物於物，而且足就見聞所及之物并窮其見聞所不及之物，是所謂格致之學也。茂先建策伐吴，運籌決勝，雖當闇主虐后之朝，而能彌縫補缺，使海内晏然，亦足徵其格致之所得力矣。後之人以成敗論，不能窺其格致之學，并其格致之緒餘而亦束而不觀，何異畫地以自限歟！若徒以其辨龍鮓，識劍氣，競詡爲博物君子，亦淺之乎窺茂先矣。余之窮年矻矻，獨有志于此，以公同好者，蓋欲知茂先之博物有所博乎物者在耳。書成，因識此於端。道光七年七月既望浦江周心如撰。

錢熙祚刻博物志跋

今世相傳《博物志》十卷，凡三十八類。分析處都無義理。惟士禮居刻仿宋連江葉氏本，不分門類，段目次序與俗本大異。然以唐宋類書所引校之，脱簡自一二字至數行不等。其他前後複見雜出不倫者甚夥。至太姒夢見商之庭産棘條，掇拾《周書》程寤、大聚、武順、度邑四篇文，連合爲一，尤屬巨謬。竊意宋初原書尚存，故《御覽》、《廣記》引《博物志》往往出今本外。此係葉氏删節之本，未免移易改竄。逮全帙既亡，後人覺葉本不安，輒以意强析門類，卒不知其愈失愈遠也。黄蕘圃謂此書大略撮取載籍所爲，故自來目録皆入雜家。其説至確。乃遽以葉本爲全書，而疑散見於他所稱引者爲《張公雜記》，亦執持太過矣。予既主葉本，雜采宋以前諸書，補正其脱誤，并輯逸文，附箸卷末。惟《太平廣記》引蕭思遇、崔書生、趙平原三事，皆在茂先後，斷非《博物志》文，今置不録云。庚子季夏（道光二十年）錫之甫識。

薛壽博物志疏證序

吾邑藏書之家，當乾隆時如玲瓏山館馬氏、休園鄭氏，著録宏富，聞於海内。厥後如讀騷樓陳氏，收藏典籍幾與之埒。且世濟其美，樓即穆堂先生幼時所署齋名。先生少承庭訓，長篤交遊，凡硯彦名儒，咸捧手受教。以故所著書如《竹書紀年集證》、《逸周書補注》、《穆天子傳補注》，久已風行傳播矣。壽幼聞之而未卒讀。庚子夏，先生介書賈馮賡輝過訪，因得悉曩日藏書之室，今已他售。兼之四方奔走，頗多散失，特所著稾本輒自隨焉。由是往來商榷，不以壽爲不肖，折節引爲忘年。且曰生平用力勤而閲時最久者，惟《博物志疏正》十卷，屬爲撰序。余辭不獲已，因受而讀之。先生嘗謂著書以治經爲要，近今諸儒搜考已無餘蘊，故不敢復有撰述。余讀是書而知先生正深於經也。其據《左氏（襄四年）傳》「臧紇侵邾敗於狐駘」，注「邾地魯國番縣東有目台亭」，又十二年傳「莒圍台」，注「琅琊費縣南有台亭」，辨本書「沔出月台」爲「目台」之誤。又據《淮南子》辨「沔」爲「淄」之誤（見地理水部）。據《毛詩》舜華證本書「薰華」爲「蕣華」之音轉（見外國）。據《太平御覽》、《北堂書鈔》、《初學記》、《文選》注搜輯《連山》、《歸藏》之逸文（見文籍考）。據服虔《左傳》注謂八佾當從天子八八，諸侯六八，大夫四八，士二八之舊説（見典籍考）。據古人深衣白布服蓋純之以采，證本書男子皆衣絲，有故乃素服，云有故者，則純之以素，與純之以麻，與深衣夕服之緣飾不同（見服飾考）。據《爾雅》「緒，業也」，證本書王粲族子名「葉」之誤。業字長緒，定當作業爲正。《御覽》引作「景」，舊本作「葉」，俱非（見人名考）。據《玉篇》「鼷鼠今之甘鼠也」，證《釋文》引作「耳鼠」之誤（見雜説上）。凡若此類，非深究經訓，未能如此詳覈也。況是書原本久佚，其散見於唐宋傳記所引者與今本頗多參錯，得先生旁搜博證，參校異同，且不惜煩言以引申者，亦雜説家之例應爾也。末附《補遺》一卷，較金山錢氏新刊《指海》本增多數倍，信惟藏書之多，故著書之博如此。是書行而曩日所藏者特其糟粕耳。彼瑯環福地，茂先尚不能久居，是則藏書之亡，不足爲先生惜，而著書之傳，有足爲先生信也。爰綴其説經之略，以爲之序。

後記

張華博物志校證後記

三十年前研治魏晉小説，覺典籍散亂，且多亡佚，因從事搜集整理。惟以工作時輟時續，迄未能全部完成。歲月遷流，垂垂老矣。現將《張華博物志校證》一稿，釐訂寫定，復取舊稿《張華博物志考辨》加以補充修改，置諸卷末，冀於閲讀此書者，有所裨益耳。

一　著録與板本

《晉書》華本傳及《隋志》雜家類著録《博物志》十卷。新、舊《唐書》移入小説家，卷帙同。《宋史·藝文志》亦作十卷，但收入雜家類。另地理類有張華《異物評》二卷，似爲誌怪之書，惟與《博物志》有無關係，尚不敢定。晁氏《郡齋讀書志》小説類、馬端臨《文獻通考》及陳振孫《直齋書録解題》，并載周日用、盧氏注十卷。但鄭樵《通志·藝文略》雜家類著録而小説家類又失收。明人胡元瑞類别小説而納《博物志》於雜俎。清修《四庫全書》，祖襲其説，列之於小説家瑣語之屬。且稱今見存本，非張氏之舊帙。此《博物志》一書歷代書目箸録之梗概也。或有稱張華《感物類從志》者，當係僞書。

宋尤袤《遂初堂書目》小説類有張華《博物志》，惟不分卷，且未注明板本。考書目附注板本，始於尤目。惜今見傳本，僅經、史二部，略存體例。其他各家書目所載此書板本有：《汲古閣秘本書目》載北宋板《博物志》，注云：「其次序與南宋板不同，係蜀本大字，真奇物也。」《舊山樓書目》有宋鈔《博物志》一部，注云：「南宋人賈餘慶藏，明吴寬等人跋。」晁氏《寶文堂書目》《博物志》下注「開化刻」，時代不明。范欽《天一閣書目》子部小説類載明宏治癸亥（一五〇三）劉遜刊本。瞿鏞《鐵琴銅劍樓藏書目録》卷十七小説類《博物志》十卷下云：「晉張華撰并序，周日用等注。明宏治乙丑（一五〇五）衢州推官賀志同所刻，有都穆跋，馮己蒼校過等等。」又劉氏嘉業堂藏所謂宋槧顧澗蘋校本，實即賀刻本而割去都穆跋文。日本延寶五年（一六七七）翻刻嘉靖辛卯（一五三一）刊本。此書有崔世節跋謂原刻于湖南。疑即《古今書刻》湖廣楚府本。明祁承㸁《澹生堂書目》及清莫友芝《郘亭知見傳本書目》所載有《古今逸史》本、百名家書本、《格致叢書》本、《諸子萃覽》本、《稗海》本、《秘書二十一種》、《漢魏叢書》本、士禮居刊本、紛欣閣本、明葉氏刊本、《指海》本。除士禮居本外，餘本多同弘治刻。各本均有周、盧注，清董桂新《讀書偶筆》卷四謂「明季人刻書好删削，故周日用、盧氏并不知何代人」，實出于臆斷。此處《説郛》本乃摘鈔非完本，近人鄭國勳《龍溪精舍叢書》所收者乃據士禮居本重雕。陸心源《皕宋樓藏書志》卷六十四小説類有《博物志》十卷，下注云：「舊鈔本。」據所録張華序，末作「覽不卸焉」，知是過録士禮居本者。又朝鮮國刊本，森立之《經籍訪古志》卷五云：「昌本學藏，首題《博物志》卷之一晉司空張華茂先撰。汝南周日用等注。……末有弘治乙丑二月工部主事姑蘇都穆跋。」據此，知其書乃據賀本重刻。北京大學李氏藏書中有明天啓中唐琳編《快閣藏書二十種》本，乃《漢魏叢書》之祖本。至湖北崇文書局刊刻之《子書百家》，乃翻刻《漢魏叢書》本。大抵《博物志》一書，予所及見者以弘治乙丑刻本爲最早。至於《汲古閣秘本書目》所載北宋板、《舊山樓書目》所稱宋鈔南宋人賈餘慶藏、明吴寬跋本，今已散佚。而黄丕烈所謂影宋鈔本，予疑蓋即莫友芝《書目》中之明葉氏刊本，非宋本也。曾慥鈔撮羣書而爲《類説》，所録十數條有出今本外者，即其明證。至前人於此書用力最勤，江都薛壽頗推褒陳穆堂之《博物志疏證》（《學詁齋文集》卷下），惜全書未刊入陳氏叢書，書未流傳，其詳不得而知矣。

二 前人删削問題

元伊世珍輯《瑯環記》卷上云：

張茂先博學强記，嘗爲建安從事，游于洞宫，遇一人于塗，問華曰：「君讀書幾何？」華曰：「華之未讀者則二十年内書蓋有之也。若二十年外則華固已盡讀之矣。」其人論議超然，華頗内服，相與歡甚，因共至一處，大石中忽然有門，引華入數步則别是天地，宫室嵯峨，引入一室中，陳書滿架，其人曰：「此歷代史也。」又至一室則曰：「萬國志也。」每室各有奇書，惟一室屋宇頗高，封識甚嚴，有二犬守之，華問故？答曰：「此皆玉京紫微金真七瑛丹書，紫字諸秘籍。」指二犬曰：「此龍也！」華歷觀諸室書，皆漢以前事多未聞者，如《三墳》、《九丘》、《檮杌》、《春秋》亦皆在焉。華心樂之，欲賃住數十日，其人笑曰：「君痴矣，此豈可賃地耶？」即命小童送出，華問地名，對曰：「瑯環福地也」。華甫出門，忽然自閉，華回視之，但見雜草藤蘿，繞石而生，石上苔蘚亦合，初無縫隙，撫石徘徊久之，望石下拜而歸。華後著《博物志》，多瑯環中所得，帝使削去，可惜也。

注云「出《玄觀手抄》」，此殆據《搜神記》載張華遇斑狐事敷演而成，詭辭怪説，不足置辨，惟今十卷本《博物志》非完帙，則爲事實。姚際恒《古今僞書考》云：

> 《博物志》稱張華撰，唐殷文奎爲注曰：「張華讀三十車書，作《博物志》四百卷，武帝以爲繁，止作十卷。」案此書淺猥無足觀，決非華作。殷之所云，正以飾是書之陋耳。魏晉間人何嘗有著書四百卷者？且從中選得十卷，不知當若何佳，今乃爾耶？

殷文奎，胡應麟《筆叢·九流緒論》下篇稱當作「殷文圭」（馬氏《文獻通考》經籍考小説家《博物志》下作殷文奎啓），殷注今佚。至於四百卷削爲十卷，説始苻秦處士王嘉《拾遺記》。記云：

> 張華字茂先，挺生聰慧之德，好觀秘異圖緯之部，採摭天下遺逸，自契之始，考驗神怪及世間閭里所説，造《博物志》四百卷，奏于武帝，帝詔詰問：「卿才綜萬代，博識無倫，遠冠羲皇，近次夫子，然記事擇言，亦多浮妄，宜更删剪無據，無以冗長成文。昔仲尼删《詩》《書》不及鬼神幽昧之事，不言怪力亂神，今見卿此志，驚所未聞，異所未見，將恐惑亂于後生，繁蕪於耳目，可更芟截浮疑，分爲十卷。」

據此，知茂先於屬稿未定之際，曾自加删刷。馬端臨據以立説，故黄丕烈刻連江葉氏本《博物志》序駁之曰：

> 若夫《通考》所云，博物四百，本非有成書，而劉昭《郡國志注》、小司馬《索隱》、李崇賢《文選》注及《藝文類聚》、《初學記》、《太平御覽》所引多出今本外。《隋志》云：「《博物志》十卷，張華撰。」又云：「《張公雜記》一卷張華撰，梁有五卷，與《博物志》相似，小小不同。」又云：「《雜記》十一卷，張華撰。」然則所引或出二書歟？

黄氏謂「博物四百本非有成書」，是矣。惟檢黄氏所稱諸類書及古注，其徵引標明張華《博物志》者，計《後漢書》三十三條，《初學記》三條，小司馬《索隱》八條，《文選》李氏注七條，《藝文類聚》十二條，《太平御覽》三十七條，均出今本外。但無一條明注出《張公雜記》，故不得如黄氏所云「或出二書」之推論。

考《魏書》列傳七十《常景傳》云：

景所著述數百篇，見行于世。删正晉司空張華《博物志》及撰《儒林》、《列女傳》數十篇。

王伯厚《玉海》藝文類曾提及此事。近人丁國鈞《補晉書藝文志》卷三據此而言曰：「考《北史·常景傳》有删正《博物志》語，是世所傳本已非張氏之舊，段公路《北户録》及《文選》注所引各條，多出今本之外，疑據景未删之本。」案丁氏意謂今十卷本乃景所删本，諸書所引而今本脱載者乃常氏所刊落，其言似可解黄丕烈之惑，然杜牧《和裴傑秀才新櫻桃詩》云：

新果真瓊液，未應宴紫蘭。圓疑竊龍頷，色已奪鷄冠。遠火微微辨，繁星歷歷看。茂先知味好，曼倩恨偷難。

櫻桃一物而今本不載，《齊民要術》卷四、《太平御覽》卷九百六十九並引《博物志》云：「櫻桃或如彈丸，或如手指，春秋夏冬，華實竟歲。」是舊本應有此條。又《藝文類聚》卷三十五引《博物志》云：

三身國，一頭三身三手。昔容成氏有季子好淫，白日淫于市。帝放之西南。季子妻馬，生子人身有尾蹄。

此條今本脱載，而宋羅泌《路史·前紀》卷五庸成氏有季子條，子苹注云：「張華所記，本出《括地圖》。」是舊本應有此條。又姚寬《西溪叢語》卷上云：

故相王甫爲館職，時夜夢至一山間，古松流水，杳然幽深，境色甚異，四無人跡，忽遇一道人引至一處，遇松下有廢丹竈，又入，有茅屋數間，道人開之，云公之所居也。塵埃蓬勃，似久無人居者，壁間見題字云：「白髮高僧酷愛閒，一瓶一鉢老山間。只因窺井生一念，從此松根丹竈間。」恍然悟其前世所居。已失道人，遂回。天大雷雨，龍起雲中，意甚恐懼，遂寤。其婢亦魘於室中，呼之覺，問之，云：「適爲雷雨所驚。」頗異之。來日館中曝書，偶觀架上小説内載婦人窺井生男事云。孫仲益有《王太傅生日》詩云：「了了三生夢，松根冷煅爐。」用此事也。窺井事見《博物志》。

此窺井事載今本卷十（黄刻本卷二）。宋時張華舊本及常景删本尚併存，今本即姚寬所云「架上小説」是也。因今本此條後有周日用注，又知其爲常氏删本。鄭樵《通志》藝文略雜家類載《博物志》十卷，又别出《博物志》十卷，當是繁簡二本。晁公武《讀書志》云：「周、盧注《博物志》十卷，盧氏注六卷，兩本前六卷略同，無周氏注者稍多而無後四卷。」因知周、盧注《博物志》十卷乃常氏之簡本，即今本所出。今本或雜入所謂六卷本，説詳後。至錢熙祚跋《指海》本云：「此係葉氏删節之本，未免移易改竄，逮全帙既亡，後人覺葉本不安，輒以意强析門類，卒不知其愈失愈遠。」謂今本出葉氏節删，亦非。

三　博物志與博物記

宋周密《齊東野語》卷七云：

邕宜以西南丹諸蠻，皆居窮崖絶谷間。有獸名曰埜婁。黄髮椎髻，跣足倮形，儼然一媪也。……《後漢·郡國志》引《博物記》云：「日南出野女，羣行覓夫。其狀皛且白，倮袒無衣襦。」得非此乎？《博物記》當是秦漢間古書。張華字茂先，蓋取其名而爲志也。

周密把《博物記》與《博物志》視爲二書。楊慎《丹鉛總録》卷十一更推演其説云：

> 漢有《博物記》，非張華《博物志》也。周公謹云不知誰作。考《後漢書》注，始知《博物記》爲唐蒙作。

其後胡應麟《二酉綴遺》卷中，懷疑其説，不以爲然。胡氏云：

> 楊用修謂世但知《博物志》，而不知有《博物記》，記乃漢人所撰。余讀《太平廣記》，目無此書。僅再生類一事稱出《博物記》而内言及魏郭后，恐非漢人所撰。意以「記」爲「志」字誤。而今傳茂先《博物志》又無此事，姑識此，以俟再考。

胡氏在所著《丹鉛新録》卷一更進一步説：

> 隋志《張公雜記》注云：「似《博物志》。」而《廣記》引《博物記》魏宫人事，蓋《漢志》注即引此書。

胡氏謂魏宫人事，今本茂先《博物志》失載，實誤。此條見今本《博物志》卷七中，胡氏偶爾失檢。至謂《漢志》注所引乃《張公雜記》之文，也無根據。但其疑《博物記》非漢代書，并謂「記」爲「志」字之誤，則頗有見地。孫志祖《讀書脞録》卷四云：

> 楊升菴《丹鉛録》云：「漢有《博物記》，非張華《博物志》也。周公謹云不知誰作。考《漢志》注始知《博物記》爲唐蒙作。」志祖案：張華《博物志》亦稱《博物記》，無二書也。但今世所行《博物志》非完書，後人見劉昭注引有佚文，遂疑别是一書爾。《續漢書·郡國志》犍爲郡下有《蜀都賦》注云：「斬鑿之跡今存，昔唐蒙所造。」本謂唐蒙開道事。其下乃引《博物記》云：「縣西百里有牙門山。」升庵誤以爲唐蒙所造，連以《博物記》爲讀云唐蒙作《博物記》，鹵莽甚矣。

孫氏此言，僅足以駁楊慎之誤讀，至《博物志》與《博物記》是否爲一書，仍乏確證。故黄丕烈謂「搜輯纂録，不妨别存梗概」。而《四庫總目提要》更稱：

今觀裴松之《三國志》注引《博物志》四條，又於《魏志·涼茂傳》中引《博物記》一條，灼然二書，更無疑義。

其後馬國翰本之以輯《博物記》一書，則居然與《博物志》釐而爲二矣。但《四庫提要》所稱《涼茂傳》注引《博物記》，同樣是這一條，在慧琳《一切經音義》卷六十二《根本毗奈耶雜事律》第一卷襁褓條下、《文選》魏都賦李善注、嵇叔夜《幽憤》詩注、《論語·子路篇》邢昺疏稱正義並引作《博物志》，是則「記」字顯然可以寫作「志」字，不得據之以證《博物記》另是一書名。《博物記》與《博物志》，諸書稱引，或寫作《博物記》，或寫作《博物志》，如《後漢書·郡國志》瑯琊郡下注引《博物記》「公冶長墓在城陽」云云，《史記·仲尼弟子列傳集解》引作「張華曰」云云。又《後漢書·郡國志》漢中郡注引《博物記》曰：「沔陽縣北有丙穴。」《太平御覽》卷九百三十七引作《博物志》。又廣陵郡注引《博物記》云「女子杜姜」云云，宋羅願《爾雅翼》釋獸引作《博物志》。於此可見《博物志》、《博物記》實一書。至於《史記·龜策列傳》裴駰《集解》引張華《博物記》曰「桀作瓦」，直標明張華作《博物記》矣。而《太平御覽》卷一百八十八引此「記」正作「志」。凡此，足證《博物志》、《博物記》實爲一書，毫無疑義。分爲二書，其説妄矣。

四　通行本與士禮居刊宋本

《四庫總目提要》小説家類《博物志》條下云：「是書作于武帝時，今第四卷物性類中，稱武帝泰始中武庫火，則武帝以後語矣。」（周心如云：《御覽》武帝二字作晉。案「武帝」字「晉」字皆後人所增。）余嘉錫氏《辨證》云：「此乃指通行本而言，士禮居刊宋本無此條。」其實此條在士禮居刊本卷二中，「武庫火」作「武庫災。」檢《稗海》本《續博物志》黄公泰跋及李石自敍，知其書係取張華《博物志》倣而續之。「次第倣華説，一事續一事。」今通行本與《續博物志》次第全異。李氏係南宋初年人，因知今通行本非南宋時之舊本矣。惟全書所收各條均與士禮居刊本同。同時二書並間附周盧二家註，註文亦同。所不同者惟次第而已。通行本蓋出于士禮居本而加以分類者，故割裂之處甚多。如洞庭君山條，士禮居刊本與《事類賦注》卷七引同，而通行本割裂成二條，分隸卷六及卷八，荒謬甚矣。士禮居刊本次第與李石《續博物志》雖不盡符合，然大體一致，似爲宋刊本，但有可疑處。《提要》又云：

> 晁公武《讀書志》稱卷首有理略，後有讚文，今本卷首第一條爲地理，稱地理略自魏氏曰（曰當作目）以前云云，無所謂理略，讚文惟地理有之，亦不在卷後。又趙與旹《賓退録》稱張華《博物志》卷末載湘夫人事，亦誤以爲堯女，今本此條乃在八卷之首，不在卷末，皆相矛盾，則並非宋人所見之本。

余嘉錫氏云：「案宋淳祐袁州本《讀書志》卷三下作『首卷有地理略，後有讚文。』《玉海》卷五十七《博物志》條下引晁氏曰亦同袁州本，知《提要》所據之《讀書志》字有脱誤。晁氏此語與士禮居刊本合，士禮居刊本首卷有地理略，讚文亦在卷末。至湘夫人堯之二女一條，士禮居刊本實在卷十，於《賓退録》亦無矛盾。」余氏所駁甚是。案晁公武與李石爲同時人，《賓退録》稱湘夫人事在卷末，與《續博物志》卷十載《河圖》云「少室山大竹堪爲甑器」云云，及《竹譜》曰「竹之別類六十有一」相合。由此可推知士禮居刊本與李石所見本，似同出一刻。惟《初學紀》卷二十一，《北堂書鈔》卷百四並引《博物志》云「漢桓帝時，桂陽人蔡倫擣故魚網造紙」，此條今本脱，而與《續博物志》卷十云「蔡子池南有石臼是蔡倫舂紙曰，及元和中元稹使蜀，營妓薛陶（濤）造十色彩牋以寄元稹，於松華紙上寄詩」條相合，知兩本之次序正文固不盡同，疑士禮居本乃後人刻書將張華舊殘本六卷（說見前），與李石所見本十卷併合删改所致，因其併合，故書中時見重複。如卷一泰山天帝孫條又見卷六，卷六洞庭君山帝之女曰湘夫人條與卷十湘夫人爲堯女爲一事，卷八嘔絲之野條又見卷十，卷九東海有牛魚條又見卷十等是也。因其删改，故《太平御覽》卷九百五十引《博物志》云：

遠方諸山出蜜蠟處，其處人家有養蜂者。其法以木爲器或十斛五斛，開小孔令纔容蜂出入，以蜜蠟塗器內外令遍，安着簷前或庭下，春月此蜂將作窠生育時來過人家園垣者，捕取得三兩頭，便內着器中，數宿出蜂飛去，尋將伴來還，或多或少，經日漸溢，不可復數，遂停住，往來器中，所滋甚衆。至夏開器取蜜蠟，所得多少，隨歲中所宜豐儉。（盧氏曰：「春至秋末，始有蜜」。）

與士禮居刻本卷二作「遠方諸山蜜臘處，以木爲器，中開小孔，以蜜蠟塗器內外令遍。春月蜂將生育時，捕取三兩頭，著器中。蜂飛去，尋將伴來，經日漸益，遂持器歸」。比較，不但文字爲詳，且多出盧氏注「春至秋末」云云，殆所謂「無周氏注者稍多而無後四卷」之盧氏注六卷本中逸文，黃丕烈稱《汲古閣秘本書目》中有北宋蜀刻大字本，次第與南宋板亦異者，疑亦此本也。惟黃氏所謂南宋本即其自刊之葉氏本，證以葛立方《韻語陽秋》卷十七引《博物志》云：「蒙恬造筆，以狐狸毛爲心，兔毛爲副，心極遒勁，鋒鋩調和，故難發而易使。」士禮居刊本脱載而與《續博物志》卷十載「王叡云有書契以來，便應有筆」條合，頗疑士禮居所刊非南宋本，蓋莫友芝書目中所載明葉氏刊本是也。其與李石所見北宋本自不同，因葉氏刊刻時有所删削故也。

五　眞僞問題

宋朱勝非《秀水閒居録》云：

張華《博物志》世止十卷，事多雜出諸書，或本書久佚，後人掇拾爲之耳。

明韓敬《序董斯張撰廣博物志》云：

茂先汰三十乘，彙爲一志，搜四百卷，僅存數篇，可謂博矣。然而有疑焉，當武庫火時，茂先列兵固守，漢高斬蛇劍王莽頭孔子履等盡焚焉。茂先能識延津氣于牛斗之間，及見高帝劍穿屋而飛，莫知所向，何也？能與雷煥共尋天文知將來吉凶，而中台星坼，不肯避位，又何也？大抵《晉書》好采稗官小説，如所載張茂先傳正類東方朔、管輅，凡卜筮射覆弔詭之事，悉取而附麗之。而其實不盡爾也。且《博物》一書，文采不雅馴，斷不出六朝人手，而況茂先。

韓氏疑《博物志》非張華編録，但無佐證，清人紀曉嵐撰《灤陽續録》卷四云：

張華《博物志》更誣及尼山，不應悖妄至此，殆後人依託。

《四庫提要》云：

或原書散佚，好事者掇取諸書所引《博物志》而雜採他小説以足之，故證以《藝文類聚》、《太平御覽》所引，亦往往相符，其餘爲他書所未引者，則大抵剽掇《大戴禮》、《春秋繁露》、《孔子家語》、《本草經》、《山海經》、《拾遺記》、《搜神記》、《異苑》、《西京雜記》、《漢武内傳》諸書，餖飣成帙，不盡華之原文也。

又云：

至于雜説下所載豫章衣冠人有數婦一條，乃《隋書·地理志》之文，唐人所撰，華何自見之，尤雜合所編之明證矣。

案豫章衣冠人有數婦條，確在今本《隋書·地理志》，惟所記者乃泛述豫章風俗，非特指有隋一代，安知非長孫無忌等録鈔茂先成文？至謂「好事者掇取諸書所引《博物志》而雜採小説以足之」，此説實祖襲胡應麟。胡氏《筆叢緒論》下篇曰：「《博物志》十卷，晉張華撰。華博恰冠古今，此書所載疎略淺猥，亡復倫次，疑從後世類書中録出者。」然實不可從。考《藝文類聚》、《太平御覽》等書所引《博物志》，不見今本者尤夥，設爲好事者所輯，不應有此遺漏。

至於剽掇《異苑》諸書，尤乏證據，其載武帝泰始武庫火事，與《異苑》卷二「晉惠帝元康五年武庫火燒漢高祖斬白蛇劍孔子履王莽頭等三物，中書監張茂先懼難作，列兵陳衛，咸見此劍穿屋飛去，莫知所向」，大相逕庭。又卷四（士禮居刊本卷六）載「庭州灞水以含金銀鐵器盛之皆漏，惟瓠葉則不漏」一條，與《異苑》卷二「西域苟夷國山上有石駱駝，腹下出水，以金鐵及手承取即便對過，唯瓠蘆盛之則得，飲之令人身體香澤而昇仙，其國神秘不可數遇」，記載亦異。故不得云《博物志》剽竊《異苑》。大抵此書先經常景删改，復爲葉氏刊削，若云是書偶有竄亂（案《玉海》卷五十七藝文類記志條《博物志》下云：「郭義恭《廣志》卷二《春秋正義》引作《博物志》」，此因《廣志》避隋帝廟諱改「博志」），今本《博物志》有許多條係《廣志》文，試檢孔本《北堂書鈔》，此點即可證明。疑是周、盧二氏注書時攔入），固不容置辯。至謂非張華舊本，「全出後人補綴」（《提要》、《異苑》條），則非平允之論矣。

一九四七年十二月初稿
一九六三年一月改定
一九七八年十月重訂

附録一 《博物志校證》補正

王媛

《博物志》在流傳過程中曾經後人删節，不僅原本面貌無法尋繹，甚至通行本也存在許多訛、脱、衍、倒的情况。范寧先生爲之作《校證》，博引典籍，疏源導流，考證諸本之異同，輯録散佚之條目，可謂用功深矣。然仍不免百密一疏，存在失校、誤校之處。今人盧紅《〈博物志校證〉劄記》補正七則，祝鴻傑《〈博物志校證〉補校》補正二十七則，張沛林《〈博物志校證〉補正》補正四則，對《博物志》的整理和研究貢獻甚大。筆者撰著《張華研究》時校讀《博物志》諸本，也發現了一些新問題，今並汲取上述三家言之成理、論之有據的成果，對范先生《校證》略作補正。若《淮南子・墬形訓》「墬」字皆誤作「墜」字，如此之類，則不一一縷舉。

1 地部之位起形高大者有崑崙山，廣萬里，高萬一千里，神物之所生，聖人仙人之所集也。卷一「地理略」第1條

范先生云「部」當作「坻」。張沛林《〈博物志校證〉補正》（下簡稱《補正》）曰：作「地祇」是。《初學記》卷五「地祇」（媛案：當作「祇位」。下同）下引《河圖》曰：「地之位，起形於昆侖，從廣萬里，高萬一千里，神物之所生，聖仙之所集。」正與此文相似，當爲同一文獻來源。然

《初學記》此條專釋「地祇」，可知唐時此語是專言「地祇」無誤。「地祇」爲地神，與作「地坻」者，意義迥別。宋本《太平御覽》卷三十六引《博物志》：「地氏之位，起形於昆侖，從廣萬里，高萬一千里，神物之所生，聖人仙人之所集。」「氏」與「祇」音同通假。又《初學記》釋「地祇」一條與《太平御覽》引文近同，故此文當據改爲：「地祇之位，起形於昆侖，從廣萬里，高萬一千里，神物之所生，聖人仙人之所集。」

2　中國東南隅，居其一分，是奸城也。卷一「地理略」第1條

范先生云「奸」當作「好」。張沛林《補正》曰：作「奸」是。「奸」猶「干」。「奸城」猶「干城」。《詩經·周南·兔罝》：「公侯干城。」毛《傳》：「扞也。」鄭玄《箋》：「干也，城也，皆以禦難也。」雖解釋稍有不同，但「干城」大抵爲捍衛或捍衛者之義。後爲漢儒引申爲諸侯，爲天子所屬義。《初學記》卷二十四引《白虎通》佚文云：「諸侯曰干城，言不敢自專，禦于天子也。」

3　中國之城，左濱海，右通流沙，方而言之，萬五千里。東至蓬萊，西至隴右，右跨京北，前及衡岳，堯舜土萬里，時七千里，亦無常，隨德劣優也。卷一「地理略」第2條

媛案：「右跨京北」，「右」即西面，與「西至隴右」重，范寧先生據士禮居刊本校爲「後」字，是。然「後跨京北」之「京北」所指不明。影宋本《太平御覽》卷三六引作「後跨荆北」，荆北在中國域内處於南方，亦不確。庫本《太平御覽》卷三六作「後號薊北」，疑「荆」正「薊」之誤。薊爲薊丘，在域内北部，故作「後跨薊北」爲是。

4 周在中樞，西阻崤谷，東望荆山，南面少室，北有太嶽，三河之分，雷風所起，四險之國也。卷二「地理略」第6條

媛案：此條載周畿内封域。《毛詩譜·王城譜》曰：「王城者，周東都王城畿内方六百里之地。其封域在《禹貢》豫州太華、外方之閒。北得河陽，漸冀州之南。」孔穎達《正義》曰：「《禹貢》云：『荆河惟豫州。』注云：『州界自荆山而至於河。』而王城在河南洛北，是屬豫州也。太華，即華山也。外方即嵩高也。《地理志》：『華山在京兆華陰縣南，外方在穎川嵩高縣。則東都之域西距太華，東至於外方，故云之閒。』」據此，則周平王遷都洛邑，王畿東起嵩山，西至華山，北到河陽，南至冀州之南。太嶽山在黄河北岸，即「河陽」之地。本條「東望荆山，南面少室」句，當作「南望荆山，東面少室」，此爲茂先所記之誤，抑或後人傳抄致訛，則不得而知。荆山，漢魏叢書本作「荆川」。

5 齊，南有長城、巨防、陽關之險。北有河、濟，足以爲固。越海而東，通於九夷。西界岱嶽、配林之險，坂固之國也。卷二「地理略」第10條

范先生《校證》：「士禮居刊本作『配林之峻，坂險之國也』。疑應作『配林之峻，險固之國也』。」媛案：《吕氏春秋·恃君覽》所載：「昔者太公望封于營丘之渚，海阻山高，險固之地也。」則作「險固之國」亦通，然未有版本之依據，不若依士禮居刊本作「坂險」。「坂」與「阪」古通，「阪險」亦作「坂險」或「阪嶮」。《禮記月令》曰：「（孟春之月）命田舍東郊……善相丘

陵、阪險、原隰土地所宜，五穀所殖，以教道民，必躬親之。」孫希旦《集解》曰：「陂者曰阪，山澤曰險。」《隸釋・漢巴郡太守樊敏碑》：「王路阪險，鬼方不庭，恒戢節足，輕寵賤榮。」是其證也。

6 東越通海，處南北尾閭之間。三江流入南海，通東治，山高海深，險絶之國也。卷一「地理略」第16條

媛案：東治，疑爲「東冶」。《史記・東越列傳》曰：「漢五年，復立無諸爲閩越王，王閩中故地，都東冶。」

7 衛，南跨於河，北得洪水，南過漢上，左通魯澤，右指黎山。卷一「地理略」第17條

范先生《校證》：士禮居刊本「魯」作「黎」。張沛林《補正》曰：案衛地無「魯澤」，亦無「黎澤」，只有「阿澤」。《左襄公十四年傳》曰「孫氏追之，敗公徒于阿澤」是也。案：古人以「左」爲東，「右」爲西。《漢書・地理志上》：「黎陽，莽曰黎蒸。」晉灼注曰：「黎山在其南，河水經其東。其山上碑取山之名耳，水在其陽以爲名。」是「黎山」在漢代黎陽之北，近於今日河南浚縣，確在衛國西面。故「魯澤」在衛國東方無疑。《論衡・指瑞篇》：「實者，驎至無所爲來，常有之物也，行邁魯澤之中，而魯國見其物，遭獲之也。」王充所言「魯澤」即魯國之「大野澤」。《左傳・哀公十四年》：「西狩於大野。叔孫氏之車子鉏商獲麟，以爲不祥，以賜虞人。仲尼觀之，曰：『麟也。』然後取之。」可知「大野」在魯國西面，衛國東面。故此處所稱「魯澤」不誤，爲「大野澤」別稱。

8 《史記・封禪書》云：威宣、燕昭遣人乘舟入海，有蓬萊、方丈、瀛州三神山。卷一「水」第29條

范先生謂「威」似應作「齊」。祝鴻傑《〈博物志校證〉補校》（下簡稱《補校》）曰：「非是。『威宣』指齊威王和齊宣王，原文不誤。『威』下當加頓號。《史記・封禪書》述『威、宣、燕昭遣人乘舟入海』事前有『自齊威、宣之時，騶子之徒論著終始五德之運』一節文字（二事又見《漢書・郊祀志》，文字稍異），故此承上省去『齊』字。」

9 八流亦出名山：渭出鳥鼠，漢出嶓冢，洛出熊耳，潁出少室，汝出燕泉，泗出陪尾，沔出月台，沂出太山。水有五色，有濁有清。汝南有黃水，華山有黑水、濘水。淵或生明珠而岸不枯，山澤通氣，以興雷雲，氣觸石，膚寸而合，不崇朝以雨。卷一「水」第30條

媛案：漢出嶓冢，漢，《藝文類聚》卷八引作「漾」，亦通。漾水爲漢水上流，源出陝西省寧强縣北嶓冢山。《尚書・禹貢》載：「嶓冢導漾，東流爲漢。」又「山澤通氣，以興雷雲，氣觸石」句，當斷爲「山澤通氣以興雷，雲氣觸石」。

范先生據《太平御覽》卷五十九于「濁」（媛案：當作「清」）下補「河淮濁，江濟清。南陽有清泠之水、丹水、泉水」十七字。祝鴻傑《補校》曰：補入的文字中，「泉水」當作「白水」。蓋古書縱排，「白水」二字相疊，誤合爲一「泉」字，乃又衍一「水」字耳。作「白水」方與「五色」相應。南陽郡有「白水」，無「泉水」。《太平御覽》卷六十三引《水經》：「白水出朝陽縣西，東

流過其縣，南至新野縣（屬南陽郡），東入於淯。」同卷引《東觀漢記》：「光武皇考封南陽之白水鄉。」

10 五嶽視三公，四瀆視諸侯。諸侯賞封内名山者，通靈助化，位相亞也。卷二「山水總論」第32條

范先生校「賞」爲「饗」。盧紅《〈博物志校證〉札記》曰：按：「賞」蓋爲「嘗」之形近而訛。《爾雅·釋天》：「春祭曰祠，夏祭曰礿，秋祭曰嘗，冬祭曰烝。」《春秋繁露》云：「嘗者，以七月嘗黍稷也。」此嘗當是四時祭名之一。又《爾雅·釋詁》云：「嘗，祭也。」郝懿行《義疏》云：「《月令》『季秋大饗帝嘗。』鄭注：『嘗者謂嘗群神也，天子親嘗帝，使有司祭于群神。』然則鄭意亦以此『嘗』爲祭名，而不以爲時祭之『嘗』矣。」則「嘗」不僅僅是秋祭的專名，也可以作爲祭祀的通名使用。范校改本文爲「諸侯饗封内名山者」，義雖可通，然指「賞」爲「饗」字之訛，所疑無據，不可從。

11 名山生神芝，不死之草。上芝爲車馬，中芝爲人形，下芝爲六畜。土山多雲，鐵山多石。卷二「物産」第44條

媛案：《太平御覽》卷九八六所引「車馬」、「六畜」下皆有「形」字，與「中芝爲人形」相對，宜補。又「土山」，《類説》卷二三引作「玉山」。

12 中央四析，風雨交，山谷峻，其人端正。卷一「五方人民」第38條

范先生云「析」當作「戰」。張沛林《補正》曰：范氏改字恐非，「析」是。《漢書・宣帝紀》「析律貳端」顔師古注：「析，分也。」上文言：「東方少陽，日月所出，山谷清，其人佼好。西方少陰，日月所入，其土窈冥，其人高鼻、深目、多毛。南方太陽，土下水淺，其人大口多傲。北方太陰，土平廣深，其人廣面縮頸。」東、西、南、北各是少陽、少陰、太陽和太陰之氣，言「中央四析」是説中央之地四者平分。又《文耀鉤》已佚，《淮南子・墬形訓》：「東方川谷之所注，日月之所出」至「中央四達，風氣之所通，雨露之所會也」云云，是論下文「木勝土，土勝水，水勝火，火勝金，金勝木」五行之事，與論陰陽不同，不得據此而改。

13 山居之民多癭腫疾，由於飲泉之不流者。今荆南諸山郡東多此疾瘇。由踐土之無鹵者，今江外諸山縣偏多此病也。卷一「五方人民」第43條

祝鴻傑《補校》曰：文中「瘇」義爲腳踵病。《漢書・賈誼傳》：「天下之勢，方病大瘇，一脛之大幾如要（腰），一指之大幾如股。」范氏《校證》將「疾瘇」二字連讀，用指上文的「癭腫疾」（大脖子病），誤。當於「疾」字句斷，「瘇」下加逗號。「由踐土之無鹵者」系説明瘇疾之病因，與上文「由於飲泉之不流者」正相對。

14 和氣相感則生朱草，山出象車，澤出神馬，陵出黑丹，阜出土怪，江出大貝，海出明珠。仁主壽昌，民延壽命，天下太平。卷二「物産」第45條

媛案：「阜出土怪」，土怪即羵羊，常與魍魎、罔象並稱，非祥瑞之物。《國語・魯語下》曰：

「木石之怪曰夔、蛧蜽，水之怪曰龍、罔象，土之怪曰羵羊。」檢班固《白虎通・封禪》載：「德至山陵，則景雲出，芝實茂，陵出黑丹，阜出蓮莆，山出器車，澤出神鼎。……孝道至則蓮莆生庖廚。蓮莆者，樹名也。其葉大於門扇，不摇自扇，於飲食清涼，助供食也。」又《御覽》卷八七三引《孝經援神契》曰：「王者德至山陵則澤阜出蓮莆。」同卷引《春秋潛潭巴》曰：「君臣和德，道度葉中，則蓮莆生於庖廚。」故當爲「阜出蓮莆」，茂先所記或有小誤。又「江南大貝」句，范先生《校證》曰：「『南』字依上下文意，當是『出』字之訛誤。」檢《類説》卷二三引作正作「出」。班固《白虎通・封禪》曰：「德至淵泉則黄龍見，醴泉湧，河出龍圖，洛出龜書，江出大貝，海出明珠。」故作「出」爲是。

15　神宮在高石沼中，有神人，多麒麟，其芝神草有英泉，飲之，服三百歲乃覺，不死。去瑯琊四萬五千里。三珠樹生赤水之上。卷一「物産」第47條

祝鴻傑《補校》曰：「『服』乃『眠』的形近之誤，范氏失校。《太平御覽》卷七十引《括地圖》曰：「神宮有美泉，眠三百歲乃覺，不死。」可證。據此又疑「英泉」當作「美泉」，「神草」下當句斷。末句「三珠樹」，范氏校爲「三株樹」，非是。三珠樹乃神話傳説中的珍木名，《山海經・海外南經》：「三珠樹在厭火北，生赤水上，其爲樹如柏，葉皆爲珠。」范氏據《山海經》誤本校改，失之。媛案：「三株樹」句，底本提行爲另一段，范先生以之接「神宮」條後，似誤。「三株樹」與神宮並無關聯，應仍爲一條。

16 穿胸國，昔禹平天下，會諸侯會稽之野，防風氏後到，殺之。夏德之盛，二龍降之。禹使范成光御之，行域外，既周而還至南海，經房風，房風之神二臣以塗山之戮，見禹使，怒而射之，迅風雷雨，二龍升去。二臣恐，以刃自貫其心而死。禹哀之，乃拔其刃療以不死之草，是爲穿胸民。卷二「外國」第58條

范先生《校證》：「『之神』，《廣漢魏叢書》本作『氏之』；『使』，士禮居刊本作『便』，於義均較當。」媛案：然則作「便」當讀爲「見禹，便怒而射之」，於上下不合，經房風之人乃禹使范成光，非禹也，故當作「使」爲是。又據《文選》卷五六李善注引，「會諸侯」下有「於」字，「行域外」上有「以」字，「是爲穿胸民」後有「去會稽萬五千里」；又據《太平御覽》卷九三〇引，「療以不死之草」下有「而皆活」三字，宜補。

17 孟舒國民，人首鳥身。其先主爲雩氏，馴百禽，夏后之世，始食卵。孟舒去之，鳳皇隨焉。卷二「外國」第60條

媛案：此條與卷三「異草木」類第116「止些山多竹」條應合爲一條。《太平御覽》卷九一五引《括地圖》曰：「孟虧，人首鳥身。其先爲虞氏，馴百獸，夏后之末世，民始食卵。孟虧去之，鳳隨之，止於丹山。山多竹，長千仞，鳳凰食竹實，孟虧食木實。去九疑萬八千里。」范先生《校證》言：「『雩』爲『虞』之訛。」今案：《白氏六帖》卷二九引《瑞應圖》、《太平御覽》卷九一五引《括地圖》皆作「虞氏」。《爾雅翼》卷一三「鳳」條載爲「其先世爲雩氏訓百禽」（原書未言出

處)。「霅」、「虞」二字形近易訛，本書卷五「方士」類「魏王所集方士」條「唐霅」，《後漢書》作「唐虞」，亦是一例。虞人爲掌山澤苑囿之官，因以爲氏，此言馴百獸，其義相承。而霅氏則取義實難。似乎虞字較勝。然以常用之「虞」字訛爲不常用之「霅」字，可能性較小，相反則可能性較大。故未可遽以爲「霅」即「虞」字之訛，當存疑待考。卷五「方士」類之「唐霅」亦然。

18 《河圖玉板》云：龍伯國人長三十丈，生萬八千歲而死。大秦國人長十丈，中秦國人長一丈，臨洮人長三丈五尺。卷二「異人」第61條

媛案：「臨洮人」疑作「佻國人」。《初學記》卷一九引《河圖龍文》曰：「龍伯國人長三十丈。以東得大秦國人，長十丈。又以東十萬里得佻國人，長三丈五尺。又以東十萬里，中秦國人長一丈。」

19 秦始皇二十六年，有大人十二見于臨洮，長五丈，足迹六尺。東海之外，大荒之中有大人國僬僥氏，長三丈。卷二「異人」第63條

媛案：「僬僥」亦作「焦僥」、「周饒」，其人長三尺，或載爲長尺五寸或尺六寸。《國語》卷五《魯語下》曰：「仲尼曰：『僬僥氏長三尺，短之至也。』」《山海經·海外南經》曰：「周饒國在其東，其爲人短小，冠帶。一曰焦僥國在三首東。」郭璞注曰：「其人長三尺，穴居，能爲機巧，有五穀也。」又曰：「《外傳》云：『焦僥民長三尺，短之至也。《詩含神霧》曰：『從中州以東西四十萬里，得焦僥國，人長尺五寸也。』」《史記·大宛列傳》張守節《正義》引《括地志》

曰：「小人國在大秦南，人纔三尺，其耕稼之時，懼鶴所食，大秦衛助之，即焦僥國，其人穴居也。」《法苑珠林》卷八引《外國圖》曰：「焦僥國人長尺六寸，迎風則偃，背風則伏，眉目具足，但野宿。一曰，焦僥長三尺，其國草木夏死而冬生，去九疑三萬里。」《列子·湯問》曰：「從中州以東三千餘里，得焦僥國人，長一尺六寸。」由此可見，僬僥國人身極短，有三尺、一尺六寸之説，此條中「三丈」當作「三尺」。

20 蒙雙民，昔高陽氏有同産而爲夫婦，帝放之此野，相抱而死，神鳥以不死草覆之，七年男女皆活，同頸二頭、四手，是蒙雙民。卷二「異人」第67條

媛案：此野，所指不明，前文或有佚缺。庫本作「北野」，《法苑珠林》卷四三引《搜神記》作「崆峒之野」。

21 有一國亦在海中，純女無男。又説得一布衣，從海浮出，其身如中國人，衣兩袖長二丈。又得一破船，隨波出在海岸邊，有一人項中復有面。生得，與語，不相通，不食而死。其地皆在沃沮東大海中。卷二「異人」第68條

媛案：「有一國亦在海中」，前當有所言。考《三國志》所載，此條當接在本卷「異俗」類第77「毌丘儉遣王頎追高句麗王宫」條之後。

22 嘔絲之野，有女子方跪，據樹而嘔絲，北海外也。卷二「異人」第70條

媛案：此條士禮居刊本卷八作「嘔絲之野，女子乃跪據樹嘔絲，在三桑西也」。

23 江漢有貙人，能化爲虎，俗又曰虎化爲人，好著紫葛人，足無踵。卷二「異人」第71條

媛案：范先生《校證》斷爲「好著紫葛人，足無踵」，誤。應斷爲「好著紫葛，人足無踵」。人足，《太平御覽》卷八八八作「其足」。士禮居刊本、《太平御覽》卷九八二引「人」皆作「衣」，亦通，讀作「好著紫葛衣，足無踵」。又此條之後，《太平御覽》卷八八八有「有五指者，皆貙也。越嶲國之老者，時化爲虎，寧州南見有此物。」宜據補。

24 荆州極西南界至蜀，諸民曰獠子，婦人姙娠七月而産。臨水生兒，便置水中。浮則取養之，沈便棄之，然千百多浮。既長，皆拔去上齒牙各一，以爲身飾。卷二「異俗」第76條

媛案：此條《太平御覽》卷三六一引作「蜀郡諸山夷名曰獠子。婦人姙身七月，生時必須臨水。兒生，便置水中，浮即養之，沈便遂棄也。至長，皆拔去其上齒、後狗牙各一，以爲身飾。」

25 帝幸上林苑，西使千乘輿聞，并奏其香。卷二「異産」第80條

媛案：「西使千乘輿聞」，「不通，「千」當作「干」。

26 一説漢制獻香不滿斤，西使臨去，乃發香氣如大豆者，拭著宫門，香氣聞長安數十里，經數日乃歇。卷二「異産」第81條

媛案：「一説漢制」句，《法苑珠林》卷四九、《太平御覽》卷九八一引作「西域使獻香，漢制」。「發香氣」，《法苑珠林》卷四九、《太平御覽》卷九八一引作「發香器」，宜據改。

27《周書》曰：西域獻火浣布，昆吾氏獻切玉刀。火浣布汙則燒之則潔，刀切玉如臈。

布，漢世有獻者，刀則未聞。卷二「異産」第83條

媛案：漢世，《太平御覽》卷三四五引作「漢魏世」。按《三國志・魏志・三少主紀》曰：「（景初三年）二月，西域重譯獻火浣布。」則作「漢魏世」亦可。

28 魏文帝黄初三年，武都西都尉王褒獻石膽二十斤，四年，獻三斤。卷二「異産」第84條

媛案：漢魏時武都未分東西都尉，當據《太平御覽》卷九八七引，作「武都西部都尉」。《華陽國志・漢中志》載：「武都郡本廣漢，西部都尉治也。」《太平寰宇記》卷一五四「隴右道五」載：「魏黄初中徙武都於美陽，在今京兆好畤界武都故城是也。其時以故地爲武都西部都尉理。」二十斤，士禮居刊本作「三十斤」。

29 臨邛火井一所，從廣五尺，深二三丈。井在縣南百里。昔時人以竹木投以取火，諸葛丞相往視之，後火轉盛熱，盆蓋井上，煮鹽得鹽。入以家火即滅，訖今不復燃也。酒泉延壽縣南山名火泉，火出如炬。卷二「異産」第85條

媛案：《御覽》卷八六九引此條，「臨邛」下有「有」字，「昔時人以竹木投」下有「之」字，宜補。又「後火轉盛熱」以下，《文選・雪賦》李善注引作「後火轉盛，以盆貯水，煮之得鹽。後人以火投井，火即滅。至今不然」。又「酒泉延壽縣」以下疑别爲一條。炬，當作「筥」。《後漢書・郡國志・酒泉郡》劉昭注引《博物記》曰：「酒泉延壽縣南有山石，出泉水，大如筥簴，注池爲溝。其水有肥如煮肉洎，羕羕永永，如不凝膏，然之極明，不可食。縣人謂之石漆。」宜

據補。

30 有石流黄數十丈，從廣五六十畝。卷二「異産」第86條

媛案：「五六十畝」，《太平御覽》卷九八七引作「五六畝」。

31 後魏武帝伐冒頓，經白狼山，逢師子，使人格之，殺傷甚衆，王乃自率常從軍數百擊之，師子哮吼奮起，左右咸驚，王忽見一物從林中出，如狸，起上王車軛，師子將至，此獸便跳起在師子頭上，即伏不敢起。於是遂殺之，得師子一。還，來至洛陽，三千里鷄犬皆伏，無鳴吠。卷三「異獸」第88條

祝鴻傑《補校》曰：按：「冒頓」范氏無校，當作「蹋頓」。蹋頓，烏桓國首領名，魏武帝曹操征烏桓時，戰敗被殺。見《後漢書・烏桓傳》。又《三國志・魏志・武帝紀》載：東漢建安十二年，曹操征烏桓，「登白狼山」，與《博物志》記載正合。而冒頓是秦末漢初匈奴單于名，不可能與魏武帝同時。《太平御覽》卷八八九引《博物志》正作「蹋頓」，士禮居刊本、《指海》本亦然，當據改。

媛案：從軍數百，《水經注》卷一四「大遼水」注引、《太平廣記》卷四四一引作「常從健兒數百人」。又據《水經注》卷一四「大遼水」注引，「即伏」上有「獅子」二字。「得師子一還」，《水經注》卷一四「大遼水」注引作「得師子而還」。

32 九真有神牛，乃生谿上，黑出時共鬬，即海沸，黄或出鬬，岸上家牛皆怖，人或遮則霹

靂，號曰神牛。卷三「異獸」第89條

媛案：九真有神牛，「神牛」《御覽》卷一三作「狸牛」。黄或出鬬，《太平御覽》卷八九九引作「而昏或出鬬」。「人或遮」以下有「捕」字，宜補。

33 昔日南貢四象，各有雌雄。其一雄死於九真，乃至南海百有餘日，其雌塗土著身，不飲食，空草，長史問其所以，聞之輒流涕。卷三「異獸」第90條

媛案：《初學記》卷二九、《藝文類聚》卷九五引此條，「塗土」作「泥土」；「不飲食，空草」作「獨不飲酒食肉」；「長史」作「長吏」。

34 文馬，赤鬣身白，似若黄金，名吉黄之乘，復薊之露犬也。能飛食虎豹。卷三「異獸」第93條

媛案：露犬乃渠叟所産，而文馬爲犬戎之物，此當分爲兩條。祝鴻傑《補校》曰：末句謂露犬能飛，能食虎豹二事，非謂能飛起來食虎豹，故「能飛」下當逗。《逸周書·王會》：「鼩鼠者，露犬也，能飛，食虎豹。」

35 蜀山南高山上，有物如獼猴，長七尺，能人行，健走，名曰猴玃，一名化，或曰猳玃。同行道婦女有好者，輒盜之以去，人不得知。行者或每遇其旁，皆以長繩相引，然故不免。此得男女氣，自死，故取男也。取去爲室家，其年少者終身不得還。卷三「異獸」第94條

祝鴻傑《補校》曰：「遇其旁」不可解，「遇」當爲「過」的形誤，《太平御覽》卷九百一十作「每

經過其旁」。此字范氏失校。范校謂「故取男」當改爲「故取女不取男」，是，而謂「男女」當作「男子」，則非。這幾句中關鍵是「自死」二字，范氏無校。今謂「自死」應作一「臰」字，《玉篇·自部》云：「臰」是「臭」的俗字。《説苑·雜言》：「如入鮑魚之肆，久而不聞其臰。」《文選·張衡〈東京賦〉》：「鮑肆不知其臰，翫其所以先入。」李善注：「臰，一作臭。」古書豎寫，傳鈔者誤將「臰」析爲「自死」二字。臭者，氣味也。「此得」幾句宜據《太平御覽》改爲「此能別男女氣臭，故取女不取男也」，如此方怡然理順。

媛案：蜀山南，《太平御覽》卷九一〇作「蜀中南」，《太平寰宇記》卷七七引作「蜀中西南」。能人行健走，《御覽》卷九一〇作「能行捷走」。一名化，《御覽》卷九一〇、《太平寰宇記》卷七七皆引作「一名馬化」。晉干寶《搜神記》卷一二亦載：「蜀中西南高山之上，有物與猴相類，長七尺，能作人行，善走逐人，名曰『猳國』，一名『馬化』，或曰『玃猨』。」宜補。《元豐九域志》第七上黎州漢源縣古迹條下引《博物志》云：「蜀南沈黎郡高山有物似猴名玃，路過婦人，輒盗入穴。」此非原文。

36 小山有獸，其形如鼓，一足如蠡。澤有委蛇，狀如轂，長如轅，見之者霸。卷三「異獸」第95條

范先生《校證》：「周心如云：《山海經廣注》云：『夔形如鼓而知禮』，『如蠡』疑即『知禮』二字傳寫之誤。按周説非是。《説文》云：『夔，如龍，一足。』故『蠡』當是『龍』之誤。」媛案：張惠言校作「如□，蠡澤有委蛇」。宋刻磧砂藏本《法苑珠林》卷四十五《審察篇》引作「小山有夔，其形如鼓，一足，知禮」。羅願《爾雅翼》卷一八「夔」條亦言：「《博物志》則言形如鼓而

知禮，豈亦以其立齋慄故謂知禮耶？」故「如蠡」當作「知禮」，如、知形近而訛，蠡、禮音近而訛。

37 崇丘山有鳥，一足，一翼，一目，相得而飛，名曰虻，見則吉良，乘之壽千歲。卷三「異鳥」第97條

媛案：此條當爲兩條誤合爲一。《太平御覽》卷九二七引《博物志》曰：「崇吾之山有鳥焉。一足，一翼，一目，相得乃飛，名曰鶼鶼。見則天下大水。」「見則」以下脱「天下大水」四字。「吉良」以下别爲一條。吉良乃文馬，非謂崇丘山之鳥。《山海經·海内北經》曰：「（犬封國）有文馬，縞身，朱鬣，目若黄金，名曰吉量，乘之壽千歲。」又《山海經·海外西經》曰：「奇肱之國在其北，其人……乘文馬。」晉郭璞注曰：「文馬即吉良也。」

38 南方有落頭蟲，其頭能飛。卷三「異虫」第101條

媛案：落頭蟲，《太平御覽》卷三六六、卷七九〇、《太平廣記》卷四八二引作「落頭民」。《搜神記》卷一二「秦時南方有落頭民，其頭能飛」。士禮居刊本「蟲」作「以」，亦通，讀作「南方有落頭，以其頭能飛」。

39 南海有鰐魚，狀似鼉，斬其頭而乾之，去齒而更生，如此者三乃止。卷三「異魚」第106條

媛案：《太平御覽》卷九三八引「去齒」上有「斷喙」二字，宜據補。

40 海上有草焉，名篩。其實食之如大麥，七月稔熟，名曰自然穀，或曰禹餘糧。篩音師。

卷三「異草木」第113條

媛案：《御覽》卷九八八引此條後有「今藥中有禹餘糧者，世傳昔禹治水，棄其所餘食於江中，常爲藥也」。宜據補。

41 鵲巢門户背太歲，得非才智也。卷四「物性」第125條

范先生以爲「背」當作「避」。媛案：「背太歲」不誤。《一切經音義》卷二、《初學記》卷三〇、《太平廣記》卷四六一、《太平御覽》卷九二一、《埤雅》卷六、《古今事文類聚》後集卷四四皆引作「背太歲」。魏收《看柳上鵲詩》云「背歲心能識，登春巢自成」，《初學記》卷三〇有「巢知背歲，立必順風」句，陳仲師有《鵲巢背太歲賦》（《文苑英華》卷一三七），皆可證。

42 屠黿，解其肌肉，唯腸連其頭，而經日不死，猶能齧物。鳥往食之，則爲所得，漁者或以張鳥。神蛇復續。卷四「物性」第129條

范先生《校證》曰：「『神』上《稗海》本有『遇』字。『續』字疑是『孕』字之訛。本書卷四云：『黿鼉無雄，與蛇通氣則孕。』是其證。」媛案：据范校，此句當作「遇神蛇复孕」。然考《淮南子·説山訓》有「神蛇能斷而復續」之句，黿解而不死，蛇斷而复續，其事屬同類，故並言之，實未有誤。錢熙祚則以「神蛇復續」别爲一條。

43 煎麻油，水氣盡，無煙，不復沸則還冷，可内手攪之。得水則焰起，散卒而滅。卷四「物理」第138條

祝鴻傑《補校》曰：「散卒而滅」不辭，范氏無校。今謂當據《太平御覽》卷八百六十四於「焰起」下補一「飛」字，「散」字屬上。又「卒而滅」之「而」，當依《指海》本、士禮居刊本作「不」。此二句校定爲「得水則焰起飛散，卒不滅」，如此方文從字順。

44 燒丹朱成水銀，則不類，物同類異用者。卷四「物類」第143條

媛案：此條與上條「燒鉛錫成胡粉，猶類也」語意相接，稗海本接在上條之後，張惠言亦校與上條合爲一。

45 琥珀一名江珠。卷四「藥物」第150條

范先生校「江」爲「紅」，祝鴻傑《補校》曰：「江」字不必改。《文選·左思〈蜀都賦〉》李善注引《博物志》作「琥珀一名江珠。」《文選·揚雄〈蜀都賦〉》：「于近則有瑕英菌芝，玉石江珠。」《木草圖經》木部上品「茯苓下」云：「舊説琥珀是千年茯苓所化，一名江珠。」可見「江珠」不誤。范氏所據《一切經音義》蓋誤「江」爲「紅」，不足爲憑。

46 上藥養命，謂五石之練形，六芝之延年也。中藥養性，合歡蠲忿，萱草忘憂。下藥治病，謂大黄除實，當歸止痛。夫命之所以延，性之所以利，痛之所以止，當其藥應以痛也。違其藥，失其應，即怨天尤人，設鬼神矣。卷四「藥論」第153條

祝鴻傑《補校》曰：此條范氏無校。今謂「合歡」上當補一「謂」字，方與上下文句法一律，其他版本及《太平御覽》卷九百九十六引均有「謂」字。又「性之所以利」句，「利」當是「和」的

形誤，「性和」與前「蠲忿」、「忘憂」正相對應。作「性利」則不可解。《太平御覽》卷九百八十四正作「和」字。又「當其藥應以痛」句，宜據《太平御覽》作「是當其藥應其病」，乃與下文「違其藥失其應」相呼應，於義爲勝。

47 四曰天雄，烏頭大豆解之。卷四「藥論」第155條

祝鴻傑《補校》曰：天雄、烏頭都是劇毒藥物，大豆可解其毒。校點者誤解文意，故於「天雄」下斷句。今謂逗號當移至「烏頭」下，「天雄」下應用頓號。

48 雁食粟則翼重不能飛。卷四「食忌」第165條

媛案：重，《太平御覽》卷八四〇引作「垂」。

49 塗訖著油，單裹令温煗。卷四「藥術」第166條

祝鴻傑《補校》曰：「裹」爲「裏」的形近之誤，《指海》本、士禮居刊本均作「裏」，當據改。

50 此世所恒用，作無不成者。卷四「戲術」第173條

媛案：此句《法苑珠林》卷四三、《太平御覽》卷九一八所引作小字，疑爲周日用注而誤入正文。

51 魏武帝好養性法，亦解方藥，招引四方之術士，如左元放、華佗之徒，無不畢至。卷五「方士」第178條

媛案：據《魏志·武帝紀》裴松之注引《博物志》，此條前有「漢世安平崔瑗、瑗子實，弘農張

芝、芝弟昶，並善草書，而太祖亞之。桓譚、蔡邕善音樂，馮翊山子道、王九真、郭凱等善圍棋，太祖皆與埒能。又好養性法，亦解方藥，招引方術之士，廬江左慈、譙郡華佗、甘陵甘始、陽城郤儉，無不畢至。又習啖野葛至一尺，亦得少多飲鴆酒。」宜據補。「亦得少多飲鴆酒」，《太平御覽》卷九三引作「亦能少少飲鴆酒」。

52 魏王所集方士名：上党王真、隴西封君達、甘陵甘始、魯女生、譙國華佗字元化、東郭延年、唐霅、冷壽光、河南卜式、張貂、薊子訓、汝南費長房、鮮奴辜、魏國軍吏河南麴聖卿、陽城郄儉字孟節、廬江左慈字元放。右十六人魏文帝、東阿王、仲長統所説，皆能斷穀不食，分形隱没，出入不由門户。左慈能變形，幻人視聽，厭刻鬼魅，皆此類也。《周禮》所謂怪民，《王制》稱挾左道者也。卷五「方士」第179條

媛案：唐霅，《後漢書·方術傳》作「唐虞」。冷壽光，《後漢書·方術傳》作「泠壽光」，《水經注》卷二三「汳水」條引《神仙傳》作「靈壽光」，「靈」與「泠」音近相通。故「冷」當作「泠」。又鮮奴辜，《後漢書·方術傳》作「解奴辜」。

53 鮫法服三升爲劑，亦當隨入先食多少，增損之。歲豐欲還食者，煮葵子及脂蘇、肥肉羹，漸漸飲之，須豆下乃可食。豆未盡而以實物，腸塞則殺人矣。此未試，或可以然。卷五「服食」第188條

媛案：鮫法，《太平御覽》卷八四一引作「大鮫法」。張惠言改「鮫」爲「較」，並以此條接上條

之後，《指海》本亦同。范先生以爲「義均不可通，當有誤文」，細察上條所言，乃以食大豆應付荒年，而此條所言則荒年食豆，並荒年過後還食大略之法，與上條正相銜接。當以張惠言、錢熙祚所校爲是。

54　周日用曰：且日與成公同處，皆上品真人耳。卷五「辨方士」第192條

媛案：「成公」士禮居刊本作「八公」，是。王逸《楚辭章句·招隱士》：「昔淮南王安博雅好古，招懷天下俊偉之士，自八公之徒咸慕其德而归其仁。」

55　文《典論》云：議郎李覃學郄儉辟穀食茯苓，飲水中不寒，洩痢殆至殞命。卷五「辨方士」第194條

媛案：「飲水中不寒洩痢」，稗海本作「飲水中寒泄痢」，《指海》本同。錢熙祚曰：「『中』下原有『不』字，《魏志·華佗傳》注『飲寒水中泄痢』亦誤，今校改。」宜據删。

56　又云：王仲統云：甘始、左元放、東郭延年、行容成御婦人法，並爲丞相所録。間行其術，亦得其驗。降就道士劉景受雲母九子元方，年三百歲，莫之所在。武帝恒御此藥，亦云有驗。劉德治淮南王獄，得《枕中鴻寶秘書》，及子向咸而奇之。卷五「辨方士」第195條

「東郭延年、行容成御婦人法」標點有誤，祝鴻傑《補校》曰：容成又稱容成公，人名，係黄帝大臣，道家將其附會爲仙人。《文選·郭璞〈遊仙詩〉》李善注：「容成公者，自稱黄帝之師，見於周穆王，能善補導之事，髮白復黑，齒落復生。事老子，亦云老子師。」御婦人法，道家謂

與女人交合時「握固不瀉，還精補腦」的方術。這裏「行」是動詞，「容成御婦人法」是賓語，「行」字上頓號應删。原文加了頓號，蓋視「行容成」爲人名矣。《後漢書·方術傳》：「甘始、東郭延年、封君達三人者，皆方士也，率能行容成御婦人術。」足證其誤。

又降就道士，《指海》本作「降龍道士」。祝鴻傑曰：「道家把修煉丹藥馴服七情六欲稱爲『降龍伏虎』，故劉景以爲號焉。」宜據改。又「雲母九子元方」，范先生《校證》：「雲，弘治本作『干云』，《格致》本作『干雲』，疑誤。又『元』，士禮居刊本作『丸』，是也。『方』乃『放』字缺壞，指左元放也。」媛案：葛洪《神仙傳》卷七「劉京」載：「劉京字太玄，南陽人也。漢孝文皇帝侍郎也。……魏武帝時故遊行，諸弟子家皇甫隆聞其有道，乃隨事之。以雲母九子丸及交接之道二方教隆。……年三百餘歲，不知能得度世不耳。」然則「雲母九子元方」當作「雲母九子丸方」。又「劉景」，《太平御覽》卷六七一引《列仙傳》同，《神仙傳》則作「劉京」，未詳孰是。莫之所在，「之」士禮居刊本作「知」，當據改。

又「得枕中鴻寶秘書」，祝鴻傑《補校》曰：「『枕中鴻寶秘書』非書名。道術篇名有《鴻寶》、《苑秘書》，故『秘書』上當補一『苑』字。士禮居刊本亦有『苑』字。此句當作『得枕中《鴻寶》、《苑秘書》』。《漢書·劉向傳》：『上復興神仙方術之事，而淮南有枕中《鴻寶》、《苑秘書》，書言神仙使鬼物爲金之術。』顔師古注：『《鴻寶》、《苑秘書》並道術篇名，藏在枕中，言常存録之，不漏泄也。』」又「及子向咸而奇之」句，宜據《太平御覽》卷六百十八於「子」上補一「其」字，並改「而」爲「共」，「咸共」同義連用。士禮居刊本亦作「咸共奇之」，「而」爲

「共」之誤，可以無疑矣。

57 劉根不覺饑渴。或謂能忍盈虚，王仲都當盛夏之月，十爐火炙之不熱；當嚴冬之時，裸之而不寒。卷五「辨方士」第196條

祝鴻傑《補校》曰：「能忍盈虚」指劉根而非指王仲都。故「饑渴」下當用逗號，「盈虚」下當句斷。

58 司馬遷云，無堯以天下讓許由事。揚雄亦云誇大者爲之。揚雄又云無仙道，桓譚亦同。卷五「辨方士」第197條

媛案：士禮居刊本此條後有：「周日用曰：神仙之道盛矣，非揚雄、桓譚之所能知。且秦穆趙鞅皆見上帝，帝亦由仙乎？既有鬼神，豈無仙界？況神、烈二傳，有驗者匪一。余覽唐史，當上皇天寶之際，老聃見者十數，至於御路陷井，亦出言之，以此詳之，豈無是也。」宜補。

59 太古書今見存有《神農經》、《山海經》，或云禹所作。《周易》，蔡邕云：《禮記·月令》周公作。卷六「文籍考」第209條

媛案：《御覽》卷六一八引，「今見存」下有「者」，「或云禹所作」下有「《素問》，黄帝作。《連山》、《歸藏》，夏殷之書」，「周易」作「周時曰易」，「周公作」下有「《謚法》、《司馬法》，亦云周公所作」，宜據補正。

60 夏侯玄、李勝、曹義、丁謐建私議，各有彼此，多去時未可復，故遂寘焉。卷六「典禮考」第

223 條

媛案：丁諡，未詳。魏代有文士丁謐，與夏侯玄、李勝、曹羲同時，疑丁諡應作丁謐。諡、謐二字形近而訛。

61 九、秬鬯一，卣珪瓚副之。卷六「典禮考」第 224 條

祝鴻傑《補校》曰：「卣」本酒器名，此用爲單位詞，故「秬鬯一」下之逗號宜移至「卣」下。《左傳·僖公二十八年》：「賜之以彤弓一，彤矢百，玈弓矢千，秬鬯一卣。」

62 魏武帝至漢中，得杜夔舊法。卷六「樂考」第 225 條

媛案：得杜夔舊法，舊法非杜夔所制，此句不通。《藝文類聚》卷四一引自摯虞《決疑》曰：「漢末喪亂，絶無金石之樂。魏武帝至漢中，得杜夔，識舊法，始復設軒懸鐘磬，至於今用之。」當作「得杜夔，識舊法」。

63 魏武帝造白帢。卷六「服飾考」第 228 條

祝鴻傑《補校》曰：范校「帢」爲「幍」，非。帢，音 qià。《廣韻·洽韻》：「帢，士服，狀如弁，缺四角，魏武帝制。」字又作㡊，《三國志·魏志·武帝紀》注引《傅子》：「魏太祖以天下凶荒，資財乏匱，擬古皮弁，裁縑帛以爲㡊。」又作「峽」，《古今注》：「峽，魏武帝制。」帢、㡊、峽三字音義並同。幍，音 tāo，《集韻》：「巾帙也。」與「㡊」形近而音義俱異。《後漢書·郭太傳》引《輿服雜事》：「巾以葛爲之，形似幍，音口洽反，本居士野人所服，魏武造幍，其巾乃

廢。」文中二「帽」字乃「帕」之誤，中華書局標點本校作「帕」，甚是。總之，「帢」寫作「帕」、「帓」猶可，斷不可改爲「帽」也。

64 干將，陽龍文；莫邪，陰漫理。卷六「器名考」第229條

媛案：陰漫理，當作「陰鰻理」，與「陽龍文」相對。唐陸廣微《吴地記》載：「雄號干將，作龜文；雌號莫耶，鰻文。」

65 《徐偃王志》云：偃王既其國，仁義著聞。卷七「異聞」第251條

媛案：《徐偃王志》，查無此書。考《水經注》卷八「菏水」條引劉成國《徐州地理志》云：「徐偃王之異，言徐君宫人娠而生卵」云云，則此條出自劉成國《徐州地理志》，而非《徐偃王志》可知。故標點當改爲「徐偃王，《志》云」。

范先生《校證》云：「『其國』上張皋文校云：當有一襲字。」媛案：「既」，《太平御覽》卷三四七、洪興祖《楚辭補注》卷十三、樊汝霖注《昌黎先生集》（見《五百家注昌黎文集》卷二十七）均引作「治」，宜據改。稗海本補「主」字，亦誤。

66 澹臺子羽渡河，齎千金之璧於河，河伯欲之，至陽侯波起，兩鮫挾船，子羽左摻璧，右操劍，擊鮫皆死。既渡，三投璧于河伯，河伯躍而歸之，子羽毀而去。卷七「異聞」第253條

媛案：《文選·吴都賦》李周翰注引《博物志》云：「澹臺字子羽，賫千金璧於河，河伯欲得之，波浪急起，兩蛟夾舟。子羽怒曰：『河神欲取吾璧，可以義，不可以威。』乃以劍斬蛟殺之，

浪乃止。子羽投璧於河中，三投三歸之。子羽毀璧而去。」較此條爲詳。鮫，《太平御覽》卷九三〇亦引作「蛟」，宜據正。挾，《太平御覽》卷九三〇引作「夾」。

67 荆軻字次非。渡，蛟夾船，次非不奏，斷其頭而風波静除。卷七「異聞」第254條

媛案：「荆軻字次非」句有誤。次非並非戰國之荆軻。次非殺蛟，事見《吕氏春秋·恃君覽》載：「荆有次非者，得寶劍於干遂。還反涉江，至於中流，有兩蛟夾繞其船。次非謂舟人曰：『子嘗見兩蛟繞船能兩活者乎？』船人曰：『未之見也。』次非攘臂袪衣，拔寶劍曰：『此江中之腐肉朽骨也！棄劍以全己，余奚愛焉！』於是赴江刺蛟，殺之而復上船。舟中之人皆得活。荆王聞之，仕之執圭。孔子聞之曰：『夫善哉！不以腐肉朽骨而棄劍者，其次非之謂乎！』」此次非乃荆人，在孔子之前或與孔子同時，故孔子知其事。荆軻則戰國齊人。《史記·刺客列傳》曰：「荆軻者，衛人也。其先乃齊人，徙于衛，衛人謂之慶卿。而之燕，燕人謂之荆卿。」可知次非與荆軻本二人，《太平御覽》卷九三〇引《博物志》作「荆佽飛渡江」，是。後人傳寫不慎，遂訛爲「荆軻字次非」。又「鮫」當作「蛟」。

68 靈帝和光元年，遼西太守黄翻上言。卷七「異聞」第259條

媛案：和光，當作「光和」，按漢靈帝無「和光」年號，據《太平廣記》卷二九二所引改。

69 大司馬曹休所統中郎謝璋部曲義兵奚儂息女年四歲，病没故，埋葬五日復生。太和三年，詔令休使父母同時送女來視。卷七「異聞」第262條

媛案：《太平御覽》卷八八七引「大司馬曹休」前有「魏」字，「中郎」作「中郎將」，「太和三年」後有「七月」二字，宜補。

70 下三日生根葉，狀如大豆，初生時也。卷七「異聞」第264條

祝鴻傑《補校》曰：此謂天降穀物落地後三日生出的根葉如大豆初生時之根葉，故「豆」下不當逗。根葉如大豆則不辭矣。

71 堯之二女，舜之二妃，曰湘夫人。舜崩，二妃啼，以涕揮竹，竹盡班。卷八「史補」第267條

媛案：據《藝文類聚》卷八九、《太平御覽》卷九六三引，此條末尾有「今下巂有斑皮竹」句，宜補。

72 成王冠，周公使祝雍曰：「辭達而勿多也。」祝雍曰：「近於民，遠於侫，近於義，嗇於時，惠於財，任賢使能，陛下擒顯先帝光耀，以奉皇天之嘉禄欽順，仲壹之言曰：『遵並大道，郊域康阜，萬國之休靈，始明元服，推遠童稚之幼志，弘積文武之就德，肅懃高祖之清廟，六合之内，靡不蒙德，歲歲與天無極。』」右孝昭用《成王冠辭》。卷八「史補」第271條

祝鴻傑《補校》曰：范校「侫」爲「佞」，甚是。然謂「近於民」下當補「遠於年」三字，則非。年，通「佞」。《説文通訓定聲》：「年，假借爲佞。」《説文字通》：「年，通佞。」《説苑・修義》「遠於佞」，《大戴禮記・公符》作「遠於年」，《博物志》誤爲「遠於侫」。故「遠於年」句不當補。《後漢書・禮儀志》注引《冠禮》衍「遠於年」句，亦不明「年」「佞」通假之故也。又按：

范校謂「任賢使能」句下脱「孝昭帝冠辭曰」六字，是。如此，則「使能」下應句斷，並標以下引號，自「陛下」至「無極」應加引號。范校又曰：「『春』誤『壹』，『吉』誤『言』，『日』誤『曰』，『郊域』疑是『邠（彬）或（彧）』之誤，『始』下脱『加昭』二字，『寵』誤『就』，『勤』誤『懃』，並宜補正。」案此節文字脱誤甚多，標點混亂，范校大體可從，但猶有疏漏。今據《漢書・禮儀志》注引《博物志》並參范説，試將「陛下」至段末這一節文字校定如下：「『陛下擒顯先帝之光耀，以奉皇天之嘉禄，欽順仲春之吉日，普遵大道之郊域，康阜萬國之休靈，始加昭明之元服，推遠童稚之幼志，弘積文武之寵德，肅懃（同「勤」，不煩改字）高祖之清廟。六合之内，靡不蒙德，歲歲與天無極。』右孝昭、周成王冠辭。」

73 問其奚道而處石，奚道而入火，其人曰：「奚物爲火？」其人曰：「不知也？」魏文侯聞之，問於子夏，曰：「彼何人哉？」子夏曰：「以商所聞於夫子，和者同於物，物無得而傷，閱者遊金石之間及蹈於水火皆可也。」文侯曰：「吾子奚不爲之？」子夏曰：「刳心知智，商未能也。雖試語之，而即暇矣。」卷八「史補」第282條

祝鴻傑《補校》曰：范氏蓋覺「其人曰不知也」句扞格難通，故校「其人」爲「襄子」，並於句末加問號。此説似是而實非。今謂「其人曰奚物爲火」以下幾句脱文較多，當據《列子・湯問》補足爲：「其人曰：『奚物爲石？奚物爲火？』襄子曰：『而向之所出者，石也；而向之所涉者，火也。』其人曰：『不知也。』」這樣才辭氣通暢，了無窒礙。又，末句「閲」字范校爲

「闕」，當據《列子》作「閡」。傷閡，傷害阻隔之義。「閡者」二字屬上，逗號應置「者」字後。又「雖試語之，而即暇矣」，此句不通。媛案：據弘治刻本，當作「雖然，試語之，有暇矣」。

74　楚熊渠子夜行，射寢石以爲伏虎，矢爲没羽。卷八「史補」第287條

祝鴻傑《補校》曰：楚熊渠子，范校爲「楚子熊渠」，失之。熊渠是楚國熊繹的四世孫，熊渠子是楚國著名射手，不當混爲一談。《新序·雜事》、《韓詩外傳》卷六、《論衡·儒增》、《搜神記》卷十一記射石没羽事均作「楚熊渠子」。

75　七月七日夜漏七刻，王母乘紫雲車而至於殿西，南面東向，頭上戴七種，青氣鬱鬱如雲。卷八「史補」第288條

媛案：「至於殿西，南面東向」，不通，疑「西南」二字倒乙，應作「南西」，原句讀爲「至於殿南，西面東向」，則可通。

76　箕子居朝鮮，其後伐燕，之朝鮮，亡入海爲鮮國。卷九「雜説上」第299條

媛案：伐燕，當作「燕伐」。燕國曾討伐朝鮮，非朝鮮伐燕，《後漢書·東夷傳》曰：「昔武王封箕子於朝鮮，箕子教以禮義田蠶，又制八條之教。其人終不相盜，無門户之閉。婦人貞信。飲食以籩豆。其後四十餘世，至朝鮮侯準，自稱王。漢初大亂，燕、齊、趙人往避地者數萬口，而燕人衛滿擊破準而自王朝鮮。」故當作「燕伐之」。斷爲「其後燕伐之，朝鮮亡，入海爲鮮國」。

77 蓍一千歲而三百莖，其本以老，故知吉凶。蓍末大於本爲上吉，筮必沐浴齋潔燒香，每日望浴蓍，必五浴之。浴龜亦然。明夷曰：「昔夏后筮乘飛龍而登于天，而牧占四華陶，陶曰：『吉。昔夏啓筮徙九鼎，啟果徙之』。」卷九「雜説上」第302條

祝鴻傑《補校》：范校謂「上吉」當作「卜吉」，「日望」當作「月望」，未確。《太平御覽》卷七百二十七引《歸藏》曰：「蓍末大於本爲上吉，蒿末大於本爲次吉，荆末大於本次吉，箭末大於本次吉，竹末大於本次吉。」「上吉」與「次吉」相對，據此可知「上吉」不誤。日望，當依《太平御覽》卷七百二十八作「朔望」。此條中尚有三處范氏漏校：一，「其本以老」的「其」，當據《太平御覽》卷七百二十八、九百三十一引，改爲「同」，標點應爲「蓍一千歲而三百莖同本，以老，故知凶吉。」二，「牧占」不辭，《指海》本錢熙祚校謂諸書引《歸藏》多言「枚曰」，故「牧占」應爲「枚占」之誤。枚占，逐一占卜，泛指占卜（以下「昔舜」條有四處「牧占」也應改「枚占」）。三，「四華陶」不辭，《指海》本據《太平御覽》改爲「皋陶」，是。蓋「皋」又作「臯」，與「四華」二字相疊形似，故致誤也。此下衍一「陶」字，也宜删去。

78 蓍末大於本爲卜吉，次蒿，次荆，皆如是。龜蓍皆月望浴之。卷九「雜説上」第304條

祝鴻傑《補校》曰：按：「卜吉」當作「上吉」，「月望」當作「朔望」，參見上條。范氏據此條「卜吉」改上條「上吉」，是以誤文爲校矣。

79 春秋書鼷鼠食郊牛，牛死。鼠之類最小者，食物當時不覺痛。世傳云：亦食人項肥

厚皮處，亦不覺。或名甘鼠。俗人諱此所囓，衰病之徵。卷九「雜説上」第308條

祝鴻傑《補校》曰：此條標點有誤，《春秋》宜加書名號，「鼷鼠」至「牛死」應加引號。「所囓」二字屬下，當於「諱此」下逗。末二句言俗人避忌鼷鼠，因爲它所咬囓之處爲衰病之徵兆。

80 諸遠方山郡幽僻處出蜜臈，人往往以桶聚蜂，每年一取。卷十「雜説下」第314條

媛案：《太平御覽》卷九五〇引《博物志》：「諸遠方山郡僻處出蜜蠟，蜜蠟所着，皆絶巖石壁，非攀緣所及，唯於山頂以籃轝自懸挂下，遂乃得取採。蜂遂去不還。餘窠及蠟着石不盡者，有鳥形小於雀，群飛千數來啄之。至春都盡，其處皆如磨洗。至春，蜂皆還洗處，結窠如故。年年如此，物無錯亂者。人亦各各占其平處，謂之蠟塞。鳥謂之靈雀，捕搏終不可得也。」《事類賦》卷三〇所引同。宜據補。

81 遠方諸山蜜臈處，以木爲器，中開小孔，以蜜臘塗器，内外令遍。春月蜂將生育時，捕取三兩頭著器中，蜂飛去，尋將伴來，經日漸益，遂持器歸。卷十「雜説下」第315條

媛案：《太平御覽》卷九五〇引《博物志》：「遠方諸山出蜜蠟處，其處人家有養蜂者，其法以木爲器，或十斛五斛，開小孔，令纔容蜂出入。以蜜蠟塗器内外令遍，安着簷前或庭下。春月此蜂將作窠生育時來過人家。圍垣者捕取得三兩頭，便内着器中。數宿蜂出飛去，尋將伴來還，或多或少，經日漸溢，不可復數，遂停住。往來器中，所滋長甚衆。至夏開器取蜜蠟，所得多少，隨歲中所宜豐儉。（盧氏曰：春至秋末始有蜜，晚者至冬，余所見。今云夏，未詳其

故。）」士禮居刊本同，宜據補。

82 人以冷水自漬至膝，可頓啖，數十枚瓜。卷十「雜説下」第319條

祝鴻傑《補校》曰：「數十枚瓜」係「啖」之賓語，「啖」下逗號當删。

83 歸至家當醉，而家人不知，以爲死也，權葬之。卷十「雜説下」第320條

祝鴻傑《補校》曰：「當醉」當據《太平御覽》卷八百四十五作「大醉」，「醉」下《太平廣記》卷二百三十三有「不醒數日」四字，於義爲長，宜據補。又「權」爲權且、變通之義，家人以爲死而葬之，並非權宜之計，故「權」當是「棺」的形誤字。《太平廣記》作「具棺殮葬之」可證。

（作者單位：北京師範大學古籍與傳統文化研究院）

附録二 《博物志》佚文輯録

王 媛

《博物志》内容豐富，包羅萬象，是古代小説中非常重要的一部。由於《博物志》在流傳過程中曾經被删節並重新分類編纂，導致今本《博物志》已非原貌。唐宋以來選本、古注、類書中所引的《博物志》條目多不見於今本，所以補輯《博物志》佚文是一件非常有意義的工作。清代以來已有不少學者爲《博物志》輯佚，主要有以下幾家：

《博物志》一卷，清馬國翰輯，見《玉函山房輯佚書·子編雜家類》，題漢唐蒙撰。

《博物記》一卷，清王謨輯，《重訂漢唐地理書鈔》，題晉張華撰。

《博物志逸文》，清錢熙祚輯。見《指海》第十集《博物志附》、《叢書集成初編·博物志附》。

《博物志補》，周心如輯，見《紛欣閣叢書·博物志附》。

《博物志佚文》一卷，清王仁俊輯，見《經籍佚文》。

《博物志佚文》，范寧輯，見《博物志校證》附録。

關於這幾家輯佚的優劣，《古佚書輯本目録》載：「錢熙祚、周心如、王仁俊均從唐、宋類書等采摭佚文，所采互爲有無，大較言之，周輯編次爲善。又《續漢書·郡國志》劉昭注引《博物記》，周氏采之，是也。……按今人范寧《博物志校證》附輯佚文，采書四十種，凡得二百餘節，遠勝清儒諸輯。」〔一〕周心如所輯《博物志補》二卷依照今本體例，把所輯條目分爲「地理略」、「山」等類，但是補輯内容並不完備，有的條目屬前人誤引而輯之。范先生《佚文》從四十種文獻中輯出二百一十二條，占今本《博物志》原文三分之二左右，可謂有裨於學林。但范先生《佚文》所輯並未完善，還有許多散佚在其他古籍中的條目有待補輯，且有的條目是古人誤引，《佚文》補輯時並未加以考辨。筆者在《佚文》的基礎上重新進行補輯，又對前人誤引條目略加考辨，分爲「范寧《博物志佚文》補輯」和「古籍誤引《博物志》條文考辨」兩個部分，希望對范先生《佚文》有所補正，亦冀能得到方家指正。

一 范寧《博物志佚文》補輯

1 魏武帝習啖野葛，至一尺，亦得少多飲鴆酒。《三國志·魏書·武帝紀》裴松之注引。「啖」，《太平御覽》卷九三引作「噉」。「少多」，《御覽》卷九三引作「少少」，《海録碎事》卷一四引作「少」，《御覽》卷九九〇、《記纂淵海》卷四六引作「多」。此則爲《博物志》卷五「方士」第178條闕文，宜補。

2 有奥水流入淇水，有緑竹草。《後漢書·郡國志》「河内郡」劉昭注引

3 傅巖在大陽縣北。《後漢書·郡國志》「河東郡」劉昭注引

4 顛軨坂在大陽縣鹽池東，吴城之北，今之吴坂。《後漢書·郡國志》「河東郡」劉昭注引

〔一〕孫啓治、陳建華編：《古佚書輯本目録》，中華書局一九九七年，二五三頁。

5 解縣有智邑。《後漢書·郡國志》「河東郡」劉昭注引

6 臼季邑縣西北，卑耳山。縣西南，齊桓公西伐所登。《後漢書·郡國志》「河東郡」劉昭注引

7 皮氏耿鄉有耿城。《後漢書·郡國志》「河東郡」劉昭注引

8 聞喜縣治涑之川。《後漢書·郡國志》「河東郡」劉昭注引

9 堯縣有吕鄉，吕甥邑也。《後漢書·郡國志》「河東郡」劉昭注引

10 王屋山在垣縣東，狀如垣。《後漢書·郡國志》「河東郡」劉昭注引

11 垣縣東九十里有郫邵之阸，賈季迎公子樂於陳，趙孟殺諸郫邵。《後漢書·郡國志》「河東郡」劉昭注引

12 弘農縣有陜陌，二伯所分。《後漢書·郡國志》「弘農郡」劉昭注引

13 西漢水出新安入雒。《後漢書·郡國志》「弘農郡」劉昭注引

14 夏陽縣有韓原，韓武子采邑。《後漢書·郡國志》「左馮翊」劉昭注引

15 安陵氏，故安陵君也。《後漢書·郡國志》「汝南郡」劉昭注引

16 趙奢冢在邯鄲西山上，謂之馬服山。《後漢書·郡國志》「趙國」劉昭注引

17 湖陵縣，荀水出。《後漢書·郡國志》「山陽郡」劉昭注引

18 郯縣有勇士亭，即勇士菑丘欣。《後漢書·郡國志》「東海郡」劉昭注引

19 朐縣東北海邊植石，秦所立之東門。《後漢書·郡國志》「東海郡」劉昭注引

20 姑幕縣，淮水入城。東南五里，有公冶長墓。《後漢書·郡國志》「琅邪國」劉昭注引

21 高都縣南地名即垂。《後漢書·郡國志》「上黨郡」劉昭注引

22 泗出陪尾，蓋斯阜者矣。石穴吐水，五泉俱導，泉穴各徑尺餘。水源南側有一廟，栝柏成林，時人謂之原泉祠，非所究也。《水經注》卷二五「泗水」條引，《御覽》卷六三亦引

23 趙簡子冢在臨水界，二冢並，上氣成樓閣。《史記·趙世家》集解引。《博物志》卷六第216條作「趙鞅冢在臨水縣界」，有闕文，宜據補。

24 武涉墓在盱眙城東十五里。《史記·淮陰侯列傳》集解引

25 匈奴名塚曰逗落。《史記·匈奴列傳》集解引。「逗」，《通典》卷一九四引作「豆」。

26 杜衡，一名土杏，其根一似細辛，葉似葵。《史記·司馬相如列傳》索隱引。

27 望夷之宫，在長陵西北長平觀道。東臨涇水，作之以望北夷。《漢書·楚元王傳》顔師古注引。「長陵」，《文選·爲袁紹檄豫州》李善注引作「長安」。

28 天地四方，皆海水相通。地在其中，蓋無幾也。七戎、六蠻、九夷、八狄，形類不同，總而言之，謂之四海，言皆近於海也。四海之外，皆復有海云。按東海之外有渤澥，故東海共稱渤海，又通謂之滄海。南海之别有漲海，西海之東有青海，北海之别有瀚海。《初學記》

卷六引。「七戎」至「言皆近於海也」句見今本《博物志》卷一「地」類。「東海之外」，原文作「東海之別」，據《九家集注杜詩》卷二引改。「南海之別有漲海」以下，原文所無，據《事文類聚》前集卷一五、《記纂淵海》卷七所引補。

29 欲得好瑴玉，用合漿於襄鄉縣舊穴中鑿取，大者如魁斗，小者如鷄子。《文選·南都賦》李善注引

30 聖人製作曰經，賢者著述曰傳記，曰章句，曰解，曰論，曰注。《北堂書鈔》卷九五引。「傳記」，《御覽》卷六〇八引作「記」，《御覽》卷六〇一引作「傳」。「注」，《御覽》卷六〇八引作「讀」。

31 胡椒酒，古人於歲朝飲之。《北堂書鈔》卷一四八引

32 拜時之婦，盡恭於舅姑；三日之婚，成吉於夫氏。准於古義，可爲成婦。《通典》卷五九引

33 朝鮮有泉水、洌水、汕水，三水合爲洌水。《通典》卷一八五引

34 伏羲造八卦。神農造五穀。貨狄造舟。維父造臼杵。蚩尤造兵。黄帝造冠冕。祝融造市，高辛臣也。蚩尤造兵，炎帝臣也。揮造弧。牟夷造矢。倉頡造書。容成造曆。歧伯造醫。伶倫造律，隸首造數。捷剟病，忽恍善忘，皆黄帝臣也；儀狄造酒，禹時人；綿駒善歌，即齊人也。皋陶造獄，稽仲造車，伯益造井，蒙恬造筆，蔡倫造紙。唐釋湛然《法華玄義釋簽》卷十五引。原文無「祝融造市，高辛臣也；蚩尤造兵，炎帝臣也；揮造弧，牟夷造矢，倉頡造書」，「伶倫造律」，據《紺珠集》卷四、《類説》卷二三所引補。「隸首」，原文引作「正首」，按《紺珠集》卷四、《類説》卷二三引作「隸

首」，與《後漢書注》引同，今據正。《後漢書・律曆志》劉昭注引曰：「容成氏造曆，黄帝臣也」，「隸首，黄帝之臣。一説隸首，善算者也。」原文無「捷剟病，忽恍善忘，皆黄帝臣也；儀狄造酒，禹時人；綿駒善歌，即齊人也。」據《紺珠集》卷四補。

35 嵩高爲中嶽，屬豫州；華山爲西嶽，屬同州；泰山爲中嶽，屬兗州；恒山爲北嶽，屬冀州；衡山爲南嶽，屬荆州。唐釋湛然《輔行記》卷一之一引

36 東九夷，南六蠻，西七戎，北八狄，次荒之國也。《輔行記》卷一之三引

37 南方炎洲有火林山，生不夷之木。其山晝夜大火常然，猛風不盛，暴雨不滅。其木皮花皆堪爲布。而皮布粗，花布細，又有火浣獸，其形似鼠，可重百斤。毛長三四寸，色白，細如絲。常居火中，烔赤如火。時時出外。夷人以水逐而沃之，得水即死，取其毛績以爲布。彼夷人皆衣其衣。經有垢汙，若以灰水洗，終日仍舊，不能浄。若置於火中燒之，與火同赤。經二食須出而振之，塵去，潔白如新，因名火浣。釋慧琳《一切經音義》卷十五引

38 安都縣有樹兩株，並生爲一樹。明年，枯者更榮，榮者更枯，號曰交讓之木。北宋智圓《涅槃經疏三德指歸》卷一引。「安都」，唐道暹《涅槃經疏私記》卷一引作「安孝」。梁任昉《述異記》卷上：「黄金山有楠樹，一年東邊榮，西邊枯；後年西邊榮，東邊枯。年年如此。張華云交讓樹也。」即謂此。

39 孔雀不匹偶，但音影相接便有孕，如白鶂雄雌相視則孕，或曰雄鳴上風，雌鳴下風，亦孕。《北户録》卷一引。《格致鏡原》卷七七引作：「孔雀不匹偶，但以音影相接便有孕，亦與蛇偶。又云因雷聲而孕。」

又云：雄鳴上風，雌鳴下風而孕。」

40 鵂鶹鳥一名鵄鵂，晝日無所見，夜則目至明。《莊子》云：「鵄鵂，夜撮蚤察毫末，晝出冥目而不見丘山，殊性也。」人截手爪棄露地，此鳥夜至人家，拾取視之，則知有吉凶。凶者輒更鳴，其家有殃也。所以人棄爪甲於門内者也。《北户録》卷一引。《御覽》卷九二七引「鵄鵂」作「鵋鵂」，「手爪」作「爪甲」，「拾取視之」作「拾取爪，分別視之」，「知有吉凶」作「知吉凶」，「更鳴」作「便鳴」。「其家有殃」，《説文繫傳》卷七引作「鳴則其家有禍」。「所以人棄爪甲於門内者也」，原文無此句，據《説文繫傳》卷七所引補。《御覽》卷九二七所引「《莊子》云」别爲一條。

41 北胡青鹽但以味色浮雜爲不同耳。《北户録》卷二引。《北户録》卷二引云「北堂抄引」，今檢《書鈔》並無此條。

42 君子國多蕣華之草，朝生夕死。《北户録》卷三引。「蕣華之草」，《爾雅翼》卷二引作「熏華之草」，《説文繫傳》卷二作「熏草華」。「朝生夕死」，《繫傳》卷二作「朝朝生華」。

43 張騫使西域，還，得大蒜、安石榴、胡桃、蒲桃、沙葱、苜蓿、胡荽、黄藍，可作燕支也。紅花而出波斯疏勒河禄國，今梁漢最上，每歲貢二萬斤於織染署。《北户録》卷三引。「蒲桃」，《藝文類聚》卷八七引作「蒲萄」。「沙葱」，《御覽》卷九九六引作「胡葱」。「黄藍」及「紅花」，《本草綱目》卷一四引「張騫得紅藍花種於西域」，應是云此。

44 昆侖墟，赤水出東南陬，河水出其東北陬，洋水出其西北陬，弱水出其西南陬，河水之入東海，三水入南海。張騫渡西海，至大秦，大秦之西烏遲國，烏國之西復有海。西海之濱有小昆侖，高萬仞，方八百里。此條《雲麓漫抄》卷九引作《博雅》。隋以後《廣雅》因避諱多稱《博雅》，今考《廣雅》卷九所載僅前半條，自「張騫渡西海」不載。《識遺》卷二引前半條文，言出於《博物志》，然《識遺》乃節取《困學紀聞》而成之僞書，檢原書正作《博雅》，即《廣雅》。又考洪興祖《楚辭補注》卷一引《博物志》：「漢張騫渡西海，至大秦。大秦之西烏遲國，烏遲國之西復言有海。西海之濱有小昆侖，高萬仞，方八百里。」可知後半條出自《博物志》。「張騫渡西海」以下，今本卷一「水」類有載，然文字闕佚甚多。

45 殷名獄曰羑里，湯陰在亳州。《說文繫傳》卷七引

46 鄋瞞長二丈也。《說文繫傳》卷一二引

47 黄帝臣相土作乘馬。《說文繫傳》卷一九引

48 猵頭如馬頭，腰已下似蝙蝠，毛嫩，犬可五斤，俗作獱。《說文繫傳》卷一九引。《御覽》卷九一二引作「如淳博物志」。然未見如淳著或注《博物志》的記載。

49 凡土三尺已上爲壤，三尺以下爲土。《說文繫傳》卷三七引

50 劉褒漢桓帝時人，曾畫《雲漢圖》，人見之覺熱；又畫《北風圖》，人見之覺涼。官至蜀郡太守。《太平廣記》卷二一〇引。「雲漢圖」，原作「雲台閣」，據明抄本及《歷代名畫記》卷四、《類說》卷七改。「涼」，《六帖補》卷一三、《類說》卷七引作「寒」。

51 酒樹出典遜國，名榠酒。《太平廣記》卷四〇六引《撫南志》。《御覽》卷九六一引作「酒出無遜國」，《事

類賦》卷二四引作「典遜國有酒樹」。典遜國，《南史・夷貊列傳》、《梁書・諸夷列傳》皆引作「頓遜國」。宋陳暘《樂書・樂圖論》云：「頓遜國，在嶠上，梁時聞焉，一曰典遜。」《御覽》引作「無遜國」，誤。

52 君山，洞庭之山是也。帝之二女居之，曰湘夫人。帝女遺精衛至王母，取西山之玉印，印海北山。《太平御覽》卷四九引

53 水有濁有清，河淮濁，江濟清，南陽有清泠之水、丹水、泉水，汝南有黄水，華山南有黑水，天下之水皆類五色。今載其名也，濘水不流。《太平御覽》卷五九引

54 黄帝仙去，其臣思戀罔極，或刻木立像而朝之，或取其衣冠而葬之，或立廟而四時祠之。《太平御覽》卷七九引《抱朴子》引

55 周在中樞，三河之分，風雨所起，四險之國。武王克殷，定鼎郟鄏，以爲東都。《太平御覽》卷一五八引

56 劍後擊鹿盧，名曰屬鏤。《太平御覽》卷三四四引

57 繆民其肺不朽，百年復生。《太平御覽》卷三七六引

58 太僕朱浮言：「詔書曰：『百官皆帶王莽時綬，又不齊，因前袁安故綬工李涉等六家所織綬不能具丙丁文，能如組狀，募能爲丙丁文，謹圖畫一綬，丙丁制度，賜縑五十匹。』今王莽時六安都尉留應募能爲丙丁文，謹處武庫，給食，留晝夜思念，諷誦狂癡，三十日病

癒。今文以成，請賜縑五十匹。」《太平御覽》卷六八二引。「緩工」，影宋本作「緩二」，據庫本改。

59 老子入西戎，造樗蒲蔔也。或云蕃人亦爲樗蒲蔔，後傳樓陰善其功。《太平御覽》卷七二六引。「西戎」，《類聚》卷七四、《御覽》卷七五四引作「胡」。「造樗蒲」，《類聚》卷七四引作「作樗蒲」，《御覽》卷七五四引爲「日作摴蒱焉」。

60 鮫人從水出，寓人家積日，賣絹。將去，從主人索一器，泣而成珠滿盤，以與主人。《太平御覽》卷八〇三引。《蒙求集注》卷上引「水」字下有「中」字，「寓人家」作「向人家寄住」，「絹」作「綃」，「將去」作「臨去」，「器」字上有「一」字，「成」字作「出」字。

61 積艾草三年，燒之，津液下流成鉛錫。《太平御覽》卷八一二引

62 西羌仲秋月，取折頭鯉子，去鱗破腹，使膂割爲漸米爛藻之，以赤秫米飯、鹽酒令糝之，鎮不苦，重逾月乃熟，是謂秋鯖。《太平御覽》卷八六二引。原文無「西羌」二字，據《書鈔》卷一四六補。「折頭鯉」，《書鈔》卷一四六作「赤頭鯉」，《天中記》卷四六所引「鯉」下有「子」字。「藻」，《天中記》卷四六、《淵鑒類函》卷三八九引作「燥」。「是謂秋鯖」，《書鈔》卷一四六引作「以爲鮨」。

63 江漢有貙人能爲虎。俗云：貙虎化爲人，好着紫葛衣，其足無踵。有五指者，皆貙也。越嶲國之老者，時化爲虎。寧州南見有此物。《太平御覽》卷八八八引。今本《博物志》卷二「異人」類有此條，闕「有五指者」以下，故補輯於此。「江漢有貙人能爲虎」，《御覽》卷八九二引作「江陵有人化爲虎」。「貙人」，今本《博物志》作「猛人」。按：《搜神記》卷一二「江漢之域有貙人」條，應是引自《博物志》，故「江陵有猛人」

誤也。「貙虎」，《御覽》卷八九二引作「猛虎」。「紫葛衣」，原文作「葛衣」，據今本《博物志》及《御覽》卷八九二所引補。「越嶲國之老者」，影宋本作「越隍國老者」，據庫本改。

64 燕太子丹質於秦，見遣，而爲機橋於渭，將殺之。蛟龍夾轝，機不得發。《太平御覽》卷九三〇引

65 漢中沔陽縣北，有魚穴二所，常以三月八日出魚，曰丙穴。《太平御覽》卷九三七引。原文「漢中沔陽」作「江陽」，「三月八日」作「二月八月」，據《後漢書・南陽郡志》劉昭注、《北户録》卷二改。又原文「曰」字上衍一「魚」字。

66 成都、廣都、郫、繁、江原、臨邛六縣生給橙，似橘而非，若柚而芬香。夏秋冬或華或實，大如櫻桃，小者或如彈丸。或有年，春秋冬夏華實竟歲。《太平御覽》卷九七一引。「繁」，《記纂淵海》卷九二引作「新繁」。「給橙」，原文作「金橙」，據《記纂淵海》卷九二所引改。《史記・司馬相如列傳》集解引郭璞曰：「今蜀中有給客橙，似橘而非，若柚而有芬香。」《文選》卷三五《七命八首》李善注所引「芬香」上亦有「有」字。

67 橘、柚類多，豫章郡出真者。《太平御覽》卷九七三引

68 平氏陽山縣，紫石英特好。其他者色淺。紫石英，舊出胡陽縣。《太平御覽》卷九八七引

69 蜀南沈黎，高山中有物似猴，長七尺，能人行，名曰貜。路見婦人，輒盗之入穴，俗呼爲夜叉穴，西蕃部落輒畏之。《太平寰宇記》卷七七引。《元豐九域志》卷七所引「沈黎」下有「郡」字。今本《博物志》卷三「異獸」類中亦載，文字較詳，略有不同，又無「俗呼爲夜叉穴」句。《路史》卷三八《餘論一》「野叉落魋」

條引作「夜叉窟」。

70 平氏陽山紫草特好，魏國以染色，殊黑。比年東山亦種，色小淺於北者。《證類本草》卷八引。平氏陽山，《齊民要術》卷五引作「平民山之陽」，《農政全書》卷四〇引作「平氏山之陽」。「魏國」以下，《御覽》卷九九六引作「其他者色淺」。

71 鉤吻葉似亮葵，並非黄精之類。毛茛是有毛，石龍芮何干鉤吻。《證類本草》卷一〇引

72 桓葉似柳子，核堅正黑，如瑿，可作香纓，用辟惡氣、浣垢。《證類本草》卷一四引。「柳子」，《本草綱目》卷三五引作「欅柳葉」。又原文無「如瑿」，據《本草綱目》卷三五所引補。

73 蔡餘義獸似鹿，兩頭，其胎中屎四時取之，未知今有此物否。《證類本草》卷一六引

74 孟勞，寶刀。《紺珠集》卷四引

75 辟閭、巨闕，寶劍。《紺珠集》卷四引，今本《博物志》卷六「器名考」有載，闕「辟閭」，故補輯於此。

76 繁弱之弓、屈盧之矛、溪子之弩、狐父之戈，皆古之寶器。《紺珠集》卷四。「溪子」，《類説》卷二三引作「鷄子」，《玉海》卷一五一引作「磎子」。

77 搏穀，《爾雅》：鳩名。《紺珠集》卷四引

78 田鵲，鶡鳩別名。《紺珠集》卷四引

79 庸渠，相如賦：水鳥名。《紺珠集》卷四引

80 蜀文翁名黨，字仲翁。楊彥齡《楊公筆録》引

81 海南人謂龍眼爲茘枝奴。《錦繡萬花谷》前集卷三六引。「茘枝奴」一説見載於《南方草木狀》，又《北户録》卷三、《嶺表録異》卷中亦引。《類説》卷六引《海物異名記》亦有此條，「海南」作「嶺南」。

82 鴻毛爲囊，可以渡江，不漏。《埤雅》卷六引

83 黄帝戰蚩尤於涿鹿之野，尤作百里霧，使兵士迷方失所。時有智臣造指南車、記里鼓。其車上有人手常指南，以定方所。鼓乃一里一聲。後漢能手子依舊樣作成。迄今聖駕出時，常有此二種物也。《四分律行事鈔簡正記》卷十五引

84 綸似宛轉繩。《爾雅注疏》卷一《考證》引

85 鶯曰摶黍。《示兒編》卷一五引

86 羿與鑿齒戰於壽華之野。羿持弓，鑿齒持矛，羿殺之。《通志》卷三上引

87 大宛馬嗜苜蓿，漢使張騫因采葡萄、苜蓿種歸。《全芳備祖集》後集卷二六引

88 蒙恬造筆，以狐狸毛爲心，兔毛爲副。《韻語陽秋》卷十七引。

二　古籍誤引《博物志》條文考辨

1 遼東赤粱，魏武帝以爲粥。

按：此條見孔本《書鈔》卷四四引。《初學記》卷二六引爲「郭義恭《廣志》」、《御覽》卷一四四也引爲《廣志》。《廣志》曾避隋帝諱而改《博志》，孔本應是把兩書文字相混。此條應是《廣志》的内容。范《佚文》輯之。

2 閩越江北山間，蠻夷噉丘蝝脯。

按：此條見孔本《書鈔》卷一四五引，後有「今本不載」句，是明人所補。此條又見《御覽》卷九四七，引作「郭義恭《廣志》」。范《佚文》輯之。

3 北胡有青松鹽。又五原有紫鹽。又内國河東有印成鹽。

按：此條見孔本《書鈔》卷一四六引。《御覽》卷八六五、陳本《書鈔》卷一四六引作「《廣志》」。范《佚文》云：「《北户録》卷二引作《博物志》，不作《廣志》。」今檢《北户録》卷二「紅鹽」條「如印」下注「博物志具」，具體内容則未詳。

4 代郡以北，五月山望陰，猶宿雪，六月盡，八月末復雪也。

按：此條見孔本《書鈔》卷一五二引。《御覽》卷一二、《事類賦》卷三引作「《廣志》」，引文略有不同。范《佚文》輯之。

5 雲南郡土特寒涼，四月五月猶積雪皓然。

按：此條見孔本《書鈔》卷一五六引。《御覽》卷一二、《事類賦》卷三引作「《廣志》」，引文略有不同。范《佚文》輯之。

6

北方地寒，冰厚三尺，氣出口爲淩。

按：此條見孔本《書鈔》卷一五六引。《御覽》卷三四引作「《廣志》」。范《佚文》輯之。

7

流沙在玉門關，水猶有隴三斷，名三斷隴也。

按：此條見孔本《書鈔》卷一五七引，陳本引出自《廣志》。又《後漢書》卷八一《李恂傳》注、《史記·夏本紀》索隱、《御覽》卷五六引亦出自《廣志》。

8

儒者言月中兔。夫月，水也。兔在水中，無不死者。夫兔，月氣也。

按：此條見《御覽》卷九〇七引。范輯《佚文》亦引。檢原文出《論衡》，《類聚》卷九五、《事類賦》卷二三及明清諸類書所引，皆出《論衡》。《御覽》卷九〇七所引「《博物志》曰」條，正在「《論衡》曰」條之下，疑是誤把《論衡》條目置於《博物志》之下。

9

鴻雁三同三異。秋來賓，一同也；鳴如家鵝，二同也；進有漸而飛有序，三同也。雁色蒼而鴻色白，一異也；雁多群而鴻寡侶，二異也；雁飛不過高山而鴻薄雲漢，三異也。

按：此條見庫本《御覽》卷九一六引，影宋本無，不知何據，疑僞。

10

晉武帝喻遨書，司空張華撰《博物志》進武帝。帝嫌煩，令削之。賜側理紙萬張。

按：此條見《御覽》卷一〇〇〇引，《佩文韻府》卷一〇二之五亦引「南越以海苔爲紙，其理倒側，故名側理」。《御覽》卷六〇五引略同，題作《拾遺記》。此條所載是張華進《博物志》事，不是《博物志》書中內容。馬國翰亦輯之，注云：「按此條疑盧氏或周氏序文。」

11《博物志》以爲牙門山，東峰石穴，深數里，出鐘乳。常有人持火入穴，有蝙蝠大如箕，來撲火。穴中有水流，冬夏不歇。此山之外，又有小峨眉山。

按：此條見《太平寰宇記》卷七四引。范《佚文》輯之。檢原文作「峨眉山……《博物志》以爲牙門山。東峰石穴」云云，則「東峰石穴」以下並非《博物志》原文，是范《佚文》誤輯也。

12 狼朧民與漢人交關，常夜市，以鼻齅金，知其好惡。

按：此條見《事類賦》卷九引。《類聚》卷八三、《御覽》卷七九〇、八一一、《緯略》卷五、《海録碎事》卷一五均引作《異物志》，《事類賦》應是誤引。

13 濤神曰靈胥。

按：此條見《書敘指南》卷一四。此條實即《初學記》卷六所引「博物志云：昔吴相伍子胥爲吴王夫差所殺，浮之於江，其神爲濤。」删略而來。

14 服玉用藍田穀玉白色者。此物平常服之則應神仙。有人臨死服五斤，死經三年，其色不變。古來發塚見屍如生者，其身腹内外無不大有金玉。漢制，王公皆用珠襦玉匣，是使不朽故也。鍊服之法，亦應依仙經服玉法。水屑隨宜，雖曰性平，而服玉者亦多發熱如寒食散狀。金玉既天地重寶，不比餘石，若未深解節度，勿輕用之。

按：此條見《證類本草》卷三引。《本草綱目》卷八亦引。實爲陶弘景引張華語，未詳出處，故列於此。

15 凡諸飲水療疾，皆取新汲清泉，不用停污濁暖，非直無效，固亦損人。

按：此條見《證類本草》卷五引，是明清人新補。《本草綱目》卷五亦引，作「禹錫云」。

16 鵁鶄巢於高樹，生子穴中，銜其母翅飛下。

按：此條見《證類本草》卷一九引。《類聚》卷九二、《御覽》卷九二五引皆作《異物志》，故疑是《證類本草》誤引，而後《本草綱目》卷四十七沿襲之。周《補》、范《佚文》皆輯之，誤。

17 鼷鼠食人死膚，令人患惡瘡，多是此蟲。食主之法，當以狸膏摩之，及食狸肉。凡正月食鼠殘，多爲鼠瘻，小孔下血者是此病也。

按：此條見《證類本草》卷二一引。「多是此蟲」以下皆非《博物志》之文，而范《佚文》輯之，誤也。

18 合玉漿，用穀玉，正縹白色，不夾石者，大如升，小如雞子，取穴中者，非今作器物玉也。出襄鄉縣舊穴中，黄初中，詔征南將軍夏侯尚求之。

按：此條見《證類本草》卷三〇引。此條及下條，《證類本草》引自陶弘景之言，但云「張華云」，疑是《博物志》内容，不能確定，故列於此。

19 孫樵爲史書曰墨丘濆。

按：此條見《海録碎事》卷一八引。《類説》卷二三引《續博物志》中有「孫樵謂史書曰墨兵」。《佩文韻府》卷二三之三引作「《續博物志》孫樵謂書史爲墨兵」。可知此條應是《續博物志》

内容。又《説略》卷二四亦引此條，云「見《群玉集》」。按：此條見《紺珠集》卷四引。《類説》卷二三引出《續博物志》，故疑是誤引。

20 姊歸，《高唐賦》：子歸别名。

按：此條見《紺珠集》卷四引。《類説》卷二三引出《續博物志》，故疑是誤引。

21 小兒五歲曰鳩車之戲，七歲曰竹馬之戲。

按：此條見《錦繡萬花谷》前集卷一六引。《紺珠集》卷一三、《類説》卷二三、卷六〇、《談苑》卷四、《海録碎事》卷八引皆作「王元長曰」。故疑是《萬花谷》誤引。范《佚文》輯之。

22 戚夫人善爲翹袖折腰之舞，歌出塞、入塞、望雲之曲。

按：此條見《記纂淵海》卷七八引。實出《西京雜記》卷一。《類説》卷四、《説郛》卷六六下、《海録碎事》卷十六皆引自《西京雜記》。

《後漢書》注，並無此條，未知何據。

23 黄帝問師曠曰：「吾欲知苦惡，可知乎？」對曰：「歲欲豐，甘草先生。甘草，薺也。歲欲苦，苦草先生。苦草，葶藶也。歲欲惡，惡草先生。惡草，水藻也。歲欲旱，旱草先生。旱草，蒺藜也。歲欲疫，疾病草先生。疾病草，艾也。」

按：本條見《全芳備祖集》後集卷一〇、《古今合璧事類備要》别集卷五五、《山堂肆考》卷二〇二引。《類聚》卷八一、《御覽》卷九九四皆引作《師曠占》。《類聚》卷八一引此條之後，又引《博物志》「黄帝問天老」條，《全芳備祖集》引此條之下也是接「黄帝問天老」條，可能正是從《類聚》轉引而來，並誤引《師曠占》爲《博物志》。

24 中國者天下八十分之一，有海環之者，九謂之九環。

按：此條見《韻府群玉》卷四引。《淵鑒類函》卷三七二引作「《廣博物志》」。檢此條出自《史記·孟子荀卿列傳》引鄒衍之言，故《鹽鐵論》卷一一、《初學記》卷六、《紺珠集》卷一三、《緯略》卷一一所引皆作「鄒子曰」。《類説》卷二三引《續博物志》中有此條。故疑是《韻府群玉》誤引。

25 河圖記曰：百代之後地高天下，千代之後天可倚杵。

按：此條見《韻府群玉》卷九引。《類説》卷二三引出自《續博物志》，故疑是《韻府群玉》誤引。

26 司空圖謂鏡曰「容成侯」。

按：此條見《韻府群玉》卷一六引。《類説》卷二三引出自《續博物志》。故疑是《韻府群玉》誤引。

27 鵲名飛駮。

按：此條見《韻府群玉》卷一七引。《證類本草》卷一九引作「陶隱居云」，《古今合璧事類備要》别集卷七二引作《格物總論》，《山堂肆考》卷一四引出自《格物論》。故疑是《韻府群玉》誤引。

28 潘岳謂斗曰金柝。

按：此條見《韻府群玉》卷一九引。《類説》卷二三引出自《續博物志》。故疑是《韻府群玉》誤引。「潘岳」，《佩文韻府》卷九九之十引作「番兵」。

29 之呼爲諸。

按：此條見金履祥《論語集注考證》引。檢李石《續博物志》卷四載：「不可爲叵，如是爲爾，而已爲耳，之乎爲諸，西域二合之音，切字之原也。」其文實出於此。

30 有佷子者，家貲萬金，而自少小不從父語。臨亡，意欲葬山上，恐兒不從，倒言葬落渚下召磧上。佷子曰：「我由來不奉教令，今當從此一語。」遂盡散家財，積土繞之成一洲，長數百步，元康中始爲水所壞。佷子，前漢人也。

按：此條見《天中記》卷十七「父母」所引，實出習鑿齒《襄陽耆舊記》，見《北堂書鈔》卷一六〇、《太平御覽》卷五五六引。

31 野芋狀小於家芋，食之殺人，蓋薟也。家芋種之三年不收，旅生，亦不可食。

按：此條見《天中記》卷五三引。《格致鏡原》卷六三亦引，作「野芋食之利人，蓋薟也。」今本《博物志》卷四「藥物類」下有：「野葛食之殺人，家葛種之三年不收，後旅生，亦不可食。」此兩條應是一條。

32 桃根爲印，可以召鬼。

按：此條見《本草綱目》卷二九、卷三八引。實出李石《續博物志》卷九，周《補》、范《佚文》則當作《博物志》佚文輯之，誤。

33
鼉謂之土龍。
按：此條見《本草綱目》卷四三、《山海經廣注》卷五引。《埤雅》卷二引作「出《續博物志》」，故知實出《續博物志》。李時珍誤入《博物志》。周《補》、范《佚文》輯之，誤。

34
兩頭蛇，馬鱉食牛血所化。
按：此條見《本草綱目》卷四三引。實出李石《續博物志》卷九，李時珍誤入《博物志》。范《佚文》輯之，誤。

35
鵽生關西，飛則雌前雄後，隨其行止。
按：《本草綱目》卷四八引作「張華云」，清方旭《蟲薈》卷一引作《博物志》。今考此條實出舊題師曠撰、張華注《禽經》。

36
行止閒暇故曰鷳。
按：《本草綱目》卷四八引作「張華云」。《蘇詩補注》卷三〇引作「《博物志》云」。今考此條實出舊題師曠撰、張華注《禽經》。

37
啄木鳥，此鳥能以嘴畫字，令蟲自出。
按：此條見《本草綱目》卷四九引。實出李石《續博物志》卷六，李時珍誤入《博物志》。范

《佚文》輯之，誤。

38 以狗肝和土泥竈，令婦妾孝順。

按：此條見《本草綱目》卷五〇上，實出吴僧贊寧《感應類從志》，見《説郛》卷一〇九下。李時珍誤爲張華《物類志》。周《補》、范《佚文》則當作《博物志》佚文輯之，誤。

39 駝屎燒烟殺蚊虱。

按：此條見《本草綱目》卷五〇下引。實出李石《續博物志》卷二，李時珍誤入《博物志》。周《補》、范《佚文》輯之，誤。

40 令婦不妬：取婦人月水布裹蝦蟆，於厠前一尺入地五寸埋之。

按：此條見《本草綱目》卷五二引，實出吴僧贊寧《感應類從志》，見《説郛》卷一〇九下。李時珍誤入《博物志》。周《補》、范《佚文》輯之，誤。

41 石髮生海中者，長尺餘，大小如韭葉，以肉雜蒸，食極美。

按：此條見《本草綱目》卷二一引。《御覽》卷一〇〇〇、《唐詩鼓吹》卷三引自《異物志》，故疑是《本草綱目》誤引。

42 扶南國有奇術，能令刀斫不入，惟以月水塗刀便死。此是穢液，壞人神氣，故合藥忌觸之。

按：此條見《本草綱目》卷五二引。《證類本草》卷一五有《博物志》「交州夷人」條，其下接此條，注引自陶隱居言，故此條應是《本草綱目》誤引。范《佚文》輯之，誤。

43 堯時土階三等，有草生庭，名曰蓂莢草。十五日已前日生一葉，十五日已後日落一葉，若小盡則一葉厭而不落。堯觀之以知旬朔。

按：此條見《山堂肆考》卷二〇二引。《古今事文類聚》後集卷三二「蓂莢草」條題引自《馬總曆》，《記纂淵海》卷四引出自《帝王世紀》，《全芳備祖集》後集卷一〇引出於《通志》。檢《大戴禮記・明堂篇》：「朱草日生一葉，至十五日生十五葉。十六日一葉落，終而復始也。」又《孝經援神契》曰：「朱草生蓂莢，孳嘉禾，成萐莆。生蓂莢，堯時夾階而生，以記朔也。」可知此條應是兩條合爲一。又見《宋書》卷二十九載，引書不詳。以明前書所引未見出《博物志》者，故疑非出於此書。

44 鯼魮即石首魚，常以三月八月出。

按：此條見夏樹芳《詞林海錯》卷一五引（萬曆本「八月」誤作「八日」）。檢《文選》卷一二《江賦》李善注：「《字林》曰：鯼魚出南海，頭中有石，一名石首。郭璞《山海經注》曰：鮆，狹薄而長，頭大者長尺餘，一名刀魚，常以三月八月出。」故其文當出《字林》並《山海經注》。

45 陳子真得大蝙蝠，如鴉，食之，大瀉而死。

按：此條見《玉芝堂談薈》卷一七引。陳子真是唐人，非張華所能知。檢李石《續博物志》卷六有此條，《香祖筆記》卷一〇亦引出「《續博物志》」，故引爲《博物志》則誤。

46　剡溪藤可造紙。

按：此條見張自烈《正字通》卷九引。陳景沂《全芳備祖》後集卷十三草部「藤蘿」下載：「剡溪古藤甚多，爲紙工斬伐以造紙（原文闕『紙』字，據《事類備要》別集卷五十六百草門『藤』引《悲剡藤文》補），唐舒元輿作《悲剡藤文》。」此條後有小字注出「本集」，可見其文乃出舒元輿文集。而此條之前又有「鐘藤附樹作限……及爲席，勝於竹也」，乃引自《異物志》，張氏遂以「異物志」三字與「剡溪古藤」相連，又誤《異物志》爲《博物志》。

47　條支國西海有獅子、大雀。

按：此條見《正字通》卷一二引。荀悦《漢紀》卷一五《前漢孝武皇帝紀六》、《東觀漢記》（范曄《後漢書》卷四十七《班梁列傳》唐章懷太子李賢注引）皆載安息國獻師子、大爵（即大雀）事。然檢此條文字，與《後漢書》卷八八《西域傳》「條支國城在山上，周回四十餘里，臨西海，海水曲環，……出師子、犀牛、封牛、孔雀、大雀」相近，當出於此。唐人注疏所引並無出自《博物志》，此當爲張氏誤記。

48　戎鹽累卵，即青鹽之大顆者也。

按：此條見《正字通》卷一二引。檢李石《續博物志》卷九載：「《本草經》曰：虎嘯風生，龍吟雲起。磁石引鍼，琥珀拾芥。漆得蟹而散，麻得漆而湧，桂得葱而軟，樹得桂而枯，戎鹽累卵，獺膽分杯，其氣爽之相關感也。」可見「戎鹽累卵」四字當出《本草經》，《續博物志》引此條，張氏遂誤爲《博物志》之文。

49 漢舊史，儺立桃人葦索滄耳虎等，𩄰蓋滄耳也。

按：此條見《通雅》卷二一引。《事物紀原》卷八：「段成式讀《漢舊儀》，説儺逐疫鬼，立桃人葦索滄耳虎等，𩄰蓋滄耳也。然則其説漢事也。」《酉陽雜俎》續集卷四：「予讀《漢舊儀》，説儺逐疫鬼，又立桃人葦索滄耳虎等，𩄰爲合滄耳也。」故此條應出《酉陽雜俎》。李石《續博物志》亦引，見卷八。後《通雅》誤爲《博物志》。

50 占斯，李當之云是樟樹上寄生。

按：此條見《通雅》卷四三引。檢唐慎微《證類本草》卷三十「占斯」注：「陶隱居云解狼毒，李云是樟樹上寄生。」又《本草綱目》卷三七「占斯」條言：「弘景曰：李當之云是樟樹上寄生。」此原出陶弘景，而張氏乃誤作《博物志》。

51 鶴骴頰骪耳響則聽遠，眼赤則眎遠。大毛落，叢毛生，其色如雪，百六十年不食生物，千六百年形定，飲而不食，與鳳爲群，神言之耳。

按：此條見《通雅》卷四五引。原文出《淮南八公相鶴經》，《述異記》卷下亦載。《初學記》卷三〇、《北户録》卷一、《文選》卷一三《雪賦》注、《御覽》卷六〇、《東堂集》卷一〇、《事類賦》卷一八引皆作《相鶴經》。檢諸本所引没有出《博物志》之説，故疑是《通雅》誤引。

52 潮繫日月，若鼎之沸。

按：此條見方以智《物理小識》卷二引。今檢《緯略》卷一一有「潮繫日月」條，下引《海潮志》云：「若釜鼎之沸」，故疑爲方氏誤引也。

53 張華曰：紂創物之智，在古爲難，後因而加捷耳。

按：此條見《物理小識》卷七引。此條並未標明出自《博物志》，亦未見他書引載。方氏生於明末，所見《博物志》不可能載録今所不見之佚文，意此條當爲其誤記。

54 尸布在户，婦人留連。注：月布也。

按：此條見《物理小識》卷一二、褚人獲《廣集》卷一引。《説郛》卷一〇九下引吴僧贊寧《感應類從志》中載，明人引《感應類從志》，多誤作張華《博物志》，或張華《物類志》。范《佚文》輯之，誤。

55 黄河上通於天，源出星宿海。初出甚清，帶赤色，後以諸水注之而濁。經一萬三千餘里至積石山，河水多伏流，至積石而始見。禹之導河，自積石始也。

按：此條顧九錫《經濟類考約編》卷下「黄河考」引。《欽定河源記略》卷三五亦引，文字略有不同，此外未見他書載録。《元史·地理志·河源附録》載：「河源在土蕃朵甘思西鄙，有泉百餘泓，沮洳散涣，弗可逼視，方可七八十里，履高山下瞰，燦若列星，以故名火敦腦兒。火敦，譯言星宿也。」可見「星宿海」得名於元代，清人所引此條決非出自《博物志》。

56 松曰蒼官。

按：此條見《淵鑒類函》卷四一二引。唐樊宗師《絳守居園亭記》有「栢爲蒼官」，後世多引，未見更早言「蒼官」者。故此條應爲誤記。

57 商丘子有養豬法，好吹竽，牧豬，七十不娶。

按：此條見《淵鑒類函》卷四三六引。《山堂肆考》卷一六三亦引此條，引書不詳。《御覽》卷九〇三引云「商丘子有養豬法，卜式有養豬羊法」，「好吹竽」以下無。故此條應是清人誤引。

58 唐天寶中有陳仲弓，里中有井，好溺人。一日，有敬元穎謁曰：此井有毒龍殺人，昨夜已朝太乙，淘之則難免矣。命匠入井，獲鏡。

按：此條見《淵鑒類函》卷四三八引。今檢《説郛》卷一一五上、一一六引唐鄭還古《博異志》中有《敬元穎》篇，即云此事。故此條應是《淵鑒類函》誤引。

59 桑土在濮陽者是也。

按：此條見《尚書稗疏》卷二引，作「《後漢書》注引《博物志》云」，檢今本

60 甕菜蔓生，花白，中空而脆。自番舶以甕盛來，故名。能解野葛毒。魏武噉野葛尺許。

按：此條見《詩傳名物集覽》卷七引，作「張華曰」，未出書名。「魏武噉野葛尺許」它書多引，是《博物志》內容；至於「甕菜蔓生」云云，疑非出《博物志》。

61 沃諸之野有甘露，食之人壽千歲。

按：此條見《明文海》卷二三引桑悦《續思玄賦》注引。應是誤記《博物志》「（文馬）見則吉良，乘之壽千歲」，及「沃諸之野鸞自舞，民食鳳卵，飲甘露」條。

62 躡影，秦良馬。

按：此條見《康熙字典》卷九引。《廣博物志》卷四六「秦始皇有七名馬」條中有「躡影」，故知此條是清人誤引。

63 羊而不角曰羖羊。

按：此條見《格致鏡原》卷八六引。《天中記》卷五四云：「羊而不角曰羖羊，一名髯鬚郎，又名青鳥。」未引書名。

64 蛟羊似羊而無角，啖之毒。

按：此條見《格致鏡原》卷八六引。《天中記》卷五四云：「蛟羊似羊而無角，啖之毒。」未引書名。《淵鑒類函》卷四三六亦引。檢《述異記》卷上有此條，恐是清人誤引爲《博物志》。

65 鼉，陽物也，惡水濕。

按：此條見《格致鏡原》卷九六引。《齊民要術》卷五引《春秋考異郵》曰：「鼉，陽物，惡水，故鼉食而不飲。」可知此條爲《格致鏡原》誤引。

66 肅慎氏有樹名雒常，若中國有聖人代立，則其樹生皮可爲衣。周武王、成王時曾遣使入貢。

按：此條見《竹書統箋》卷七引。《晉書》卷九七《東夷傳》亦載，而引書不詳。《韻府群玉》卷六引亦出自《晉書·東夷傳》，《欽定盛京通志》卷一〇六、《淵鑒類函》卷二三二、《佩文韻府》卷四之二、卷二二之六、卷九五之二所引亦出《晉書》。故疑此條是徐文靖誤引。

67 文帝爲太子立思賢苑以招賓客，中有堂隍六所，客館皆廣廡高軒，屏風幃褥甚麗。

按：此條見雍正《陝西通志》卷七三引。原文出《三輔黄圖》卷四，《玉海》卷一七一引之。《西京雜記》卷三亦載。《初學記》卷一七、《御覽》卷一九六、卷四〇二、卷四七四、《錦繡萬花谷》後集卷二五所引皆出《西京雜記》。《廣博物志》卷三六亦引，《陝西通志》所引疑是將《廣博物志》誤爲《博物志》。

68 驃國並不養蠶，收娑羅木子，破其殼中，柔白如柳絮，細織服之，曰娑羅籠緞。

按：此條見雍正《雲南通志》卷三〇引。《蠻書》卷七有載，《御覽》卷九六一引出自《南蠻志》，以上兩條所載「驃國」分別作「西南蠻種」和「南詔」。宋李石《續博物志》卷七所載與此條同，故疑是誤引。

69 名山神物不可議。

按：此條見《河南通志》卷七三引，諸本不載，不知何據。

70 櫻桃，一名牛桃，一名英桃。

按：此條見《欽定授時通考》卷六三、《廣群芳譜》卷五六引。檢《長物志》卷一一「櫻桃」條云：「櫻桃……一名朱桃，一名英桃。」故此處應是誤《長物志》爲《博物志》，「牛」字乃「朱」字之誤。

71 徐山在武原縣東十里。

按：此條見《大清一統志》卷六九引。今本《博物志》卷七「異聞」類「徐偃」條中不載。檢《郝氏續後漢書》卷八一云：「《博物志》『徐王妖異不常』，武原縣東十里，見有徐山石室祠處……」可知清人引《續後漢書》而誤也。

72 清角，黄帝之琴。

按：此條見《駢字類編》卷二三四、《御定分類字錦》卷三〇、《佩文韻府》卷九二之一引。《御覽》卷五七九、《記纂淵海》卷七八引出《大周正樂》，《初學記》卷一六、《樂府詩集》卷五七、《玉海》卷一一〇引出自《梁元帝纂要》。故疑此條是清人誤引。

73 王右軍醉中乘興寫《蘭亭記》，用蠶繭紙。

按：此條見《駢字類編》卷二二三引。此條所載事見《墨池編》卷四等引唐何延之《蘭亭始末記》。王右軍東晉人，張華所不知，故此條應是清人誤引。

74 月中仙人宋無忌。

按：此條見《分類字錦》卷一引。《史記·天官書》索隱云：「樂彦引《老子戒經》云：月中仙人宋無忌」，《廣博物志》卷一中亦引此條作「樂彦引老子《道德經》云」。故此條應是清人誤引。

75 峰鋭而高，嶠卑而大。

按：此條見《佩文韻府》卷四之七引。《記纂淵海》卷六「傳記山者土之聚」條亦載，同條中有「土山多雲，鐵山多石」是引自《博物志》，而此條諸本並未見載，故疑是清人誤引。

76 豫章城南門有樟樹，高七丈五尺，大二十五圍。

按：此條見《佩文韻府》卷五之一引。檢《續博物志》卷四載有此條，故應是清人誤引。

77 蟾蜍一名蟾蠩。

按：此條見《佩文韻府》卷六之四及《御定駢字類編》卷二二四引。《欽定音韻述微》卷三引《南越志》：「蜛蠩，一名蟾蠩。」《欽定續通志》卷一七八引《事物紺珠》亦作「蜛蠩」。故疑此條是清人誤引。

78 月中有黄兲大如目瞳名曰飛黄。

按：此條見《佩文韻府》卷二二之八引。《雲笈七籤》卷一二、《韻府群玉》卷六引《黄庭内景經》中亦載。故疑是清人誤引。

79 雷焕掘豐城縣獄得石函，有寶劍曰龍泉、太阿。

按：此條見《佩文韻府》卷三〇引。《山谷外集詩注》卷一〇引作《張華傳》，《唐音》卷一引作《晉史》。此條見《晉書》卷三六《張華傳》載，應是清人誤引。

80 雷焕得雙劍，以西山北岩下土拭之，光彩華豔，張華以華陰赤土送焕拭劍，倍益精明。

按：此條見《佩文韻府》卷三七之四引。《書鈔》卷一二二、《御覽》卷三四三引《雷焕別傳》、《晉書》卷三六《張華傳》載此事，此條應是清人誤引。

81 廣州押衙崔慶成抵皇華驛，夜見美人擲書云：「川中狗，百姓眼，馬撲兒，御厨飯。」慶成不對。後丁晉公見曰：「川中狗，蜀犬也。百姓眼，民目也。馬撲兒，瓜子也。御厨飯，官食也。」乃獨眠孤館。

按：此條見《佩文韻府》卷四四之一、卷四五引。此條《韻府群玉》卷一〇引自《博異志》，《佩文韻府》卷一六之四、卷五五之三、卷七三之二亦引自《博異志》，故引爲《博物志》者疑是誤載。

82 許漢陽舟行洪饒間，夜泊小浦，見一青衣引至一閣，有女郎六七人，揖坐命酒，其中有一樹高數丈，幹如梧桐，葉如芭蕉，紅花滿樹，未吐，大如斗盎，正對飲所。

按：此條見《佩文韻府》卷五二之四引。《玉芝堂談薈》卷三五、《淵鑒類函》卷一八四、《佩文韻府》卷九四之二亦載此條，引自《博異記》。故引爲《博物志》者疑是誤載。

83 雲五色爲慶，三色爲矞。

按：此條見《佩文韻府》卷九三之八引。此條見《續博物志》卷一載，疑是清人誤引。

84 服天門冬，禁食鯉魚。

按：此條見《傷寒論條辨》卷九引。《證類本草》卷六亦載，引自《藥録》；《本草綱目》卷一八上引爲《別録》，可知非《博物志》内容。

85 大抵南方遐阻，人强吏懦。

按：此條見《御定韻府拾遺》卷八〇引。今檢《通典》卷一八四、《文獻通考》卷三二三有載，引書不詳。《太平寰宇記》卷一五七所引載出《通典》。清前書中所引未見出《博物志》者，故疑爲誤引。

86 四遊之極謂之四表。

按：此條見《讀書紀數略》卷五引。《玉海》卷一、卷四、《小學紺珠》卷一云出《月令正義》引《考靈曜》，《續博物志》卷一引《尚書考靈曜》中有載。故疑是誤引。

87 翠山鳥兩首四足，可以禦火。

按：此條見《山海經廣注》卷二引。原文出自《山海經》卷二《西山經》，《駢志》卷一八、《格致鏡原》卷八一亦作引自《山海經》。《廣博物志》卷四八亦載，故疑是誤引。

88 鵂鶹鸛鵲，其抱以聒。

按：此條見《山海經廣注》卷一五引。《本草綱目》卷四九引作出「《續博物志》」，檢李石《續博物志》卷二有「聒抱者，鵂鶹鸛鵲也」，故知此條是吴任臣誤引。范《佚文》亦輯，誤。

89 辟惡必栗香，取其木爲書軸，白魚不損書，爇之能殺蟲。

按：此條見《陳檢討四六》卷六引。洪芻《香譜上》引自《海藥本草》。《證類本草》卷一三引自陳藏器《本草拾遺》，《格致鏡原》卷三九引自《本草》。諸本並不云出自《博物志》，故疑是誤引。

90 兔葵苗如龍芮花，白莖紫葉。燕麥草似麥，亦曰雀麥。

按：此條見《陳檢討四六》卷一八引。考此條最早見於《海録碎事》卷二二下，然未標出處。《通雅》卷四四、《古樂苑》衍録卷四引此則皆謂出《海録碎事》，故疑《陳檢討四六》注爲誤引。

91 管仲嘗爲圉人。

按：此條見清程大中《四書逸箋》卷六引。管仲爲圉人見《管子·小問第五十一》，未詳程氏何以引作《博物志》。

（作者單位：北京師範大學古籍與傳統文化研究院）